KB163084

Re:제로
Re: Life in a different world from zero
부터 시작하는 이세계 생활 Ex
사자왕이 꾼 꿈

선선한 바람에 나무 잎사귀가 살랑이고,
떨어진 꽃잎이 너울너울 날고 있다.
푸리에는 그런 고혹적이고 애잔한 정원에서 유달리 더
빛나는 봉오리가 달린 꽃── 소녀를 발견했다.

이것이 마수「대토(大兎)」를 초장부터 몰아내고
크루쉬 칼스텐 공작을
「전쟁 여신」의 이름으로 널리 알린 검술
「백인일태도(白人一太刀)」다.

「얽매여 있어도 불편하진 않았다마는.
──뭘 할 수 있는지 똑똑히 보아라.」

The dream of King had
사자왕이 꾼 꿈

Re: Life in a different world from zero

The only ability I got in a different world "Returns by Death"
I die again and again to save her.

CONTENTS

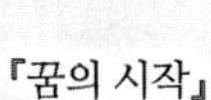

Re:제로 Ex

Re: Life in a different world from zero

부터 시작하는 이세계 생활

사자왕이 꾼 꿈

나가츠키 탓페이 지음
오츠카 신이치로 일러스트
정홍식 옮김

표지 · 본문 일러스트
오츠카 신이치로

『꿈의 시작』

1

성안의 정원에서 그 모습을 발견했을 때, 푸리에 루그니카는 무심코 발을 멈추고 있었다.

선명한 금발이 바람에 살랑이고 커다란 홍색 눈이 호기심으로 동그래졌다. 숨을 헐떡이는 입가로 덧니를 내비친, 아직 열 살에도 못 미치는 소년은 발돋움해 연결로에서 몸을 내밀었다.

직분에서 도망 중인 푸리에에게 멈춰 설 여유라곤 없다. 실제로 연결로 뒤쪽에서는 푸리에를 쫓아오는 교사의 목소리가 들리고 있었다.

잡히면 귀찮고 성가신 수업에 도로 끌려간다. ――그 사실을 알면서도 푸리에는 아래쪽에 보이는 광경에서 눈을 떼지 못했다.

"――――."

루그니카 왕성 안에 있는 정원은 궁정 정원사들이 지식과 기술의 정수를 결집한 역작으로, 녹음이 풍부하고 계절마다 바뀌는 꽃들이 흐드러지게 피는 일종의 환상향이다.

선선한 바람에 나무 잎사귀가 살랑이고, 떨어진 꽃잎이 너울

너울 날고 있다. 푸리에는 그런 고혹적이고 애잔한 정원에서 유달리 더 빛나는 봉오리가 달린 꽃── 아니, 소녀를 발견했다.

묶어 올린 녹색 머리카락은 윤기 있고, 서 있는 자태는 곱고 아름답다. 아직 앳된 몸을 감싸고 있는 건 한눈에 일급품임을 알 수 있는 연둣빛 드레스지만 늠름한 소녀는 이를 완벽하게 소화하고 있었다.

푸리에가 있는 위치에서는 옆얼굴밖에 엿볼 수 없지만, 목에서 뺨에 걸친 하얗고 매끈한 살결과 호박색의 날카로운 눈이 그 미모의 단편을 여실히 호소하고 있었다.

그래도 그저 그뿐이라면 소녀의 인상은 푸리에에게 강하게 남지 않았을 것이다. 성안에서 아름다운 소녀를 봤다. 그뿐인 한 순간의 감개로 끝났을 터다.

하지만 그렇게 되지는 않았다.

"────."

정원에 머물러 서서 갖가지 꽃잎들이 채색하고 있는 화원을 바라보는 소녀. 그 눈길이 꽃들의 고운 자태에 쏠린 거면 그녀의 감성은 일반적인 자녀의 그것이다. 그러나 소녀의 눈길은 화원 중앙을 화려하게 빛내는 꽃들이 아니라 그 귀퉁이에 있는 한 송이 꽃봉오리에 쏠려 있었다.

지그시, 아직도 꽃피지 않은 봉오리에 기대를 보내는 눈초리를──.

"푸리에 전하! 겨, 겨우 말귀를 알아들어 주셨습니까!"

연결로에 멈춰 선 푸리에를 겨우 따라잡은 교사가 숨을 헐떡이고 있다. 교사는 안심한 얼굴로 푸리에를 보다가 정신없이 정원을 들여다보는 소년의 모습에 고개를 모로 꼬았다.

"전하! 뭔가 바깥에 희한한 것이라도 있으신지……."

"아니! 아무것도 아니야! 아무것도 아니다! 신경 쓸 건 없다!"

확인하려는 교사에게 푸리에는 창졸간에 그렇게 말하며 달려들었다. 숨기려고 뻗은 손이 눈에 맞아 교사가 "눈이이!" 하고 몸을 젖혔지만 신경 쓸 여유가 없다. 그보다 지금 소동이 정원에 있는 소녀에게 들리지 않았을까 신경 쓰였다.

쭈뼛쭈뼛. 푸리에는 정원으로 눈길을 돌렸다. 그러자 마침 뭔가를 눈치챈 소녀가 이쪽으로 눈길을 돌리고 있는 순간이어서, 허둥지둥 머리를 내리깔고 시선을 못 본 척했다.

"아, 아니 된다, 아니 돼……. 이 이상한 감각은 무어냐. 본인이 병이라도 걸린 것이냐. 뺨이 뜨거워, 숨이 가쁘구나……."

가슴이 욱신거리고 답답한 감각이 팽팽해져 푸리에는 이곳에 있으면 위험하다고 결론 내렸다. 바로 옆에서 몸부림치는 교사의 다리를 잡고 복도에 질질 끌면서 황급히 그 자리를 벗어나기 시작했다.

"저, 전하! 아파! 아픕니다!"

"에잇, 참지 못할까. 본인의 힘으로 그대를 들어 올리기는 무리니라. 하나 저처럼 위험한 곳에 그대를 남겨둘 수는 없노라. 본인은 왕족, 백성의 자랑이니 말이다."

"그 마음씨는 기쁩니다만, 아얏! 애초에 도망치지 말아주셨으면…… 아파!"

교사가 복도의 벽이니 기둥 등지에 머리를 부딪쳐 비명을 터트려도 푸리에는 상대하지 않았다.

눈꺼풀 안쪽에, 지금도 소녀가 아로새겨져 있다. 그게 심장이 두근거리는 원인임은 명백한데도, 왠지 아무리 시간이 지나도 머리에서 없어지려 하지 않고.

——이 자리를 벗어나는 데에, 자신이 미련을 느끼고 있는 것이 불가사의했다.

2

푸리에 루그니카는 건국하고 천 년 이상의 역사를 가진 친룡왕국(親竜王國) 루그니카, 그 정통한 왕족의 혈족이자 현 국왕인 란드할 루그니카의 친아들이다.

즉, 왕위 계승권을 가진 어엿한 왕자이자 최대급의 경의를 받아야 할 존재다.

“그렇다 해도 본인은 제4왕자이니 말이다. 형님들께서 계시는 이상, 본인이 나랏일을 볼 기회가 올 일은 없을 테지. 매일 같이 애쓰는 행동이 실로 헛되다고는 생각하지 않느냐?”

“헛헛헛. 과연, 전하도 맹랑한 말씀을 다 하시게 되었습니다그려.”

교사의 수업을 마치고 개인 방에서 쉬던 푸리에는 방문자와 그런 말을 나누고 있었다.

맹랑하다는 말에 토라진 푸리에에게 웃어 보인 건 긴 백발과 하얀 수염이 특징적인 노인── 마이크로토프 맥마혼이다. 왕국의 두뇌라는 현인회의 대표격으로, 왕국의 나랏일을 실질적으로 도맡고 있는, 그야말로 현인이다. 가령 국왕이 자리를 비우더라도 그가 있으면 왕국의 기능에 장애는 없다는 소문이 자자한 건 푸리에도 알고 있다.

아버지인 국왕이 괄시받는다는 소문은 불쾌해도 마이크로토프는 야심 없이 왕국을 섬기는 충신이다. 게다가 위정자로서의 센스가 부족한 왕족을 뒷받침하는 데에 애를 써주고 있는 건 사실이기에 푸리에도 목청 높여 그 소문을 부정하지 못한다.

"아바마마와 형님으로도 부족하다면 차라리 그대가 국왕이 되면 그만이니라. 그러는 편이 훨씬 매사가 쉬이 끝나. 그리 생각진 않는가?"

"흐음, 이건 놀랐습니다. 전하의 신분으로 그와 같은 말씀을 가볍게 입에 올리시면 안 되옵니다. 무엇보다 그와 같은 행위, 용(龍)의 맹약이 용납하지 않으니 말이지요."

"용과의 맹약……이라."

마이크로토프가 엄숙하게 끄덕이고, 푸리에는 책상에 뺨을 괴며 생각에 빠졌다.

용의 맹약이란 루그니카 왕국이 '친룡왕국'이라고 불리는 이유── 수백 년의 긴 세월에 걸쳐 왕국의 번영을 지켜보아 온 비호자인, 신룡(神龍) 볼카니카와 주고받은 약정이다.

"왕국의 풍양이든 위난이든 용에게 걸리면 뜻 가는 대로. 그리고 그 은혜는 처음으로 용과 우의를 다진 루그니카 왕국의 혈통에만 수여된다……. 지나치게 그럴싸한 이야기이긴 하군."

"하오나 용이 그 맹약에 따라 저희에게 혜택을 내리고 있음은 사실. 그 때문에 국왕 폐하와 전하께서는 왕국에서 결코 대신할 것이 없는 존귀한 신분이시지요."

"귀에 딱지가 앉을 만큼 들었다."

"흐음. 저도 혀끝에 딱지가 생길 만큼 말씀을 드렸군요."

푸리에가 입술을 삐죽이지만 마이크로토프는 자기 수염을 만지며 천연덕스러운 태도를 보였다.

"하오니 전하께옵선 꼭 본인의 입장에 관해 이해를 보여주시길 바랍니다."

"끄응, 그러면 어쩔 수 없…… 잠깐! 본인과 아바마마의 피가 중요하다면, 역시 본인이 이렇게 면학에 힘쓸 필요는 없는 것 같지 않은가? 그건 어떻게 보나."

"허어, 더욱 맹랑하시구려. 하오나 설령 존귀하신 신분이 탄탄하더라도 암군이나 폭군보다 현군을 섬기고 싶어하는 건 응당 신하 된 마음이라고 여기지 않으십니까? 그리고 격에 맞는 재능은 격에 맞는 시련 없이 꽃피지 않는 법……. 사자왕의 피는 그래야만 싹트는 법입니다."

"사자왕이라니……. 또 곰팡내 나는 이름을 다 들고 나왔군."

마이크로토프가 웬일로 열기를 띠자 푸리에는 질렸다는 태도와 함께 쓰게 웃었다.

사자왕이란 용과 맹약을 주고받은 최초의 국왕── 실로 당금 루그니카 왕국의 골자를 만들어낸, 『최후의 사자왕』이라고 불리는 인물이다.

“그대가 사자왕의 피에 기대하는 건 이해하지만 대를 거듭한 우리에게는 짐이 무거우니라. 세계를 둘러봐도 비길 자 없는, 역대로 따져도 유수의 현자 같은 게 그리 쉽게 태어나지는 않는 법이야.”

“전하께서는 그리 말씀하시지만, 피가 흐려진다거나 하는 일은 없습니다. 실제로 왕가의 핏줄에는 몇 대에 한 번 걸물이 나타납니다. 2대 전에도…….”

거침없이 이야기하던 마이크로토프가 거기서 별안간 말을 머뭇거렸다. 노인은 주름 깊은 얼굴을 흐리며 “아니요.”하고 고개를 느릿느릿 가로저었다.

“방금 말은 실언이었습니다. 아무래도 나이를 먹으면 기억의 서랍이 삐걱거리기 마련이군요.”

“그대의 서랍이 삐걱거리는 건 왕국에서 생각할 수 있는 최악의 사태에 가깝군! 됨됨이가 못난 본인에게만 매달리지 말고, 얌전히 휴양하도록 하라.”

“전하의 됨됨이가 못나다느니 어찌 그런…….”

푸리에가 빠른 어조로 쫓아 보내려 들자 마이크로토프는 얼굴을 찌푸리며 저항하려 들었다. 그러나 깡마른 노인과 기운 팔팔한 소년의 힘겨루기는 결과가 빤하기 마련이다.

“자, 그럼…….”

종알종알 말 많은 노인을 방에서 쫓아내어 혼자가 된 푸리에는 웃옷을 벗었다. 그대로 대충 아무 옷으로 갈아입고, 거기에다 두건을 푹 뒤집어써서 머리를 가렸다. 눈에 띄는 금발을 가리고 복장을 바꾸어서 만전의 태세를 갖춘 다음 발소리를 죽여 방을 나섰다.

푸리에는 복도에 아무도 없는 것을 확인하고, 총총히 고요한 성안을 달리기 시작했다. 아무에게도 들키면 안 되는 은밀 행동의 개시다.

가는 곳은 요 며칠, 매일처럼 발길을 옮기고 있는 연결로.

——그곳에서 그 소녀를 찾아 정원을 내려다보는 것이 푸리에의 일과가 되었다.

3

홀가분한 차림새로 연결로에 도착한 푸리에는 주위에 사람이 없는 것을 확인한 다음 난간을 기어올라 목적한 소녀를 찾아 정원에 눈을 빛냈다.

"끄응……. 오늘도 없더냐. 이토록 본인이 발이 닳도록 드나들고 있는데 헛된 걸음을 하게 만들다니, 실로 무서운 걸 모르는 소녀로다. 나 원."

정원에 기다리는 사람이 눈에 띄지 않아 푸리에는 분한 김에 그렇게 읊조렸다.

맨 처음 정원에서 소녀를 발견한 날로부터, 벌써 열흘 남짓하게 지났다.

그때는 세차게 뛰는 가슴에 위기감을 느껴 피했지만, 정신이 드니 푸리에는 다시 그 충동을 원해서 소녀의 모습을 찾고 있었다.

욱신거리는 가슴의 감각이 사라지지는 않았다. 오히려 소녀의 옆얼굴을 떠올리면 선명하게 되살아난다. 그렇기 때문에 이 욱신거리는 감각은 소녀와 만나야 해소할 수 있다는 확신이 있었다.

옛날부터 푸리에는 자신의 행동에 앞서는 직감을 의심한 적이 없다.

이유 없이, 불현듯 무수한 선택지 속에서 답이 떠오르는 감각이 있는 것이다. 그러한 감각으로 생긴 해답은 늘 푸리에를 정답으로 인도해왔다.

산술(算術)이나 역사학의 수업, 기물을 사용해 노는 *샤트란지의 수. 극단적으로 이야기하면 몇 년 전에 부왕이 타는 용차, 그 바퀴가 빠지는 사고를 예측한 적도 있다.

다만 그것들은 전부 우연이라는 한 마디로, 재현성이 없는 요행으로 치부되었다. 교사에게 일러도 당치 않은 소리라며 묵살된다. 푸리에는 약간 남과 다른 감성의 이해를 누군가에게 바랄 만큼 이치를 모르는 어린애가 아니었다.

"어쨌든 간에 지금은 그 소녀다. 하다못해 이름만이라도 알면 이야기는 빠를진대……."

현재 단서는 등성(登城)하는 게 허용될 만큼은 확실한 가문의

---

* 샤트란지(Shatranj) : 인도에서 유래한 고대 체스의 원형이다.

소녀라는 것뿐. 발견한 날과 풍모를 설명하면 성의 시녀나 경비병은 알지도 모르지만.

"왠지 남에게 의지하는 건 마음에 들지 않는구나. 불가사의하도다. 그 소녀를 본인이 찾고 있다고 뉘가 아는 건 사정에 좋지 않아. 으음……."

욱신거리는 가슴도 그렇고 이 기묘하게 겸연쩍은 기분도 그렇고, 푸리에에게는 불가사의만 이어질 뿐이다. 애당초 소녀를 찾아내서 어쩌고 싶은지 스스로도 모르고 있는 것이다.

"뭐, 만나서 어떡하면 되는지야 그야말로 만난 다음에 생각하면 될 뿐 아니겠는가. 신중함도 지나치면 단순한 겁쟁이라고, 옛날의 위대한 누군가가 말했던 듯도…… 음!"

툴툴 혼잣말을 주워섬기고 있으려니, 별안간 시야 끝에 뭔가가 스쳤다.

푸리에는 연결로의 난간에서 몸을 내밀어 마침 복도 바로 아래 부근을 지나가는 사람의 자취를 눈으로 좇으려 했다. 너울거리며 흔들리는 옷자락은 연둣빛으로 보였다.

——연둣빛 드레스는 선명하게 기억에 남은 그 소녀와 일치한다.

"아."

뇌리에 소녀의 모습이 스친 순간, 난간에 얹혀 있던 푸리에의 발이 떴다.

앞으로 너무 숙이는 바람에 균형이 무너진 것이다. 그대로 소년의 몸은 연결로 밖으로 내던져졌다. 정원에는 석판이 깔려 있어 머리부터 떨어지면 무사히 끝나지 않는다.

경솔한 소행의 대가는 그 목숨으로 치르——,

"흐업?!"

지는 않고 끝났다. 부드러운 감촉이 파묻히는 몸을 받아낸다.

"푸홉! 파후아! 퉤퉤! 무, 무어냐, 흙? 흙이더냐?!"

부드러운 흙에 파묻힌 몸을 뽑아낸 푸리에는 입에서 이파리와 진흙을 뱉어냈다. 아무래도 석판이 아니라 화단에 떨어졌는지 기적적으로 다친 곳은 없었다.

바로 위를 올려다보니 푸리에가 추락한 연결로의 아랫면이 보였다. 2층 정도의 높이라고는 해도 상처 없이 끝난 건 숫제 우연의 산물이다.

"오오, 과연 본인이로세……. 궁지마저도 타고난 천운으로 물리친다는 뜻인가……."

푸리에는 진흙으로 더러워진 손바닥을 바라보고 그렇게 전율했다.

진정 행운이라면 애초에 추락하지 않았을 거란 사실은 완전히 무시. 푸리에는 얼른 화단에서 나가 시녀에게 목욕할 준비를 시켜야 하겠다 생각하고 몸을 돌렸다.

"————."

그곳에, 눈을 동그랗게 뜨고서 그를 바라보고 있는 소녀가 서 있었다.

묶어 올린 아름다운 녹색 머리카락에, 호박색의 맑은 눈동자. 언젠가 본 연둣빛 드레스로 몸을 감싼 소녀는 푸리에의 눈꺼풀에 아로새겨진 것과 다름없는 모습으로 분명히 그곳에 있다.

"오, 오오, 오오오……!"

그 사실을 인식한 직후, 푸리에의 뺨이 확 뜨거워지고 말을 제대로 잇지 못했다. 무슨 말을 하고 싶은지는 만나면 알 거라고 생각했지만, 만난 결과가 이 상황이다.

완전히 사고가 멈춘 푸리에 앞에서 소녀는 눈을 동그랗게 뜬 채로 머리 위를 확인했다. 그녀의 시선은 머리 위와 푸리에 사이를 왔다 갔다—— 그 모습에 푸리에는 알아챘다.

소녀는 필시 추락한 푸리에의 몸을 걱정하고 있음이 틀림없다.

"무얼, 걱정은 필요 없도다! 본인은 봐라, 이렇게 아무 데도 다치지 않았노라! 불안하게 만든 모양이나 신경 쓸 것 없다. 본인은 전신흉기인 남자인 고로!"

혼란에 빠진 채로 푸리에는 좌우지간 무사하다는 사실을 알리고자 두 팔을 벌려 포즈를 잡았다. 소녀의 반응은 없지만 적어도 건재하다는 뜻은 전해졌을 것이다.

사실은 이대로 대화에 흥을 올리고 싶은 바지만 꼴사나운 모습을 보였다는 자각이 푸리에의 발을 이 장소에서 벗어나게 만들었다. 오늘은 재회만으로 만족해두자.

"그럼 본인은 여러모로 바쁘므로 실례하마! 그대도 무탈하거라……. 응, 어?"

손을 척 들고 화단에서 발을 뽑은 푸리에는 떠나려고 했다. 하지만 그 첫 걸음은 앞을 막아서는 소녀의, 날카로운 시선과 딱딱한 목소리에 차단되었다.

“——그런 주장이 통할 줄 알았나, 수상한 놈.”

푸리에는 외견에 어울리는, 늠름한 음색이라고 생각했다.

그러나 그 감정도 금방 다른 놀라운 광경—— 소녀의 손에 잡힌, 단검의 광채에 빼앗겼다.

“오오?! 부, 부녀자가 그와 같은 물건을 들고 다니는 게 아니니라?!”

“아버지께서도 한탄하시지만 이렇게 도움이 될 때도 있지. 수상한 움직임은 하지 말도록. 날 여자라고 얕잡아 보지도 말고. ——왕성에서의 발칙한 꿍꿍이, 쉽게 끝나리란 생각은 마라.”

“음? 음? 음—?”

소녀의 목소리는 신랄하고 진정시키려는 푸리에의 말에 귀도 기울이지 않았다. 진심으로 푸리에를 수상한 인물이라고 간주하고 있는지 그녀의 눈에는 주저가 없었다.

푸리에와 같은 또래, 그 나이치고 무시무시한 담력—— 아니, 그게 아니다.

“————.”

소녀는 단검을 손끝이 하얘질 만큼 움켜쥐고 있다. 사람에게 칼을 겨누는 일에 익숙할 리가 없다. 그녀는 그저 책임감만으로 떨림을 억누르고 있는 것이다.

말투도, 재회 방식도, 소녀의 태도도, 모조리 다 예상 밖의 전개에 이르렀다.

하지만 착각하지 않은 점도 있다. 그것은.

“그대, 실로 좋은 여자로군.”

상상 이상으로 눈앞의 소녀가 호감이 가는 인품이었던 점이다.

소녀는 그런 푸리에의 중얼거림에 곤혹해하듯이 눈동자를 일렁인다.

"……내게 속임수는 통하지 않는다. 거짓말이나 꿍꿍이는 내 눈에는 다 비쳐 보여."

"본심일진대 그와 같은 투로 받아들이다니 섭섭하구나. 도대체 본인의 어디가 그렇게 마음이 들지 않는다는 것이냐. 아뢰어 보거라!"

"……얼굴을 가리고 있는 인간이, 말만 가지고 신용받을 수 있겠느냐?"

"――? 아! 아아, 그래그래! 이건 본인의 실수였어!"

지적받고서야 푸리에는 소녀가 품은 의심의 원인이 자신에게 있었음을 깨달았다.

머리에 손길을 주니 변장용의 두건으로 얼굴이 가려진 상황이다. 황급히 그것을 벗자 푸리에의 금색 머리카락과 얼굴이 드러났다. 그 모습을 본 소녀의 눈이 크게 떠졌다.

"곤란하게 만들었구나. 이와 같이 본인은 수상한 인물이 아니다. 이 나라의 제4왕자, 푸리에 루그니카다! 자, 이 얼굴을 잘 보도록 하라!"

놀라는 소녀에게 흡족해진 푸리에는 희미하게 땀이 밴 이마를 닦으면서 이름을 밝혔다. 그 말에 소녀는 경계심을 풀고 꽃이 피는 듯한 미소를 보이고――,

"참람한 행패, 죄송합니다, 전하! 이리된 이상 자진도 마다하지 않겠습니다!"

그렇게 쉽게 이야기는 수습되지 않았다.

4

푸리에의 정체가 밝혀져 단검을 거둔 소녀는 그 자리에 무릎 꿇고 있었다.

그녀 입장에서 보면 숫제 경천동지. 왕성에 수상한 인물이 나타난 줄 알고 잡았더니 그게 왕국의 왕자였던 것이다. 검까지 들이댄 사실을 감안하면 그 심경은 미루어 짐작하고도 남는다.

"그렇다고 해서 본인이 그 책임을 묻는 짓을 할 수 있을까! 두건을 써서 수상한 인물로 오해하게 만들고, 그 죄로 신민을 벌하다니 폭군보다 못한 판결이 아니더냐?!"

"하오나 전하께 그와 같은 태도……. 용서받아서는 아니 됩니다. 부디 처단을."

"그대는 묘하게 완고하구나! 근사하지만 귀찮도다! 에잇, 하면 본인이 하는 말에 따라라! 본인에 대한 사과라면 본인의 마음이 풀리게끔 하는 것이야. 그렇겠지?"

푸리에는 당장에라도 자신에게 단검을 돌릴 성싶은 소녀를 어떻게든 필사적으로 만류한다. 그 말에 소녀는 "알겠습니다." 하고 끄덕인 다음 푸리에에게 단검을 넘겼다.

"모쪼록 전하께서 바라시는 대로 심판해주소서. 어떠한 벌이라도 받겠습니다."

"음, 어떠한 바람이든 벌이든 받는다고 말했으렷다? 이 가슴의 고동은 무엇이냐……."

진지한 얼굴의 소녀를 앞에 둔 푸리에의 가슴에 이상한 고동이 있다. 하지만 푸리에는 얼굴을 흔들어 번뇌를 털어내고, 깊은 숨을 내뱉은 다음 마음을 가라앉혔다.

"그럼 벌을 선고하겠다. 그대에게는, 그렇지……. 한동안 본인의 심심풀이에 어울리도록 명한다. 본인의 마음이 풀릴 때까지 소일거리로 대화에 함께하도록 하라."

"네……? 전하, 그것의 어디가 벌……."

"그만! 반론은 듣지 않겠다! 그대, 본인이 바라는 대로 분부하라고 아뢰지 않았더냐. 따라서 본인은 바라는 대로 했다. 그대는 이에 거역하지 못한다. 그걸로 이야기는 끝이다. 알았으렷다?"

팔짱을 낀 푸리에가 몸을 젖히며 난폭하게 이야기를 끝맺었다. 그런 푸리에에게 소녀는 잠시 아연해하고 있었지만, 잠시 있다가 입가에 손을 얹었다. 그리고,

"후훗."

끝내 참지 못하겠다는 기색으로, 소녀가 웃음을 터트리고 있었다.

그것은 푸리에가 소녀에게서 처음으로 본, 나이에 걸맞은 웃음이다. 팽팽히 긴장하고 있던 표정이 툭 벌어져 비로소 드러낸

소녀다운, 사랑스러운 웃음.

"일이 꼬였을 때는 어찌 되려나 싶었는데, 이제야 한숨 돌렸도다. ……음."

소녀의 웃음에 벙글거리면서 푸리에는 문득 손안의 단검을 보고 깨달았다. 소녀에게서 건네받은 단검, 훌륭하게 만들어진 일품이지만, 그 칼자루와 칼집에 특징적인 조각이 새겨져 있다.

그것은 입을 벌린 사자를 모티프로 한 조각으로, 푸리에에게도 친숙하다.

"이 단검의 조각……. 이빨을 드러낸 사자의 가문(家紋)이로군. 그리되면, 그대는 칼스텐 가문의 관계자…… 아니, 메카트의 딸인가! 본인의 말이 맞으렷다!"

소녀의 정체에 느낌이 온 푸리에는 단검의 조각을 가리키면서 말했다. 그러자 소녀는 체념한 듯이 한숨과 함께 "예." 하고 엄숙하게 끄덕였다.

"전하의 혜안이 맞습니다. 전 칼스텐 가문 당주, 메카트 칼스텐의 딸. 크루쉬 칼스텐이라고 합니다. 전하께서 먼저 존함을 밝히시게 하다니, 부덕의 소치입니다."

"이름을 밝힌 건 본인의 자유. 얼굴을 숨기고 있던 것도 본인의 방자한 행동. 지나간 이야기는 앞으로 다시 들출 필요 없다. 그건 그렇고, 그래. 그대가 그 메카트의 딸이었나."

소녀── 크루쉬의 이름을 듣고, 푸리에는 그 울림을 귀와 기억에 새겼다.

그녀의 아버지인 메카트는 상급 귀족인 공작가 사람이다. 살짝 나약한 인상이 있긴 하나 왕가의 신뢰가 두터운 충신이었다. 눈앞의 소녀와 그다지 인상은 겹치지 않지만.

“크루쉬……. 좋은 이름이로고. 그대의 늠름하고 고상한 인상에 잘 어울리는구나.”

“과분하신 말씀입니다. 하오나, 감사하나이다.”

“무, 무얼, 빈말이 아니다. 아아, 그렇지. 이것도 되돌려 주어야겠군.”

수줍어하는 크루쉬를 무심코 넋 놓고 보다가, 푸리에는 얼굴을 붉히면서 헛기침. 그 감정을 얼버무리듯이 수중의 단검을 그녀에게 내밀었다.

크루쉬는 단검을 공손히 받아 들고, 그것을 살그머니 가슴에 껴안는다.

“보아하니 퍽 소중히 여기고 있는 모양이구나.”

“……아버지께서 주신 선물입니다. 생일 축하로, 조심해서 다루라 하시면서.”

머뭇거리는 크루쉬의 목소리는 겨눌 상대를 그르친 것에 대한 반성일 것이다. 그 점을 다시 들추지 않도록 푸리에는 일부러 화제의 방향성을 바꾸었다.

“딸의 생일 축하로 단검이라니, 메카트치고는 눈치 없는 선물이군.”

“제가 원했던 것입니다. 무엇을 원하느냐고 하셔서 당가에 전해지는 이 가문이 새겨진 단검을.”

“눈치 없지는 않군! 음, 단검 좋구나! 있으면 편리, 그것이 단검!”

"배려해주시지 않아도 괜찮습니다, 전하. 저도 자신의 기호가 보통 소녀와 약간 어긋나 있는 건 이해하고 있사옵기에."

푸리에의 필사적인 두둔에, 크루쉬가 어딘가 애잔한 미소를 보인다.

크루쉬와 같은 나이대라면 몸단장을 위한 보석과 장식품 따위를 원하는 소녀가 많을 것이다. 선택지를 얻었는데 문장이 들어간 단검을 고르는 건 확실히 별종이라고 할 수 있었다.

그러나 정녕 소중한 듯이 조각을 어루만지는 크루쉬를 보고 그렇게 단정하는 건 천박할 것이다.

"나쁠 게 무에 있나? 도검류에 마음을 빼앗겨 그 수집에 경도된다면야 아무래도 괴짜겠지만…… 그대는 그렇지 않으렷다? 그대의 집착은 사자의 문장. 하면 본인도 나쁜 기분이 아니지. 이래 봬도 일단 사자왕의 자손이니 말이다!"

"————."

"왜 그러느냐?"

고개를 연방 주억이며 이야기하던 푸리에를 크루쉬가 아연한 눈으로 쳐다보고 있었다. 그다지 동요하지 않는 소녀인 줄 알았는데 이렇게 다양한 표정을 보여주고 있다. 그 사실은 환영해야 할 일이지만 기왕이면 웃는 얼굴 쪽을 보고 싶은 노릇이다.

푸리에가 그렇게 생각하고 있을 때, 크루쉬는 "아, 아니요." 하고 머뭇거리다가 말을 맺었다.

"제가 문장에 집착하고 있다고…… 그렇게 받아들여진 게 처음 있는 일이라, 놀랐습니다."

"무어냐, 그런 것이더냐. ——그러나 사실 아니냐?"

"네. 그렇습니다……만."

확신을 가진 푸리에의 물음에 크루쉬는 그 근거를 찾고 있다. 그렇기에 푸리에는 당당히 가슴을 폈다.

"말해두지만 본인이 그렇게 생각한 이유는 딱히 없다. 근거라곤 없는, 단순한 확신이야."

"……전하께선, 진심으로 그리 말씀하고 계시는군요. 더욱더 놀랐습니다."

"본인은 기본적으로 언제든 진심이니 말이다. 그렇다고는 해도 본인의 초월성은 좀체 다른 이가 가늠할 수 있는 게 아니다. 후후, 본인이 무서우냐?"

"아니요. 그저, 감복했습니다."

크루쉬는 엄숙하게 고개를 숙이더니 푸리에에게도 보이게끔 단검을 들어 올렸다. 그녀는 가느다란 손가락 끝으로 조각을 매만지면서 호박색의 눈을 빛냈다.

"전하께서는, 당가의…… 칼스텐 가문의 문장이 사자인 이유를 알고 계신지요?"

"읏…… 물론이다! 당연히 알고 있노라. ……알고 있지만, 노파심에 그대의 입으로 얘기해보아라. 본인이 직접 맞는지 아닌지 확인해보자꾸나!"

"네. 전하께서도 알고 계시는 대로, 애초에 사자의 문장은 루그니카 왕가를 가리키는 것이었습니다."

그것은 400년 전—— 용과의 맹약을 주고받아 루그니카가 친룡왕국이라 칭하기 전의 이야기다. 일찍이 루그니카 왕국은 사자의 문장을 내걸고 국왕이 『사자왕』이라고 불리던 시대가 있었다.

영리하고, 강하며, 만민을 바르게 영도하는 사자왕——. 그 호칭을 잃은 건 최후의 사자왕이 용과 맹약을 주고받아 루그니카 왕국에서 사자보다 용이 존숭(尊崇)받게 되었기 때문이다.

"용의 지킴을 받는 은혜로 왕국은 풍요로워지고 새로운 번영을 얻었지요. 그리고 사자왕은 필요가 없어져 사자 문장은 현재의 용 문장으로 교체되었고."

"그래, 기억이 났다. 그 사라졌어야 할 사자 문장을, 당시의 왕가가 중용하던 가신에게 하사한 것이지. 그중에 『이빨을 드러내는 사자』의 문장이."

"저희, 칼스텐 가문의 문장이 되었사옵니다."

종알종알 말이 많은 마이크로토프의 잔소리와 내내 도망 다니던 교양 수업의 덕을 보았다. 그건 그렇고, 오늘은 유난히 풍화한 『사자왕』의 울림을 듣는 하루였다.

"나 참, 사자왕이라니……."

"네, 사자왕이지요."

많은 사람들에게 잊힌 사자왕의 울림을 가볍게 흘려 넘기려던 푸리에는 가까스로 입을 닫았다. 동의하듯이 끄덕이는 크루쉬의, 그 입매를 장식하는 미소를 목격했기 때문이다.

그것은 풍화한 과거의 위인을, 낡은 유물이라 잊고 웃는 웃음이 아니다.

——오히려 그녀의 웃음은, 잊힌 사자왕에 대한 친밀감과 동경에 차 있어서.

"아얏—!"

"전하?! 어, 어째서 갑자기 자기 자신을?!"

깜빡 웃으려던 걸 막기 위해서, 자신의 뺨을 후려갈겨 강제적으로 웃는 얼굴을 캔슬. 자기가 자기를 때리는 푸리에의 행동에 크루쉬가 깜짝 놀라 걱정을 보냈다.

"괜찮으신지요? 전하. 무슨 일이 있었던가요?"

"아, 아무것도 아니다. 입장이 불편한 일 따위 요만큼도 없었노라! 본인의 뺨에 살짝 벌레가 앉았을 뿐이다. 그와 같은 작은 존재에게까지 사랑받다니, 본인은 죄도 많지!"

뺨을 붉히며 울상 짓는 푸리에의 말에 크루쉬는 속아 넘어간 얼굴로 "그러하신지요……." 하고 수긍했다. 아픔을 감수한 가치는 있었다고 푸리에는 자기 판단을 칭찬했다.

그 뒤로, 다시 사자왕으로 이야기를 되돌려서.

"짐작컨대 크루쉬, 그대는 사자왕에게 예사롭지 않은 관심이 있는 모양이로군. 어째서더냐?"

"별다른 이유는. 그리고 이와 같은 말은 왕성에서 드릴 만한 내용도……."

"무어냐, 뉘가 들으면 난처한 이야기더냐? 하면 본인과 그대만의 비밀로 하여라. 본인은 결코 아무에게도 발설하지 않는다. 본인은 약속을 어기지 않노라!"

자신만만하게 내뱉는 푸리에의 말에 크루쉬는 잠시 입을 다물다가 또 웃었다.

왕성 최대의 관계자에게 얘기했는데 비밀로 하고 싶으니 마니도 없다. 자신이 왕족임을 잊은 듯한 푸리에의 말에 크루쉬는 맥이 풀린 얼굴을 하고 있었다.

"때때로 이런 생각이 듭니다. 저희 집안 가문의 의미를 알고, 왕국을 지키는 용의 맹약을 알고, 이 작은 몸에는 과분한 생각임을 알면서도."

"생각이라니, 무얼 말이더냐?"

"사자왕의 시대에는, 지금만 한 안녕은 없었을 테지요. 하오나 분명히 지금만 한 정체도 없었을 겁니다. 용의 요람은 안온하지만 너무나 자상하기 짝이 없어요."

"————."

크루쉬의 그 말에 푸리에는 저도 모르게 숨을 집어삼켰다.

입을 다문 푸리에를 보고, 크루쉬가 언뜻 입술을 누그러뜨렸다. 그것은 방금까지의 호의적인 웃음이 아니라, 어딘가 어른스러운 것이 느껴지는 달관한 웃음이다.

"전하께서는 왕국에 대한 불경이라고 나무라시겠습니까?"

"솔직하게 말해, 본인과 그대의 비밀이라 다행이라고 여기고 있다. 확실히 이건 서슴없이 해도 될 얘기가 아니야. 아니긴 하나……."

크루쉬가 무엇을 보고 있는지 푸리에에게는 당최 보이질 않는다.

그것은 지식의 차이이자 삶의 차이이기도 하다. 크루쉬의 사람됨을 지금 이곳에서 막 알게 된 푸리에가, 그녀가 품어 온 의문의 답변을 내미는 것은 불가능하다.

고뇌하는 푸리에를 보고 크루쉬는 눈을 가늘게 떴다. 그리고 어깨 힘을 뺐다.

“잊어주십시오, 전하. 분수도 모르는 계집의 단순한 헛소리입니다. 형제가 없다고 하더라도 저는 여자. 칼스텐 가문의 문장에…… 사자에 걸맞은 삶은 택할 수 없지요.”

택할 수 없다. 크루쉬는 체념과 함께 그 말을 입에 담았다.

하고 싶은 일이 있지만 할 수 없는 일이 있다고. 그것은 분명 크루쉬라는 소녀가 평범한 자녀와 결정적으로 다른 이유이자. 푸리에의 눈에 든 이유 그 자체로.

움츠러들고 있던 마음이 급속하게 열기를 띤다. 푸리에는 덧니가 보이는 입을 열었다.

“헛소리라니…… 남들이 그리 말한다 해도, 스스로 인정하는 정도의 굴욕은 없다.”

“……전하?”

헛소리라고, 자신이 하는 말을 이해받지 못하는 괴로움은 푸리에도 알고 있다.

그야말로 푸리에 자신 또한 포기한 적이 있다. ——그것을 제쳐두고서라도, 용서하기 어렵다.

푸리에의 눈길을 빼앗은 소녀가, 그 이유 자체를 내버리려고 하는 모습이.

“그대가 무엇을 바라고, 무엇을 이루려고 하는지 본인은 모른다. 분명히 그대가 소원에 매진한 결과가 지금 이곳에 있는 그대인 것이겠지. 그대는 그 시간을, 지금을, 아무래도 무익한 것이었다고 여기고 있는 모양이다만…….”

서 있는 모습에 홀리고, 옆얼굴에 홀리고, 말에 홀리고, 함께 보내는 시간에 홀리고 말았다.

푸리에가 그렇게 생각하게 만든 모든 것이, 크루쉬가 포기하고 내버리려던 소원에 다가서려 한 결과다. 그렇다면 그 부정은, 푸리에 속에 어린 열정의 부정이기도 하다.

——그건 잘못이다. 다른 누구도 아닌, 푸리에는 그것을 똑똑히 알 수 있다.

“분명히 그대는 본인보다 영리해. 하나 본인에게 영리함은 관계없다. 그대는 잘못되었노라! 본인은 그것을 알 수 있어!”

“……전하께서도 역시 제가 보는 건 잘못되었다고 말씀하시는군요.”

“모른다! 무엇이 잘못되었는지는 알지 못해! 하지만 무언가가 잘못되어 있는 것이야!”

대놓고 말하는 푸리에의 트집에, 크루쉬는 어안이 벙벙한 얼굴을 했다.

크루쉬에게 자신의 생각을 부정당하는 경험은 몇 번이고 있었다. 잘못되었다고 지적받고, 주위와 다르다는 말을 계속 듣고서 자신이 올바르지 않은 건 아닐까 생각해버렸을 터다.

그러나 푸리에의 부정은 그때까지 그녀가 뒤집어써 왔던 부정과는 심지가 다르다.

“포기한 얼굴로 맘대로 웃지 마라! 헛소리라도 그대의 말이니

라. 본인은 웃지 않고, 웃을 만한 자여도 결과는 아직 보지 못했다. 어떤 결과를…… 그래, 어떤 꽃을 피울지 알지 못해. 그대는 아직 봉오리니라! 봉오리가 얼마나 큰 꽃송이를 피울지, 피기 전에 누가 알겠느냐!"

봉오리라니, 근사한 표현을 떠올렸다며 푸리에는 자화자찬했다. 화단을 돌아보고, 흐드러지게 핀 꽃들의 구석에 봉오리인 채로 남은 한 송이를 손가락으로 가리켰다.

그것은 열흘 전 푸리에가 크루쉬를 처음 발견했을 때, 그녀가 물끄러미 응시하고 있던 한 송이다. 그 꽃은 아직도 봉오리인 채로 개화(開花)의 순간을 기다리고 있다.

"그대가 무엇을 보고 있는지 본인은 잘 모르겠노라. 모르겠으나, 저 봉오리를 봤을 때의 그대의 마음은 안다. 그것은 분명 본인과 마찬가지이기 때문이지!"

"———."

"즉, 그, 뭐냐! 너무 남과 다르다 다르다 하고 자신을 탓하는 건 그만두는 편이 낫다. 그런 짓에는 의미라곤 없고, 대단한 것도 아니야. 설령 다른 점이 있더라도 같은 것을 보고, 같은 것을 아름답게 여긴다면 우리는 잘해 낼 수 있으리라!"

주먹을 쳐들고 열변한 다음 푸리에는 "어떠냐!" 하고 크루쉬에게 기개를 담아 내비쳤다. 크루쉬는 그런 푸리에의 기세에 압도당해 눈이 완전히 동그래져 있었다.

다만 그녀는 입을 다문 채로 푸리에에게 이끌리듯 화원에 있는 봉오리 한 송이를 쳐다보았다.

"……오늘은, 그 봉오리가 꽃을 틔웠는지 아닌지 보고 싶어서 이곳에 왔어요."

"그렇겠지. 그대는 퍽 흥미롭게 저 봉오리를 보고 있던 고로."

"——? 전하께서 이곳에서 절 본 것은, 처음이 아니었던 건가요?"

"아! 아니, 처음이니라! 지금 건 뭐냐, 그래, 감이다! 거짓말이 아니야!"

크루쉬는 쓸데없는 말을 해서 이야기의 맥을 끊은 푸리에를 추궁하지 않고 웃었다.

"같은 것을 보고, 같은 것을 아름답게 여길 수 있으면……."

작은 목소리로 크루쉬는 그렇게 입에 담았다. 그 뒤로 그녀는 약간 훌훌 털어낸 얼굴로 말했다.

"전하. 이 봉오리가 꽃을 피우면, 함께하셔도 상관없으신지요? 그릇된 저여도, 전하와 같은 것을 똑같이 느낄 수 있을지 확인하러."

"어, 어어? 상관없노라! 음, 상관없다. 괘념치 마라!"

옅게 미소 짓는 크루쉬의 제안을 받아 푸리에는 목부터 위가 빨개져서 하늘을 노니는 기분으로 대답한다.

그런 두 사람의 어딘가 어긋난, 그러나 흐뭇하기도 한 대화를, 바람에 살랑거리는 꽃들과 봉오리만이 조용히 바라보고 있었다.

5

"즉, 푸리에 전하께서 속을 썩이시던 원인은 크루쉬 칼스텐 양이던 모양입니다."

루그니카 왕성의 한 방—— 서가에 둘러싸인 방에서, 마이크로토프는 보고를 받고 있었다.

그 노현인 앞에 서 있는 건, 푸리에의 교양 수업 등을 담당하고 있는 교사다. 원래부터 변덕스러운 푸리에지만 요즈음은 특히 더 수업에 집중하지 못하고 있다. 그 원인이 무엇이었는지 교사에게서 들은 마이크로토프는 길고 풍성한 수염을 쓰다듬으며 끄덕였다.

"흐음. 과연, 메카트 공의 영애입니까. 듣자하니 영애도 괴짜라고 하던데…… 그래서 푸리에 전하와 마음이 맞은 것일까요."

"저는 알기 어렵습니다. 하오나 영애와 전하께서 친밀하신 건 사실인 모양이라. 전날도 정원에 핀 꽃을 둘이서 보러 간다고……."

"그건 흐뭇한 일이구려. ……그러나 그래서 수업이 소홀해지는 건."

"아, 아뇨. 그것 말입니다만."

교사가 마이크로토프를 막고, 노현인의 눈썹이 치켜 올라갔다.

"전하의 수업 태도 말이지만, 전보다도 집중하시게끔 되었습니다. 어쩌면 영애와의 교제로, 그……."

"멋진 모습을 보이려고 힘쓰고 계시는 것……이라. 그건 더욱더 흐뭇한 일이로구려."

교사가 머뭇거린 부분을 마이크로토프는 또렷하게 입에 담았다. 교사도 그 말에 뺨을 긁었지만, 직후에 마이크로토프의 눈초리가 갑자기 날카로워져서 등골이 절로 곧추섰다.

노현인의 눈초리에 꿰뚫린 교사는 목이 마르는 것을 느꼈다. 마이크로토프가 물었다.

"그래서 전하 말인데…… 피의 조짐은 있었는지요?"

"그게 그…… 아뇨, 그와 같은 낌새는. 적어도 제가 본 바로는……."

교사의 그 대답에, 마이크로토프의 눈에 실망이 떠올랐다. 노현인은 길게 한숨을 몰아쉬었다.

"흐음, 그렇습니까. ……사자왕의 재림은 결국, 꿈에 불과하단 말인가."

바라는 결과를 얻지 못한 마이크로토프는 낙담을 숨기지 못했다. 그 노현인의 소원과 사상에 당최 공감하지 못하는 교사로서는 가만히 긴장만 하고 있을 도리밖에 없다.

왕국 최대의 현인은, 사자왕 시대의 현군이 재래하기를 바라고 있다.

하지만 그런 일에 무슨 의미가 있느냐는 게 교사의 생각이다. 왕국은 용의 맹약에 지켜지고, 그 비호 아래에 있다. 왕족에게는 피를 계승하는 것 이상은 바라지 않는다.

따라서 교사는 마이크로토프에게, 푸리에가 가진 특이성을 보고하지 않았다.

이따금 푸리에는 설명이 되지 않는 직감력을 발휘할 때가 있다. 하지만 교사는 반상유희나 산술 수업에서의 번뜩임을 단순한 요행의 일종이라 단정하고 있었다.

현실주의인 교사에게는 그게 현군의 자질로 이어진다고 생각할 수는 없었다.

마이크로토프의 이상에 공감하지 못하고, 푸리에의 자질에도 이해가 미치지 않는다.

이 교사는 교사로서는 우수한 인물이었지만 어디까지나 그것은 범용한 왕국민으로서다. 배우로서 이 무대에 오르기에는 역량 부족이랄 수밖에 없었다.

“그러하다면, 전하께는 하다못해 건전한 나날만이라도. 그때까지는 이 늙은이가, 좀 더 애를 써볼 수밖에 없을 것 같구려…….”

그러나 노현인이어도 다른 이의 마음까지 꿰뚫어 볼 수 있는 건 아니다.

마이크로토프는 교사가 가슴에 묻고 있는, 자신이 바라는 보고를 깨닫지 못한다. 그리고 푸리에 또한 자신이 무엇을 바라고 있는지 모르는 채로 하루하루를 보낸다.

그것은 일종의 비극이었지만, 동시에 운명에 대한 거대한 야유이기도 했다.

——그 사실이 올바르게 의미를 이루려면, 이보다 훨씬 더 미래의 이야기가 된다.

6

그 뒤, 푸리에 루그니카는 자신에게 걸린 기대의 눈초리도, 그 기대가 저도 모르는 새에 실망으로 바뀌었음도 깨닫지 못하고, 전보다 충실한 하루하루를 보내게 된다.

봉오리가 큰 꽃을 피우는 것을 본다. ──그 약속은, 크루쉬와 약속한 며칠 뒤에 이루어졌다.

그때의 크루쉬가 지은 미소는, 푸리에의 뇌리에 선명하게 아로새겨졌다.

"──전하, 아름답네요."

"음, 그러하구나! 본인은 이를 결코 잊지 않겠다!"

꽃을 응시하는 크루쉬의 말에 푸리에가 무엇을 엿보고 있었는지는 덮어두겠다.

그 뒤에도 푸리에와 크루쉬의 정원에서의 밀회는 시시때때로 이어졌다. 왕성을 방문한 크루쉬는 정원으로 발길을 옮기고, 그때마다 푸리에는 반드시 얼굴을 내밀게 되었기 때문이다.

단지, 활짝 크게 피는 꽃의 모습을 지켜본 크루쉬에게는 이전과 달라진 점이 있다.

"그대, 요즘은 머리를 묶지 않게 되었군?"

정원에서 밀회하는 횟수가 늘어나자 차츰 크루쉬의 분위기가 바뀌기 시작했다. 초기에 그녀는 머리를 묶어 올리고 소녀다운 드레스를 몸에 두르고 있었다.

그러나 요새 왕성에서 찾아보는 그녀는 긴 머리를 내리고, 드레스 디자인도 세련된 것으로 바뀌었다.

"전하의 말씀 덕분이랍니다."

그 사실을 지적받은 크루쉬는 푸리에의 말에 갑자기 입술을 누그러뜨렸다. 그러나 푸리에에게는 그 말에 짐작 가는 데가 없다. 크루쉬의 변화에, 자신이 무슨 말을 했었던가 하고.

"모르셔도 상관없어요. 다만 전 그 사실에 감사하고 있기에."

"음—! 하지만 그래서는 본인이 개운치 못하지 않느냐. 무어냐, 답답하구나!"

불만스러워하는 푸리에에게 크루쉬는 아무 말도 하지 않고 허리춤을 더듬었다. 그곳에 그 단검이 있으며, 손끝이 사자의 문장을 만지는 버릇이 있는 걸 푸리에는 알아채고 있었다.

그 버릇을 보고 있으면, 눈앞에 자신이 있는데 사자왕에게 그녀를 빼앗긴 기분이 든다.

"그대는 사자왕을 몹시도 좋아하니까 말이야."

"전하, 그건 오해입니다. 전 그저, 왕국을 지탱하는 사자왕만 한 왕에게, 최고의 충신으로 인정받은 선조를 자랑스럽게 여기고 있을 뿐입니다. ……빈도가 잦다고 자각하긴 합니다만."

토라진 푸리에에게 변명하는데 얼굴을 붉히고 있는 판국이니 설득력이 없다. 점점 더 마뜩잖은 기분에 푸리에는 원망스럽게 그녀의 단검을 노려보고 말했다.

"하지만 사자왕은 이미 없노라. 그대가 아무리 동경해도 같은 평가를 얻기는……."

"————."

"아! 아니다! 아니거든? 지금 건 그, 말이 나오다 보니 그렇달까, 아니니라!"

부주의한 말이 크루쉬의 급소를 파헤쳤는지, 입을 다문 크루쉬는 서글픈 눈치였다. 그 모습에 허둥지둥 언성을 높인 푸리에는 "좋아!" 하고 손뼉을 쳤다.

"하면 본인이 그대의 동경을 지켜보는 후견인이 되자꾸나!"

"전하?"

"그대의 왕국에 대한 마음, 사자왕이 인정한 충신에 비견될지 본인이 판가름해주겠다! 무얼, 본인은 사자왕의 혈족! 그대의 결의, 지켜볼 자격은 충분히 있으리!"

푸리에는 당당히 주장하고 자신의 가슴을 두드렸다.

그 엉망진창 주장에 크루쉬는 어안이 벙벙한 얼굴을 하다가, 또 웃었다.

"음! 왜 웃는 거냐. 본인의 완벽한 이론, 본인이 생각해도 홀딱 반할 정도였건만!"

"아, 아니요……. 죄송합니다. 하오나 전하께서 정말로, 대단한 분이시기에."

"하항—. 보아하니 그대, 본인이 사자왕만큼 충성을 맹세하기에 마땅할지 망설이고 있으렷다? 좋다! 하면 그대는 그대대로, 본인을 눈여겨보도록 하라. 본인은 그대의 충심을, 그대는 본인의 그릇을 본다. 이것은 본인과 그대의, 사자왕과 충신이 나눈 유대의 재현이니라!"

"아하, 아하하!"

"웃지 마라——!!"

푸리에의 선언에 크루쉬가 꽃이 피듯이 웃고, 푸리에 또한 웃었다. 함께 웃었다.

두 사람이 나눈 이 맹세가, 진심으로 이루어졌는지는 알 수 없다. 단지 그 뒤에도 두 사람의 친밀한 관계는 오래도록 이어지고, 이윽고 그곳에 또 한 소년이 추가된다.

그렇게 됐을 때, 푸리에는 이 맹세를 발단에 둔 유대에 꿈을 꾸게 된다.

그러니까 아직, 이것은 꿈의 시작. ——푸리에 루그니카가 꾼, 꿈의 시작인 것이다.

《끝》

『펠릭스 아가일은 낭자애다』

1

“사달이 났다! 본인이 맞선을 봐야만 하게 되었어!”

화창한 오후의 점심나절. 칼스텐 저택에 그런 뜬금없는 목소리가 울렸다.

응접실의 문을 열어젖히고 붉은 얼굴인 채로 숨을 헐떡이고 있는 건 금발 소년이다.

홍색의 눈에, 특징적인 덧니. 반듯한 의상과 모피를 배합한 호화로운 망토가 유난히 어울리는 미소년이다. 엄숙하게 입을 다물고 미소 지으면 많은 여자들의 마음을 사로잡을 것이다.

물론 그 소년이 그렇게 얌전히 있는 장면이라곤 본 적이 없지만.

침착함이 없는 소년, 그의 이름은 푸리에 루그니카. 친룡왕국 루그니카의 제4왕자라는 직함을 가진 젊은 왕족이었다.

“진정해주십시오, 전하. 그렇게 당황하셔서는 이쪽도 당혹스러워집니다.”

그렇게 응대한 건 눈곱만큼도 당혹감이 느껴지지 않는 목소리로 대답한 소녀였다.

길고 아름다운 녹발을 하얀 리본으로 묶고, 미성숙한 몸매를 남자용 의상으로 감싸고 있다. 호박색의 날카로운 눈과 늠름한 이목구비가, 장래의 미모를 약속한 것 같은 소녀였다.

소녀의 이름은 크루쉬 칼스텐. 이 저택의 주인인 메카트 칼스텐의 외동딸이자, 머잖아 공작가를 짊어지고 서게 될 미래의 걸물이다. 그렇다고는 해도 지금의 그녀는 아직 14세── 아직 그 재기(才氣)를 주위에 알릴 기회는 얻지 못했다.

"이게 진정하고 있을 일이더냐! 본인의 맞선이다! 이건 그대에게도 중대사 아니더냐! 그리 생각지 않느냐, 페리스!"

"흐에?! 페리한테 말 돌리세요?"

푸리에의 창끝이 빙글 구부러져 자신에게 꽂힌다. 의중 떠보는 말에 놀란 건 황갈색의 고양이 귀를 떠는 소녀── 풍의 소년, 펠릭스 아가일이다.

사정이 있어서 여장하고 있는 펠릭스가 페리스라고 이름을 대고 크루쉬의 측근으로서 직무를 책임진 지 벌써 5년이다. 푸리에와의 관계도 비슷하게 오래되어 이 소란스러운 왕자님이 몰고 오는 말썽거리를 즐길 정도의 도량도 갖추고 있었다.

"웅─, 그러네염. 근데, 근데요. 푸리에 님도 열넷…… 이제 아이가 아니라구 인정받았다 여기면 맞선을 보는 것두 별수 없을까냥 싶은데."

놀람에서 회복하자 페리스는 입술에 손가락을 세우고서 그런 식으로 읊조렸다. 그러자 그 말을 들은 푸리에의 얼굴이 창백해지고 움켜쥔 주먹이 후들후들 떨리기 시작했다.

"아, 아니 된다! 아니 돼! 본인은 맞선 따위, 절대 아니 하겠다! 사절이니라!"

"그러나 전하. 반려를 가지고 자식을 얻어 피를 잇는 건 왕족의 책무입니다. 전하께서 싫어하신다 해도 피하지 못할 문제임은 틀림없습니다."

"으, 으음? 아니, 그렇긴 하다만. 아니 그보다, 딱히 본인은 아무와도 혼인하고 싶지 않다며 야단 피우는 게 아니라, 그, 뭐냐……. 본인에게도 선택할 권리가 있달까. 애당초 본인은 맞선 같은 걸 하지 않아도…… 에잇, 무슨 말을 하게 할 작정이더냐!"

"우리 한심이 전하……."

맞선에 맹반대하는 푸리에를 크루쉬가 반론할 여지가 없는 정론으로 베어버렸다. 이에 푸리에는 항변하려 했지만, 앞으로 한 발짝을 못 미치고 새빨개진 얼굴로 발작을 일으켜버렸다.

그 결과에 페리스는 땅이 꺼져라 한숨을 내쉴 수밖에 없다.

벌써 5년, 이 두 사람의 대화를 지켜봐 온 페리스는 참으로 답답해서 환장할 지경이다. 푸리에의 연심이 크루쉬에게 쏠려 있는 건 자명한 이치다. 오래도록 마음에 두고 있는 상대가 있는 입장에서 맞선이 내키지 않는 것도 당연한 노릇이리라.

그렇다면 그런대로, 푸리에가 자신의 마음에 솔직해지면 그만인 것이다. 제4왕자 푸리에와 공작 영애 크루쉬. 신분은 어울린다. 장해라곤 없는 것이나 다름없다.

단.

"페리스, 전하가 완전히 앵돌아지셨어. 내가 무슨 이상한 말을 한 걸까? 넌 어떻게 생각하지?"

목소리를 죽이고 푸리에에게 들리지 않도록 귀엣말해오는 크루쉬에게 다른 뜻은 없다.

페리스의 삶이 다하는 날까지 섬길 주인이자, 세상에서 가장 사랑하는 소녀는 호의 이상의 감정에 궁극적으로 둔감하다. 푸리에의 연애에 장해는 없지만, 가장 큰 난적인 본성이 함락되지 않는다는 문제는 있었다.

점점 더 푸리에에게는 조속히 고백할 사내다움을 갖출 것이 요구되지만——.

"으응, 크루쉬 님은 암—것두 잘못 없어요. 잘못한 건 전부 전하, 전하가 잘못한 거죠. 전하의 한심이 기질이 낫게끔 크루쉬 님두 말씀을 해주세요."

"흠, 알았다. 네가 하는 말이라면 틀림없겠지. 전하, 저는 모르겠지만 전하의 한심이 기질이라는 게 낫게끔, 진심으로 기원하겠습니다."

"크허억?!"

마음에 둔 상대에게 악의 없이 한심이 기질을 지적받은 푸리에는 가슴을 움켜쥐고 무릎을 꿇고 말았다. 그 모습에 크루쉬는 눈을 동그랗게 뜨다가, 페리스를 나무라듯이 쳐다보았다.

"페리스, 나중에 벌이다."

"아잉—, 페리는 그냥, 크루쉬 님이 웃어주셨으면 했을 뿐인데에."

"나 원, 듣기에는 좋은 소리를. 내『풍견(風見)의 가호』에서, 이만큼 빠져나갈 수 있는 건 너 정도뿐이다. 만능이 아니라고 깨닫는 건 나쁜 기분이 아니다만."

"그래요. 페리는 크루쉬 님에게 그렇게 진언하구 싶었던 거예요. 진짜거든요?"

"믿으마. 그건 그렇다 치고 벌은 주겠다마는."

자못 심각한 얼굴로 끄덕이는 크루쉬는, 말을 꺼내고 실행하지 않은 예가 없다. 벌이라는 어감은 근사하지만, 사실 제대로 벌이어서 까부는 데에도 자못 각오가 필요하다.

"그런데도 페리는 계속 까불댄다. 사랑스러운 크루쉬 님의, 좀처럼 볼 수 없는 놀란 얼굴을 아로새기기 위해서……!"

"에잇! 그대들 적당히 해라! 본인이 침울해져서 쪼그려 앉아 있으면 위로하는 게 당연하지 않느냐! 본인을 제쳐두고 즐거운 척하지 마! 외롭다!"

방치당한 푸리에가 토라져서 소란을 피우기 시작했다.

어린이처럼 아우성치는 푸리에를 달래는 건 보통 일이 아니다. 크루쉬와 페리스는 둘이서 그 대응에 쫓기고 만다.

그 역할이 싫다는 생각은 전혀 하지 않는 게 이 세 사람의 관계지만.

2

푸리에의 발작도 가라앉아, 세 사람은 새삼 응접실에서 예의 맞선의 자세한 내용을 이야기하고 있었다.

"맞선 상대는 구스테코의, 대주교의 계보에 적을 둔 소녀라더군. 연령은 열아홉으로, 본인보다 다섯 살이 위지. 음, 이건 잘 되지 못해. 맞선은 파담이야."

"전하, 전하, 근거가 약하다니까요."

처음부터 결론 내린 푸리에를 페리스가 화내지 않게끔 나무랐다.

구스테코 성왕국은 네 대국 중 하나로, 거센 한기와 강설이 한 해 내내 이어지는 걸로 알려졌다. 혹독한 환경이어야만 태어날 종교관이 숨 쉬고, 독특한 정령 신앙이 있는 것도 유명하다. 푸리에의 입에서 나온 대주교라는 신분도, 구스테코에서는 매우 존귀한 직함이었다.

"대주교라면, 루그니카에서는 현인회 수준의 상급 귀족이죠? 그곳이랑 인척 관계가 된단 말은 나라에도 큰 의미가 있구……."

"두 나라 사이에도 매우 가치 있는 혼인이라고 할 수 있지. 전하, 이건 중요한 책무입니다."

"잠깐잠깐잠깐잠깐! 아까 상황이 되풀이될 거다! 언제부터 그대들은 성왕국의 첩자가 되었어! 본인은 맞선 보고 싶지 않으니라! 도와줘!"

울상 짓는 푸리에가 페리스의 다리에 매달렸다. 남이 보면 터무니없는 상황이라고 생각하면서 페리스는 울보 왕자의 머리를 쓰다듬어서 얼렀다.

"푸리에 님이 그렇게까지 싫으시다면, 이야기는 성립되지 않을 거라고 생각하는데요……. 아무리 그래두 싫어서 그렇단 이유로 내치기는 무리거든요?"

"음, 그건 아무리 본인이라도 알고 있느니라. 그보다 솔직하게 그대로 말했더니 마이크로토프에게 웬일로 야단맞았다. 그런 식으로 혼날 줄은 본인도 몰랐어……."

총명하고 온후하다고 알려진 현인회의 마이크로토프. 터무니없는 상대를 벌써 화나게 만든 데에 머리를 부둥켜안으면서 페리스는 어떻게 해야 하나 하는 생각에 크루쉬 쪽을 보았다.

"크루쉬 님~, 어떡하면 될 거라 생각하세요?"

"그렇군. 왕국을 생각하자니 전하께서 포기해주셨으면 하지만, 나도 전하께는 은혜를 입었지. 그 전하께서 도움을 청하신 이상, 가능한 한 응답해야만 한다. 그런데 전하, 이 혼인이 성립된 경우, 상대인 영애께서 왕국에 오시는 형태이신지요."

"아니, 마이크로토프는 조금 추운 곳에서 공부하고 오라고 본인더러…… 무리니라! 본인은 더운 것도 추운 것도 못 견디지만, 추운 쪽이 훨씬 더 괴로워! 따라서 훈훈해진 오늘 같은 날에도 모피를 놓지 못하고 있으니 말이다!"

맞선에 내키지 않아 하는 데다가 결혼 후의 생활에도 불안감이 있다. 이렇게까지 힘껏 거부하고 있으면 이미 맞선 상대인 영애 쪽이 딱해지고 만다. 물론 맞선 상대인 영애도 푸리에의 인품과 부대끼면 똑같은 수준으로 휘둘려서 괴로워할 가능성도 있지만.

"그렇게 보면, 혹시 이 맞선은 당사자 둘 다 행복하지 않을지 두……."

귀족의 혼인이야 그런 법이라고 맺고 끊어버리면 그뿐인 이야기. 하지만 페리스는 크루쉬를 경애함과 동시에 푸리에에게도 강한 친애의 마음을 품고 있다.

가능하면 두 사람은 이 세상에서 최고로 행복해주길 바란다. 최악의 경우 그곳에 자신이 있을 곳이 없다고 하더라도——. 페리스는 그렇게 생각하고 있는 것이다.

"별수 없지……. 전하도 이만큼 말씀하고 계시구, 맞선을 깨부수는 방향으로 생각해보죠. 뭐얼, 이제 와서 전하의 평판이라곤 더 이상 내려갈 데가 없으니까요!"

"오오! 의욕을 품어주었느냐! 실로 든든하다, 페리스! 해서, 어쩌지? 먼저 다른 혼인을 맺어버릴까. 그, 뭐냐, 누군가와!"

"그건 전하가 인생 최대의 용기를 내지 않으면 무리죠—."

기개 있게 나서려 해도 한 발짝 부족하다. 푸리에의 기개 없는 근성에 혀를 내밀면서 페리스는 복잡한 표정을 하고 있는 크루쉬의 손을 잡았다. 그리고 그 손을 아직 페리스의 무릎에 매달려 있던 푸리에의 손에 포갰다.

"이렇게요. 상대의 영애에게는 미안하지만, 푸리에 님에게는 이미 마음이 통한 연인이 있다……. 그런 식으로 맞선에서 밀어붙이죠!"

"그그그, 그런 수법이?! 아니 하나, 본인과 크루쉬는, 그, 연인이지는!"

"네, 아니죠! 아니지만, 상대를 믿게 만들어 물러나게 하면 되는 거예요! 그 뒤에 둘이서 싸우고 헤어져도 아무 문제 없어요!"

"페리스, 왠지 본인의 마음이 아프다! 가슴과 등이 아파! 치유 마법을 걸어다오!"

"그건 마법으론 고칠 수 없는 아픔이니 무리예요!"

셋이서 손을 겹친 채, 페리스의 기세에 푸리에가 휘말린다. 그리고 차츰 자연히 크루쉬와 연인 시늉을 할 수 있는 걸 깨닫고 푸리에의 뺨이 붉은 기운을 더했다.

그리되면 우쭐대는 건 빠르다. 푸리에는 괜스레 자신감 있게 일어서서,

"훗훗훗, 좋겠지. 과연 페리스……. 본인의 배우로서의 실력을 깨닫다니, 칭찬해주마!"

"아뇨아뇨, 모든 건 전하의 식은 죽 먹기인 인품이 있어서죠. 페리는 아무것도!"

"하하하, 그렇게 칭찬하지 마라! 음, 기분이 좋아지기 시작했어. 아까까지 자욱하던 가슴의 먹먹함이 거짓말 같군. 좋아, 그리되면 크루쉬!"

얼뜨기처럼 웃으며 평소의 모습을 되찾고, 푸리에가 크루쉬에게 손을 내밀었다. 하얀 이를 드러낸 푸리에는 장난꾸러기 같은 얼굴로 사랑스러운 소녀를 불렀다.

"본인과 협력해 이번 맞선을 망치거라. 그 협력을, 그대에게 청……."

"황공하오나 전하, 전해드려야만 할 일이 있습니다."

"음……. 무엇이더냐."

모처럼 꺼낸 언변이 차단되어 푸리에는 불만스럽게 입술을 삐죽인다. 그런 푸리에에게 크루쉬는 정중한 얼굴로, 그러나 고운 눈썹을 찡그리며 말했다.

"실은 예의 맞선 날짜, 저는 이미 아버지로부터 용무를 분부받고 있습니다. 그것도, 왕궁에서 마이크로토프 님의 부름이 있으시다고……."

"냐냐?!"

얼이 나간 푸리에와, 놀람을 숨기지 못하는 페리스. 그러나 사고 정지한 푸리에와 다르게 페리스는 그 계획된 듯이 나쁜 타이밍이 실제로 계획된 거라고 간파한다.

"먼저 크루쉬 님의 예정을 메워서, 맞선을 망가뜨리지 못하게끔 선수를 빼앗겼다?"

"아버지와 마이크로토프 경이라면, 그러한 책모도 하시겠지. 물론 정말로 우연일 가능성도 있지만…… 하옵기에 전하, 전 힘이 되지 못할 것 같습니다."

"그, 그러하더냐……. 따, 딱히 상관없다. 하하, 딱히…… 응, 됐어."

낙담과 실망과 동요를 채 숨기지 못하고, 푸리에는 엉덩방아를 찧고 울적해하고 말았다. 그 모습이 너무나 서글퍼서 페리스는 황급하게 위로하려 든다.

그러자 그 모습을 바라보고 있던 크루쉬가 고개를 꼬다가, 끄덕였다.

"전하, 상대는 딱히 제가 아니어도 상관없지 않겠습니까?"

"——어?"

페리스와 푸리에가 동시에 고개를 들고, 동시에 소리를 높였다.

그 호흡이 딱 맞는 두 사람의 반응을 보고, 크루쉬는 드물게도, 정말로 드물게도 뺨을 일그러뜨렸다.

고결한 그녀가 좀처럼 보이지 않는, 나쁜 생각을 떠올린 사람의 웃음이었다.

3

——당일, 맞선은 루그니카 왕국과 구스테코 성왕국, 그 국경에 가까운 저택에서 거행되었다. 회장이 된 곳은 루그니카 북부를 총괄하는 미제르 자작 저택으로, 몰래 이번 꿍꿍이를 귀띔받은 자작은 뜻밖에 내켜 하는 기색이었다.

"성왕국 패거리는 소름이 끼칩니다. 루그니카 왕족의 피에, 그 꿈 많은 패거리의 피가 섞이다니 생각도 하고 싶지 않군요. 특히 오늘의 영애는 심각합니다. 파담, 아주 좋소이다!"

그다지 크게 떠들 수는 없지만, 국경변의 영주에게는 고생이 끊이지 않는 것이리라. 이걸로 조금은 앓던 속이 풀리겠다고, 전면적으로 눈감아줄 것을 약속해주었다.

"메카트 님도 그렇지만 높으신 분은 이상한 사람이 아니면 안 되는 걸까냥."

미제르 자작의 인품에 페리스는 골칫덩이가 된 저택의 주인을 떠올린다. 메카트도 귀족답지 않은 인물이지만, 되짚어보면 왕성에서 얼굴을 튼 면면들은 그러한 인간이 많았을지도 모른다. 몇 년 전, 치유 마법의 숙달을 위해 연수한 나날이 떠올랐다.

그 시기에 만난 사람들도, 귀족다운 귀족은 없었던 인상이 강하다.

"뭐, 가장 가까운 곳의 사람들이 전혀 그럴싸하지 않으니 말이야."

크루쉬에 푸리에, 메카트는 인품에 꼬투리 잡을 구석이 없다. 체면을 신경 써서 강권을 휘두르는 견본 같은 귀족은, 어쩌면 자신의 부모 정도뿐인 것 아닐까.

"아—, 싫다 싫어. 대무대 전인데, 이상하게 마음이 침울해지지잖아."

뺨을 쳐서 기합을 넣으려다가, 붉어져서는 큰일이라고 따귀를 거둔다.

모처럼 평소 이상으로 정성 들여 준비한 참이다. 크루쉬의 수배로 동행해준 시녀들은 최고의 퍼포먼스를 발휘해주었다. 그만큼 이 자리에 오지 못한 크루쉬에게도 기대받고 있다는 뜻이다.

그렇게 생각하기만 해도, 페리스의 마음은 날개를 받은 것처럼 가뿐하게 떠오른다.

"좋아……. 페리, 갑니다!"

뇌리에 그린 크루쉬에게 등이 떠밀려 페리스는 대기실 밖으로 나갔다. 그대로 전장에 가는 각오로 치맛자락을 살랑이자, 복도에서 기다리던 자작이 웃음으로 배웅해준다. 잘 모를 기세에 올라탄 채로 페리스는 목적한 방에 도착했다.

닫힌 문 앞에서 자작의 부하가 긴장한 표정으로 페리스에게 끄덕인다. 그리고 페리스는 열린 문으로 모습을 내비치고 당당하게 맞선 회장으로 쳐들어갔다.

"——푸리에 전하는 제 연인, 이런 맞선은 용서 못해요!"

크루쉬를 대신해 이 맞선을 깨부술 입장으로서.

4

난입한 페리스를 더해 맞선 자리는 매우 혼미한 분위기에 휩쓸려 있었다.

아무래도 맞선은 당사자를 단둘이 놔둘 흐름이었던 모양이지만, 그곳에 페리스가 끼어든 형세다. 2대1, 수로는 푸리에 측이 유리하게 선 상황이다.

그러나 수가 아니라 질로 비교했을 경우, 거대한 오산이 있었다. 그것은,

"마, 맞선 상대 분……. 대단히 강해 보이는 분이시네요?"

말끝을 흐리면서 페리스는 정면에 앉아있는 푸리에의 맞선 상대를 평한다.

현재, 세 사람은 맞선 회장의 방에서 작은 테이블을 사이에 두고 마주 보고 있다. 푸리에 옆에 페리스가 앉고, 푸리에 정면에 상대가 있는 형세였다.

하지만 맞선 상대는 수의 불리를 뒤집을 만한, 압도적인 존재감을 뿜는 인물이었다.

“배려하시지 않아도 괜찮답니다. 남보다 곱절은 몸이 크다는 자각이 있는걸요.”

느릿느릿 품위 있게 고개를 내저으며 상대의 영애는 부끄러운 내색으로 고개를 숙였다. 몸짓만 보면 과연 좋은 환경에서 자랐음을 엿볼 수 있다고 납득하고 싶지만.

――유감스럽게도, 남보다 곱절이라는 표현이 겸손으로는 끝나지 않을 만큼 몸이 크다.

영애는 푸리에의 정면에 앉아있지만, 페리스의 정면에 앉아있다고 느껴도 이상하지 않을 만큼 폭을 점하고 있다. 사람이 아니라 바위와 대치하고 있는 격이다.

“그, 그래서 말일세, 틸리에나 양…….”

게다가 이름이 귀엽다. 눈의 요정이라도 나타날 성싶은 이름지만, 그 실태는 하얀 암벽이다. 적설이 많은 구스테코의 여성은 눈이 배어든 듯이 하얀 살결을 하고 있다고 들었지만, 틸리에나 양의 살결도 예외가 아니다. 살결만 보면 절세, 떨어져서 보면 절벽이라는 양상이다.

평소에는 강하게 나서는 푸리에도, 영애의 압박감에 압도당했는지 반응이 시원치 못하다. 그런데도 어떻게든 옆의 페리스의 어깨를 안고 살짝 호리호리한 몸을 끌어당긴다.

“이, 일부러 먼 곳에서 발길을 옮겨주었는데 미안하지만, 본인에게는 이렇게 이미 정인이 있소. 유감스럽게도 이번 연담,

받을 수는 없는 것이야."

"그래요. 전 전하 말고 다른 사람과 맺어진다는 생각은 할 수도 없어서. 그러니 부탁드려요. 부디 저희 사이를 갈라놓지 마시어요……!"

살짝 말을 주춤한 푸리에에 비해 연기가 과도한 페리스의 말. 눈물 어린 호소에 심금이 울었는지 틸리에나 양은 선이 굵은 이목구비에 수심을 띠고 고개를 숙였다.

"제발 두 분 다 사과하지 말고 고개를 들어주세요. 두 분의 서로를 그리는 마음, 저도 통감했습니다. 제 쪽이야말로 부끄러워요."

틸리에나 양은 북쪽 나라 특유의 노출이 적은 모피 드레스 차림이다. 그 가슴팍을 살그머니 누르고 그녀는 이성적인 눈으로 페리스와 푸리에를 응시했다.

"수십 년 전의 내전, 성왕국에서도 귀동냥했습니다. 내전이 끝나고도 응어리가 남아 있다고 들었지만…… 푸리에 님과 연인님 사이에 그와 같은 장애는 관계없는 거군요. 아름다운, 애정이라고 생각해요."

틸리에나 양의 시선이 자신의 고양이 귀에 돌아가 있음을 페리스는 알아챘다.

그녀가 말하는 내전이란 루그니카 왕국에서 오래도록 이어진 아인(亞人)과의 전쟁이다. 페리스의 귀는 격세유전이지만, 어릴 적에 힘든 시간을 보냈던 것과 무관하지는 않다. 자연히 틸리에나의 말에 표정이 딱딱해진다는 자각이 있었다.

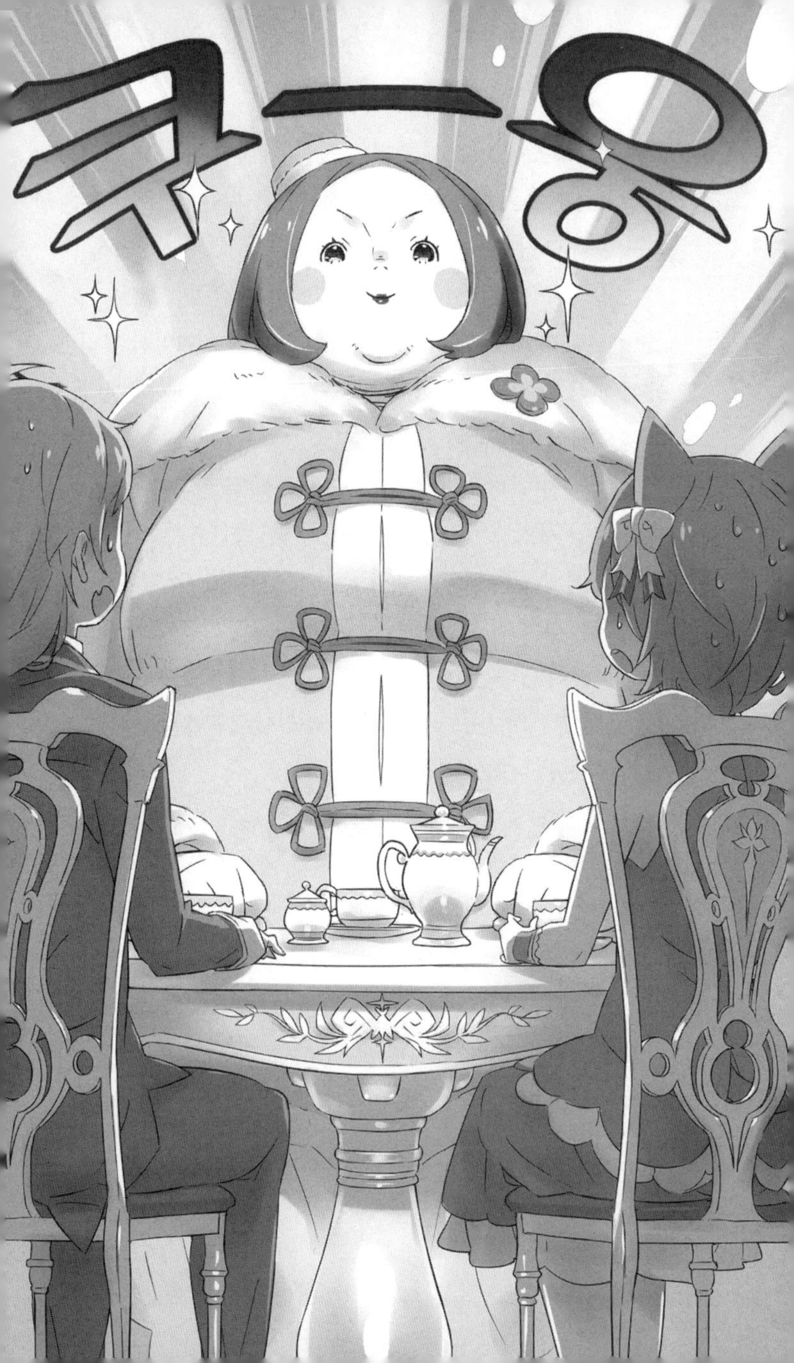
쿠—웅

커트 드레스에서 훤히 드러난 하얀 어깨가 떨리고 페리스는 반사적으로 움츠러들 것만 같아진다. 그러나 어깨를 껴안은 팔이 별안간 굳건함을 더했다.

“그 말이 맞소이다, 틸리에나 양.”

고개를 꼿꼿이 든 푸리에가 페리스를 꽉 껴안으면서 틸리에나 양에게 선고한다. 표정에서는 조금 전까지의 주눅이 사라지고 강한 의지와 사명감이 깃들어 있었다.

“본인은 친애와 우의에, 출신도 종족도 결코 묻지 않소. 사랑스러운 건 사랑스럽소. 누가 무어라 말할지언정, 그렇게 느끼는 본인의 마음은 본인으로서도 어쩌지 못하는 것이야. 본인에게 이자는 귀까지 포함해 사랑스럽소. 고양이 같은 변덕도, 보듬을 보람이 있다는 게지.”

그렇게 말하며 자랑스럽게 웃는 푸리에. 그 얼굴을 지척에 둔 페리스는 뺨이 뜨거워진다.

지금까지의 교제 중에서, 푸리에가 페리스의 귀에 대해 언급한 적은 한 번인가 두 번. 어느 것이나 페리스를 부정하지 않고 도량의 크기를 나타내는 것임에는 변함이 없다.

다만, 사랑스럽다고까지 단언 받은 건 처음이라 얼굴이 확 붉게 물들었다.

“정말, 부러울 정도로 사랑받고 있군요.”

푸리에의 단언을 듣고 틸리에나 양은 큰 곰이 만족스러워하듯이 웃었다.

그 미소를 보고 틸리에나 양도 이 맞선의 파담에 동의했노라고 페리스는 이해한다. 남의 사정을 헤아려주고 이해심도 있다. 푸리에를 줄 수는 없지만 틸리에나 양도 행복해져야 할 사람이라고 페리스는 생각했다.

"미안하구려, 틸리에나 양. 그대는 총명하고 무엇보다 자상해. 본인도 마음에 둔 상대가 없으면 그대와 맺어져도 나쁘지 않을지도 모르겠다고 생각했소."

"내친 여자에게 자상히 대하는 건 그만두세요. 연인이 계시는 분을 그리는 것 만큼, 괴로운 밤은 없으니까. 그리고 제 쪽이야말로 생각이 얕았답니다. 푸리에 루그니카 님은 여장부 기질의 우락부락한 여성이 취향이라는 소문, 혹시 모른다고 얄팍하게 생각했었지요."

일어나는 틸리에나 양의 말에 페리스는 저도 모르게 소리를 지를 뻔했다.

크루쉬에 대한 푸리에의 마음이 곡해되어 전달된 결과, 이번 맞선이 실현되었다는 뜻이다. 요컨대, 맞선의 계기도 파담도 원인은 푸리에의 한심이 근성이다.

"전하, 조금은 반성해주시죠……."

"어이하여?! 오늘의 본인은 본인이 생각하기에도 남자다웠다고, 자찬하고 있던 참이었다만?!"

5

“아무래도 맞선의 결과는 들을 필요도 없는가 보군요.”

틸리에나 양의 동행자와 함께 방에 찾아온 미제르 자작은 인정사정이 없다. 그러한 인품이라고는 생각하지만, 틸리에나 양의 비위를 상하게 해선 난처할 따름이다.

그러나 그 자작의 난폭한 말에 틸리에나 양은 몹시 온화한 웃음을 짓는다.

“변함없이 자작님은 자상하지 못하군요. 상심한 여인을 위로해주진 않으시고요?”

“위로할 상대를 찾는 게 목적인 맞선 아니요? 잘 풀리지 않은 건 자신의 문제지. 이쪽한테 말해도 헛다리 짚었다는 겁니다.”

옆에서 듣고 있으면 조마조마해지는 대화지만, 당사자 두 사람은 신경 쓰는 내색도 없다. 유난히 자연스러운 기색에 페리스는 틸리에나 양의 시종인의 어깨를 찔렀다.

“저, 좀 묻고 싶은데요. 두 분은 아는 사이인가요?”

“네? 아아, 그렇죠. 미제르 자작님은 어릴 적에 성왕국에 몇 번씩 발길을 옮기셔서, 그때에 틸리에나 양과도. 그로부터 10년 이래의 지인이라…….”

장년의 시종인이 하는 말을 듣고 그 배경을 감안해 지금까지의 두 사람의 대화를 보고 있으면, 아무래도 다른 사정이 비치기 시작하는 걸 페리스는 알 수 있었다.

괜스레 공격적으로 맞선의 파담을 바라고 있던 미제르 자작의 언동. 그리고 실제로 맞선이 파탄되어 묘하게 기쁜 내색과 생기 넘치는 말다툼.

"혹시 자작님, 틸리에나 님을 좋아하시는 거 아녜요?"

"뭣?!"

의문이 그대로 입에서 나와, 그 말을 들은 자작의 표정이 삽시간에 새빨개진다. 그대로 자작은 황급하게 틸리에나 양을 돌아보더니,

"아니, 아니외다! 지금 건 단순한 놈의 망상으로, 난 당신에 대해 아무 생각도!"

"그렇게 당황하지 않아도 알고 있어요. 그런 것보다 부녀자를 지칭해 '놈' 이라니, 무례하지 않나요. 그쪽을 사과하셔야지요."

"놈이면 충분해! 애당초 이런 행색이지만 이놈은 남자야!"

얼버무리는 기세에 말이 헛나와서 미제르 자작이 해서는 안 될 말을 폭로했다.

"하?"

놀라는 틸리에나 양이 페리스를 쳐다보고 지금 말의 진위를 묻는다. 물론 이대로 끝까지 얼버무리는 것도 가능하지만, 조사 받으면 금방 꼬리가 잡힌다.

"――네. 말씀하신 대로, 전 남자입니다."

부정해도 소용없다고, 페리스는 드레스의 가슴 자락을 내려 평평한 가슴을 보인다. 그래도 차마 못 믿는 얼굴의 틸리에나 양에게 어쩔 수 없다고 치마 안쪽을 보였다. 기겁한다.

"하지만! 확실히 성별은 남자지만, 전하와의 사랑은 진짜예요! 저희는 서로 사랑하고 있어요! 그렇죠, 전하!"

남자인 증거를 들이대고, 그래도 사랑은 거짓이 아니라고 페리스는 주장한다. 옆에 있는 푸리에의 팔을 꼭 껴안고 몸을 꼭 밀어붙였다.

"전하, 사랑해요."

촉촉한 눈으로 푸리에를 바라보며 침묵하는 뺨에 입맞춤한다.

입술의 부드러운 감촉에 푸리에는 간신히 경직해 있던 목을 움직였다. 그리고 정면으로 페리스를 쳐다보고, 단정한 이목구비의 입술을 크게 떨다가,

"나…… 남자라도 상관없노라! 그대가 그대라면!!"

이라고, 일찍이 없는 남자다움으로 한심이 기질을 반납하고 그렇게 부르짖은 것이었다.

6

"일의 자초지종은 똑똑히 들었다. 듣자하니 전하의 상대였던 영애는 미제르 자작 슬하로 시집가게 되었다더군. 예정과 꽤 다른 방식으로 수습이 됐군그래."

맞선 소동의 전말을 듣고 크루쉬는 웃음을 참지 못하는 얼굴로 그렇게 말했다.

항상 이성적인 그녀치고 이러한 충동은 드물다. 그만큼 이번 일이 그녀에게도 통쾌한 사건이었다는 뜻이리라.

한편으로, 페리스 쪽은 탐탁잖은 얼굴을 하고 있었다. 그 이유라는 것도,

"맞선이 파담이 된 건 좋지만, 푸리에 전하와 약간 어색해졌어요. 페리, 외로워요."

"설마 이제 와서 페리스의 성별이 전하에게 들통 날 줄이야……. 어쩌면 평생 전하에게만은 들키지 않을 가능성도 있다고 생각 중이었다만."

"아니—, 그래도 그렇지, 아무리 푸리에 전하라도 그 정도까지는 아니지 않을까요?"

그래도 단언 못하는 구석이 푸리에의 바닥 모를 공포라고 해야 할까.

어쨌든 미제르 자작의 길었던 연모도 간신히 결실을 맺고, 틸리에나 양도 행복을 잡을 수 있을 듯한 기색. 나머지는 푸리에와의 관계가 복구되면 대단원이라고 해야 할까.

"참고로 이번 일이 어떻게 전해졌는지, 전하는 남색가라는 이야기를 들었다. 이로써 이번 같은 연담이 날아들 일은 없어질지도 모르겠군. 다만 소문이 퍼진 순간, 왕성에서 내게 동정하는 바람을 다수 느꼈는데, 그건 뭐였던 거지."

"아—, 어—음, 왜, 별별 사람이 있고, 별별 생각이 있으니까요……."

"흠, 쉽게 답이 나올 문제가 아니라는 뜻인가. 알았다. 정진하지."

이렇게 말해두면 성실한 크루쉬는 알아서 타협점을 찾아서 납

득할 것이다. 연애에 서먹한 한, 영원히 답에는 도달하지 못하지만.

주인에게 드물게 불충을 저지르면서, 페리스의 마음은 먹구름에 휩싸여 있다. 스스로도 놀랄 만큼 푸리에가 멀리하는 데에 상처 받고 있었다.

맞선 회장에 자작과 영애를 남기고 용차에 올라탄 시점에서 푸리에와는 헤어졌다. 페리스의 성별을 알고 떠는 푸리에와의 마지막 대화는 "혼자 놔두어라."였다. 지금껏 들은 적이 없는 말투에서 푸리에의 동요가 드러나고 있었다.

솔직하게 말해서 이러한 사태는 지금까지도 몇 번씩 예상해왔다. 최초 시점에서 푸리에에게 성별을 밝히지 않고 털어놓는 걸 질질 미룬 건 페리스의 약한 면이다.

그리고 지금까지 몇 번씩 한 예상에서도, 어떻게 하는 게 정답인지는 답이 나오지 않았다.

"――페리스."

고민에 잠긴 페리스를, 살그머니 다가붙은 크루쉬가 불렀다.

그리고 그녀는 고요한 목소리로 말을 이었다.

"전하를 믿어라. 그분은 네가 생각하는 바와 같은 분이시다."

아무 근거도 없는 말인데, 페리스는 그게 만 가지 말을 다하는 것보다 힘이 된다.

그만한 신뢰와 정이, 크루쉬와 페리스 사이에는 맺어져 있다. 그리고 그와 가까운 것이, 푸리에와의 사이에도 맺어져 있다고 믿고 싶었다.

그렇기에.

"큰일이 났도다! 본인의 궁지야! 두 사람 다 있느냐!"

그렇게 말하고 평소처럼 야단 피우는 푸리에가 방에 뛰어 들어와, 당연한 듯이 크루쉬와 페리스 쪽을 보고, 당연한 듯이 바동바동 허둥거리는 데에 놀란다.

눈이 동그래진 페리스 앞에서 푸리에는 난감한 얼굴로 팔짱을 끼면서,

"형님과 아바마마에게 추궁을 받았어. 본인이 남자밖에 사랑하지 못한다는 말은 참말이더냐고. 무슨 일인가 했더니, 시정에 그와 같은 소문이 돌고 있다더구나! 묵과할 수 없는 사태니라!"

튀어나온 화제가 그야말로 방금 대화하던 내용이라 페리스는 우스워져버렸다. 하지만.

"풋, 하하하하하!"

페리스가 뿜어내기보다 먼저 크루쉬 쪽이 큰 소리로 웃기 시작하고 있었다.

그 광경에 푸리에가 놀랐다. 크루쉬의 대폭소 같은 건 썩 자주 볼 수 있는 게 아니다.

"아하, 아하하! 저, 정말, 전하는 참……. 정말로, 참! 아하하하!"

참다못해서 페리스도 웃음을 터트리고 말았다. 충동 그대로 푸리에의 어깨를 몇 번씩 두드려 그 지엄한 신분의 몸에 대미지를 준다.

"아파! 아프지 않느냐! 아니 그보다 두 사람 다 왜 웃고 있느

냐. 본인에게는 천지가 뒤집힐 오해란 말이다! 어떻게든 수를 내야 해!"

"에—, 그대로 놔두자구요. 페리, 전하의 정부 취급 받아두 전혀 곤란할 것 없다구요. 전하두 그렇게 말씀해주셨잖아요오."

"그것과 이것과는 이야기가 별개 아니더냐! 본인이 그대를 아끼는 데에 성별 차는 없지만, 그대가 특별한 것이지 아무라도 좋은 게 아니다! ……잠깐, 이것도 이상해!"

스스로도 무슨 말을 하고 있는지 혼란에 빠진 푸리에가 머리를 부둥켜안았다. 페리스는 그 넓은 등을 뒤에서 껴안고 기쁜 듯이 크루쉬를 바라보았다.

미소 지은 상태의 크루쉬가, 페리스의 마음을 이해한다는 양 끄덕여 보였다.

그것만으로도 불안은 어디론가 사라져버려서, 마음에는 또 날개가 돋는 기분으로.

지금이라면 어디까지나, 바람을 타고 날아갈 수 있을 듯 맑은 기분이 되었던 것이다.

《끝》

『칼스텐 공작령의 전쟁 여신』

1

깨어나서 최초로 하는 일은 거울에 비친 자신에게 암시를 거는 것.

"귀엽다, 귀엽다, 난 귀엽다. 여자애다운 여자애. 근사하고 귀여운 여자애."

마법을 영창하는 것처럼, 줄곧 옛날부터 써오던 말을 거울 속의 자신에게 사용한다.

아니, 마법처럼이 아니다. 이건 이미 엄연한 마법이다.

힘 있는 말로 세계에 간섭해 세계의 법칙을 뒤틀어 변질시키는 힘이야말로 마법. 그렇다면 자신 안의 맹세에 따라 이 몸에 영향을 주는 이 말은 마법임에 틀림없다.

마법의 말을 다 외우면, 다음은 목 높이에서 자른 삐치기 쉬운 황갈색 머리카락을 빗으로 빗는다. 둥실 부풀리듯이 머리카락을 다듬고, 하품을 살짝 앙다물면서 잠옷을 벗었다.

하얗고 호리호리한 나신이 차가운 공기에 드러나 몸서리치면서 옷장으로 발길을 옮긴다. 화려함이 적은 웃옷과, 끝자락이 아슬아슬할 만큼 짧은 치마를 꺼내고는, 거울 앞에서 몸치장을 갖춘다. 퀼로트와 무릎 위까지 오는 하얀 삭스를 신고, 가장 마지막으로 머리를 하얀 리본으로 장식하면, 염원한 대로 이상적인 소녀의 완성이다.

거울 앞에서 포즈를 잡고, 앞뒤로 이상한 점이 없는지 꼼꼼하게 확인한다.

놓치고 못 본 곳이나 미진한 점이 있어서는 안 된다. 자신의 여자다움은 결코 자신만의 것이 아니다. 본래 있어야 할 것을 맡고 있을 뿐이니까, 소중히 하는 건 당연한 의무다.

"좋아, 오늘도 좋은 느낌~."

만족해서 끄덕이고, 거울 속의 자신에게 윙크. 자기 생각에도 완벽한 모습.

완전히 습관이 된 자기암시도, 사실은 한참 전부터 필요하지 않을 만큼 이골이 나 있는 것이다. 누가 뭐래도 이렇게 지내는 것도 벌써 6년이 되니까.

"풀 죽은 얼굴 따위 안 어울린다냥 안 어울린다냥. 자, 힘내서 가자—."

고개가 내려가려는 뺨을 두 손으로 붙잡는다. 가볍게 기지개를 편 다음 자기 방을 나왔다.

새벽의 저택 복도에는 정적이 내려앉아, 어렴풋하게 냉기가 채워진 느낌이 들었다.

추운 계절의 도래를 목전에 둔 시기다. 다리를 드러낸 생활에는 익숙해졌지만, 슬슬 위에는 또 한 벌 웃옷을 걸치는 걸 고려하는 편이 나을지도 모른다.

복도에서 만난, 이미 활동을 시작하고 있는 사용인들과, 아침 인사와 간단한 담소를 주고받는다. 화제는 오늘 아침의 갑작스러운 추위에 대해서로, 이 뒤의 약속을 알고 있는 사용인에게서는 “감기 걸리지 마시길.” 하고 주의를 받는다.

“아유—, 누구한테 말하는 건지. ‘병은 의사라도 놔두지 않는다.’ 이거야?”

같이 웃으며 손을 흔들고 헤어져서 저택의 현관 홀로. 연로한 가령(家令)이 열어준 현관문을 넘어가자 불어닥치는 찬 바깥 공기에 무심코 어깨를 껴안고 만다.

그러나 그렇게 등을 웅크리고 있으려니,

“——왔나.”

앞서서 현관 앞에 도착해 있던 인물이, 이쪽을 돌아보고 짧게 말을 던졌다.

애룡(愛竜)인 하얀 지룡의 고삐를 끌고 서늘바람에 긴 녹발을 날리고 있는 미인이다. 호박색의 날카로운 눈이 자신을 보는 것을 느끼고, 움츠러들었던 등줄기가 절로 펴진다.

허세를 부린 것이 아니라 그렇게 하게 만들 정도의 힘이 그 사람의 눈에는 있는 것이다.

“기다리시게 만들어버렸나요, 크루쉬 님?”

“아니, 정각대로겠지. 내 쪽이 조금 일찍 눈을 떴을 뿐이야. 아버지께서 금지하셨던 원행이 겨우 해금됐어. 이제나저제나 할 만도 하지.”

얼굴을 들이미는 지룡의 목을 어루만지고, 문득 입술을 누그러뜨리는 건 늠름함 속에 희미한 동심을 내비치는 아름다운 소녀── 이름은, 크루쉬 칼스텐이라고 한다.
그리고 크루쉬는 자신을 보고 있는 시선에 더욱 미소를 깊이 하고,
"너도 용사(竜舎)에서 지룡을 끌고 와라. 향할 곳은 평소의 장소면 되겠지. ──페리스."
"네, 크루쉬 님."
페리스라고 불려서 그 목소리에 완벽한 동작의 커티시(curtsy)로 응답한다.
어디부터 어디를 봐도 숙녀로서 트집 잡을 곳 없는 행동거지.
이것이 페리스── 펠릭스 아가일이라는 소년의, 당연한 일상이다.

2

16세가 된 페리스는 인간의 의지와 신념 같은 것의 강함은 우습게 볼 수 없다 생각하고 있다. 계속 기원하면 그것은 생각지 못할 결과에 닿기도 한다.
예를 들어 진즉에 2차 성징을 마친 자신의 몸이, 마치 하루하루의 기도와 소망을 들어준 것처럼, 남성적인 변화를 전혀 이루지 않은 채였거나 할 때다.

목소리가 낮아지는 일도 없거니와, 골격이 울퉁불퉁한 모양으로 성장하는 일도 없다. 수염 같은 게 나지 않는 데에는 남몰래 혈통에 감사하기도 한 노릇이다.

하기야 핏줄에 대한 감사의 이야기를 하면, 그건 몸에 대해서만 국한되지 않지만.

"지루하게 만들었나, 페리스."

불현듯, 사색에 잠겨 있던 사고가 편안한 목소리에 도로 일으켜진다.

현실의 페리스는 초원에 앉아 거목에 등을 기대고 휴식하고 있던 중이다. 그 페리스의 얼굴을 들여다보듯이 크루쉬가 눈앞에서 허리를 굽히고 있다.

"……죄송해요. 살짝, 졸았어요."

"그러냐. 페리스치고는 드문 일이군. ……피곤한데 무리하게 만들었나?"

"아뇨. 긴장이 살짝풀렸었다고나 할까아…… 벌줄 건가요? 크루쉬 님, 페리한테 벌줘 버릴 거예요? 두근두근."

"벌 같은 걸 내릴까 봐. 그렇게까지 그릇이 좁아지고 싶진 않다."

뺨을 발그레 물들이는 페리스의 눈초리에 그 의도를 깨닫지 못한 크루쉬가 고개를 가로젓는다. 한숨을 쉬는 페리스. 크루쉬는 그런 그를 내려다본 채로,

"그리고 나와 이러고 있을 때까지 긴장하고 있을 필요는 없다. 실컷 긴장을 풀도록 해라. 무슨 일이 있어도 내가 있다."

“어쩜, 크루쉬 님두 참 무자각적으로 사람 잡는 문구……. 페리 헤롱헤롱…….”

“——? 얼굴이 붉어졌군. 오늘 아침은 서늘한데, 설마 감기라도.”

“아뇨아뇨! 별로 전혀 그렇지 않아야옹! 아아, 진짜, 크루쉬 님은 정말로 죄 짓는 분이셔! 아유아유!”

다른 이가 보내는 친애 이상의 호의에, 철저히 둔감한 게 페리스의 주군이다.

페리스의 말을 글자 그대로 받아들여 크루쉬는 “그런가. 미안하다.”하고 반성하는 얼굴인 노릇이니 답답하다. 그 답답함도 사랑스러우니까 비겁한 거다.

“————.”

얼굴을 붉힌 페리스가 무사함을 주장하자, 미련이 남는 기색이면서도 크루쉬가 원래 위치로 돌아간다. 초원, 두 사람이 원행할 때 늘 오는 장소다.

저택에서 약 한 시간쯤 떨어진 장소로, 맑은 마나와 바람으로 가득한 조촐한 성역.

누구의 훼방도 들어오지 않는 공간에서, 단둘만의 시간을 보내는 게 페리스의 행복이었다.

“——싯!”

나무에 기댄 페리스의 시선을 받으면서 크루쉬가 가느다란 검을 다루어 검무를 춘다.

날이 바짝 선 검광과 다듬어진 검기—— 검을 다루는 데에는 문외한이나 마찬가지인 페리스여도 그 실력이 어엿한 검사에 이르렀음을 알 수 있는 검무다.

크루쉬가 강철의 아름다움에 홀려 검을 휘두르게 된 것은 페리스와의 만남보다 더 전── 그래도 그녀의 검술이 지금 경지에 도달한 건 자신의 존재가 있었기 때문이다.

그 사실이 페리스에게는 자랑스럽고, 가장 기뻤다.

그렇기에 검을 휘두르는 크루쉬의 모습에 지루함을 느낀 적이라곤 없다. 보석의 광채가 사람의 마음을 매료하듯이, 자기 자신의 손으로 갈고닦은 재능에 마음이 빼앗기는 건 사람으로서 당연한 일인 것이다.

"그건 그렇고, 크루쉬 님도 오늘 아침은 힘이 넘치시네요."

"부정은 못하겠군. 검과 원행의 근신은 아무래도 사무쳤어. 네가 무료를 달래주지 않았으면 갑갑함을 견디다 못해 아버지께 볼썽사나운 호소를 올렸을지도 모른다."

옆에서 보기엔 알기 어렵지만, 검을 휘두르는 크루쉬의 신명은 흐뭇할 정도다.

원행 중에도 어린애처럼 눈을 빛내고 있었지만, 삶의 보람 중 두 가지가 금지되어 있던 1개월 남짓, 오죽하니 답답했던 것이리라.

"그런데도 숨어서 몰래…… 같은 걸 하지 않는 게 크루쉬 님이라죠~."

"당연하지 않나? 아버지의 질책은 정당한 것이야. 폐를 끼친 게 나인 것도 사실. 이런데 금지 사항을 깨트리겠다면 철면피라는 비방은 못 면하지.”

성실, 정도, 그런 종류의 단어를 체현해 보이는 게 크루쉬의 미덕이다.

금기를 어기지 않는다는 당연한 일도, 자신에게 잘못이 없는 점이 명백하다면 번복하고 싶어진다. 이번 경우가 숫제 그 짝이다.

“애당초 페리는 메카트 님의 심판에 불만이에요. 이번 일도 현장에 크루쉬 님이 바로 달려갔기 때문에 최소한의 피해로 국한됐을 텐데.”

“공작 영애다운 행동거지를 보이라는 아버지의 소원은 당연한 것이야. 슬슬 받아들여 주길 바라기는 하지만…… 글쎄, 고집스러운 건 나인지 아버지인지.”

뺨을 부풀리는 페리스에게, 검을 휘두르면서 크루쉬는 쓰게 웃는다.

페리스가 불만스럽게 여기는 이번 사건은, 1개월가량 전에 일어난 일로 거슬러 올라간다.

그날도, 크루쉬는 페리스를 대동해 영내를 원행하고 있었다. 그 도중, 인근을 소란스럽게 하던 강도가 용차를 덮치는 상황을 맞닥뜨려 크루쉬가 이를 용감하게 격퇴한 것이다.

열 명가량의 산적 퇴물 무리를 크루쉬는 무난하게 베어 쓰러뜨렸다. 하지만 이 이야기에 상심한 게 크루쉬의 아버지, 칼스텐 공작가 당주인 메카트 칼스텐이었다.

크루쉬 일행은 그렇게 될 줄 예상하고 구한 용차의 주인에게 이름을 밝히지 않고 떠났지만, 그걸로 일을 수습하기에는 크루쉬의 이름이 지나치게 유명해져 있었다.

크루쉬가 검술에 경도되어 있다는 사실은 칼스텐 영내에 유명하다. 소지하고 있던 검에 『이빨을 드러낸 사자』의 문장이 들어가 있는 것도 목격되어서 변명할 여지도 없었다.

——드레스를 벗고 남장해, 꽃을 보듬기보다 검부터 휘두르는 검술광 공작 영애.

그런 소문을 뒷받침하는 결과가 되어, 그 벌이 1개월의 검과 원행의 금지였다.

그 처사에 크루쉬는 수긍한 모양이지만, 페리스는 몇 번씩 메카트와 직접 담판해 불만을 토로했다. 그런데도 결과는 번복되지 않고 그 근신이 풀린 게 바로 오늘이라는 것이다.

"메카트 님에게는 감사두 은혜두 다 헤아리지 못할 만큼 있지만, 역시 수긍 가지 않는 건 수긍 가지 않아요오."

"아버지를 너무 탓하지 말아다오. 요새 점점 더 수척해지시는 낌새야. 공작가 당주의 중책은 짐작하고도 남는다. 하다못해 가족과 지낼 시간이나마 마음 편히 지내시게 두고 싶어."

"그거, 페리도 들어간 건가요?"

"——? 당연하지."

당연한 듯이 자신이 가족에 포함되어 페리스의 뺨에 붉은 기색이 차오른다. 그걸 들키지 않게끔, 페리스는 팔락팔락 치마를 손으로 흔들고 말했다.

"괘, 괜찮다고요. 메카트 님, 저래 봬도 사실은 페리가 곤란하게 하는 걸 즐기구 계시는걸요. 남이 가당찮은 요구를 하는 게 좋다구, 전에 말했으니까요."

"뭣이……. 아버지께서 그런 말을. 몰랐었던 것과 동시에, 보는 눈이 조금 바뀔 것 같군."

겸연쩍은 걸 덮으려고 밑도 끝도 없는 이야기를 하자 완전히 믿은 크루쉬가 놀란 얼굴을 하고 만다.

그런 주군의 희귀한 표정을 눈꺼풀에 새기고, 내심으로 메카트에게 혀를 내밀며 사과한다.

그런데도 오해를 정정하지 않는 면에서 페리스의 불만은 살짝 남아있는 것이었다.

3

"펠릭스, 잠깐 괜찮겠어?"

"네엥?"

등 뒤에서 불러 세우는 목소리에 페리스는 약은 면모를 의식하면서 소녀의 눈으로 돌아본다. 살짝 교태를 꾸미며, 눈을 촉촉하게 꾸며 보이자 상대가 당황하는 기척. 그게 즐겁다.

"아유, 메카트 님은 너무 동요하세요. 정말로, 놀릴 보람이 있는 분이시라니까. 페리의 장난기를 자극하지 말아주셔요오."

"에엥? 그거 내가 잘못한 건가……? 아니, 응, 미안하구나."

살짝 고민하는 내색을 비치고, 그런데도 결국 사과해버리는 기세가 약한 인품.

페리스 앞에 서 있는 사람은 50대에 접어들까 싶은 장년의 남성이다. 수염을 기르고 있는 건 위엄을 위해서라고 하지만, 처진 눈썹과 온화한 생김새가 그 시도를 근본 부분에서 꺾고 있다. 혈연인 크루쉬와는 눈 색깔 말고는 공통점이 없을 정도다.

이런데 루그니카 왕국에서도 유수의 대귀족, 칼스텐 공작가를 총괄하는 당주니까 놀랄 노 자다. 이 놀랄 노 자의 인물이 바로 크루쉬의 아버지, 메카트 칼스텐이었다.

메카트는 사람 좋은 얼굴에 쓴웃음을 띠고 그 어울리지 않는 수염을 만지작거리면서 말했다.

"오늘은 그, 크루쉬와 아침부터 원행에 나갔었지? 그 아이는 어땠지?"

"걱정되시면 직접 물어보시면 되잖아요. 그 크루쉬 님이, 메카트 님 상대라고는 해도 거짓말이라도 할 것 같으세요?"

"내 상대라고는 해도……라는 게 좀 수긍이 안 가지만…… 거짓말할 걱정은 안 하는데? 그저 왜, 근신을 통지한 건 나니까 말이야. 그 아이도 속내는 말하기 어렵지 않을까 해서…… 으응, 아니지. 솔직히 내가 묻기가 어려워."

자의식을 속이려던 대사가 양심의 가책에 져서 중단된다. 뻔한 거짓말을 끝까지 못하는 부분도 이 부녀의 공통점이라고 해도 될지 모른다.

"하아. 안심해주세요. 크루쉬 님은 메카트 님에게 화내고 계시지 않아요. 이번 처분에도 수긍하고 있으세요."

"처, 처분이라니…… 표현이 께름칙한걸. 아니, 응, 하지만 고마워."

"참고로 페리는 아직두 화내고 있어요. 메카트 님은 사람두 아냐."

"에엑? 아니, 응, 미안하구나……. 나도 말이 좀 지나쳤지."

힘없는 표정으로 위장 언저리를 쓰다듬어 보이는 메카트. 입장의 중책과 끙끙 앓기 쉬운 성격 때문에, 위통은 메카트와는 절친한 친구 같은 사이다.

"치유 마법, 걸까요? 조금은 편해질 텐데요?"

"그렇지. 이야기하는 김에 부탁할까. 잠깐 내 방으로 오겠니?"

"세상에, 페리를 방에 끌고 들어가서 무슨 짓을 할 셈이세요……?"

"암것도 안 하거든?!"

그렇게 평소처럼 대화를 나누면서 페리스는 메카트의 사실로 초대받는다. 집무용 책상에 응접용의 낮은 테이블과 가죽 덮인 소파가 있을 뿐인 간소한 방이다.

페리스와 메카트가 소파에 마주 앉자 가늠했던 듯이 가령이 차를 날라 왔다. 김이 오르는 컵을 나누어주고 엄숙하게 묵례한 가령이 떠난다.

"……이제 곧, 크루쉬의 열일곱 살 생일이지."

문이 닫히자 컵에 입을 대어 혀를 축인 메카트가 그렇게 말을 꺼냈다.

크루쉬의 생일. 물론 페리스도 잊진 않았다. 2주일 뒤로 임박한 그 기념할 만한 하루는 페리스가 세상에 가장 감사하는 하루

라고 해도 과언이 아닌 것이다.

"별에 하늘에 대지에…… 역시 크루쉬 님께 감사해요. 태어나주셔서 고맙다고."

"어—이, 펠릭스, 이야기를 진행해도 상관없을까? 그 생일 말인데, 네 쪽에서 그 애에게 해주었으면 하는 얘기가 있어서. 그, 말하기 어렵지만."

메카트가 정신이 가출한 상태의 페리스를 도로 불러내고 거북한 듯이 머뭇거렸다. 그 애매한 태도에 페리스는 메카트의 부탁 내용을 대체로 짐작했다.

누가 뭐래도 거의 매년마다 듣고 있는 내용이니까.

"……크루쉬 님에게, 드레스를 입히고 싶으시단 말씀인가요?"

"그래, 그렇단다, 펠릭스. 그 애의 생일이잖아. 올해는 여느 때보다 성대한 것으로 하고 싶어. 그러니 그 애에게 어울리는 복장을……."

"이야기라면 본인께 하시면 되지 않나요. 저를 통하지 않아도."

"——그 애는 네가 고개를 끄덕이지 않으면 절대로 수긍하지 않겠지?"

메카트의 낮은 물음에 페리스는 분위기가 바뀐 것을 짐승의 귀로 느꼈다. 아인의 격세유전, 황갈색의 고양이 귀는 환경과 분위기의 변화에 민감하다.

"너와 크루쉬의 약속은 알고 있어. 그러고서 이렇게 얘기하는 것도 벌써 몇 번째일는지."

"양쪽 다 물러설 줄 모른다는 의미로는, 아주 부녀지간답다고 생각합니다."

"그러게. 그 애의 고집은 나한테 물려받은 걸지도 몰라. ……단지 언제까지고 평행선으로 남을 수 없는 일도 있는 거야. 그러니 타협점을 찾고 싶다."

"타협점, 말씀이신가요?"

타협이란 실로 들어 넘길 수 없는 단어다. 무릇 크루쉬에게 어울리지 않는 단어 중에서도 최상위에 위치하는 단어일 것이다.

"공적인 장면, 행사만이라도 상관없어. 속내를 말하자면 평소부터 공작 영애다운 차림새로 지내주는 게 바람직하지만, 그 요구는 완고하게 쳐내 왔으니까. 그러니 이번 제안으로, 타협점으로 봐주길 바라는 거야."

"————."

"크루쉬가 저렇게 검을 휘두르고 남장을 계속하는 건 너와 나눈 약속이 이유야. 그러니 그걸 타협시키려고 한다면, 널 통하는 게 도리겠지. 들어줄 수 없겠니?"

"메카트 님께서 말씀하시고 싶은 바는 알겠습니다. 하지만, 저는……."

"——아니지. 모르고 있어. 펠릭스."

메카트가 강한 어조로 페리스의 말을 가로막았다. 무심코 페리스가 숨을 죽이자, 메카트는 여태껏 본 적이 없을 만큼 험악하고 외로운 눈초리로 말을 이었다.

"크루쉬는 내 단 하나뿐인 자식이야. 내게는 아까울 만큼 잘 자란 아이라고 생각해. 나야 빈말로도 의지할 보람이 있는 부친이 아니니까. 부친이 한심한 만큼 그 아이는 훌륭하게 자라주었어. ……나도, 그 애가 바라듯이 있는 그대로 튼튼하게 지내주기를 빌고 있지."

자기 자식에 대한 마음을 혀에 싣고, 메카트는 눈을 내리깔았다.

"그래도 말이야, 난 부친임과 동시에 공작가의 당주야. 그리고 그 애도 내 딸임과 동시에 공작가의 영애고. 이 저택에 살고, 영민이 생활을 지탱해주고 있으면 완수해야 하는 의무가 있지. 그리고 그 의무가 완수될 자리에는 입장에 걸맞은 행동거지와 차림새가 요구돼. 봐라, 펠릭스. 내가 잘못하고 있니?"

"……아니요."

"——그렇지 않아. 잘못하고 있어. 딸에게, 바라지 않는 일을 강요하려 하고 있어. 그렇더라도 말이야, 잘못되었지만 옳은 일이나 옳게 잘못된 일도 있어. 나나 그 아이가 살아가야만 하는 건 그런 까다로운 곳이야."

타이르는 듯한 메카트의 말을 듣고 페리스는 자신이 부끄러워졌다.

지금껏 자신은 천박하게도 메카트의 호소를 단순한 벽창호라고 생각해왔다. 그 뒷면에서 진지하게, 딸과의 관계에 고민하는 부친의 고뇌가 있었다는 걸 깨우치려고도 하지 않고.

그런데도 불구하고 권위로 위에서 밀어붙이는 게 아니라 타이르듯이 얘기해주는 메카트의 온정에 구원받고 있다는 사실이, 숨을 갑갑하게 했다.

"생일 모임에는 푸리에 전하도 오신다. 전하도 크루쉬의 드레스를 분명히 기대해주시고 있겠지.”

“……그분은, 그렇겠지요.”

“그런 거야. 그러니 전하를 위해서도 크루쉬에게 이야기를 해봐주지 않겠어?”

이야기의 풍향이 어느 인물의 이름이 나온 걸로 누그러졌다. 그것도 메카트의 배려이리라. 식어가는 홍차에 입을 대고, 페리스는 자신의 한심함에 눈을 감았다.

일깨워진 건 옛날의, 아직 어리다고 변명할 수 있었던 무렵에 나눈 약속.

자연히 페리스의 손은 그때에 크루쉬에게서 받은 하얀 리본을 만지고 있었다.

“그 약속이, 언제까지나 옳다고는 저도 생각하지 않고 있어요.”

“……응, 그렇겠지. 너나 그 애나 영리한 아이니까.”

“하지만 그 약속대로 해주시고 있는 건 기쁜 일이고…… 정말로, 살면서 가장 기쁜 일이었을지도 모르니까, 지나치게 응석부리고 있었어요.”

머리카락을 장식하는 리본을 만진 채로, 그렇게 읊조린 페리스에게 메카트가 차분하게 끄덕인다.

그 말이, 앞선 메카트의 부탁에 대한 페리스 나름의 대답이었다.

4

메카트와의 다과회 겸 밀담을 끝내고, 페리스는 고민스럽게 눈썹을 모으고 있었다.

끽소리도 못 낼 만큼 말주변에서 밀린 것이다. 약속을 저버릴 맘은 없다. 하지만.

"대체 이제 와서, 무슨 낯짝으로 말을 꺼내야……."

어느 타이밍에서 화제로 꺼내면 될지, 부자연스럽지 않을 기회를 가늠하기가 어렵다.

특히 오늘은 최악이다. 크루쉬 입장에서 보면 1개월 금지되어 있던 검과 승룡이 허락된 직후. 이런 날에 "드레스를 입어주세요!"라는 말을 도저히 꺼낼 수 없다.

"근데 있지, 생일 모임은 벌써 2주일 뒤로 임박했으니, 미루기라도 하면 더 위험해……."

직전에 말을 꺼내면 되는 것도 아니다. 공작가 영애의 생일 모임이다. 준비 기간은 길면 길수록 좋다. 오히려 2주일 전인 지금도 약간 부족할 지경이다.

아마도 메카트 역시 페리스에게 이야기하는 걸 주저했던 것이리라.

"아아, 진짜! 정말로 뭐라구 이야기를 해야……."

"왜 그러지, 페리스. 저택의 복도에서 그렇게 고뇌하고 있으면 다른 이가 불안해지지 않느냐."

"우햐아아앙?!"

머리를 부둥켜안고 복도에서 춤추고 있으려니, 마침 예의 크루쉬가 불쑥 얼굴을 내밀었다. 비명을 지르고 튀어 올라 벽에 달라붙는 페리스에게 크루쉬가 팔짱을 낀다.
“오늘 아침도 그렇지만 역시 피곤한가? 힘들다면 휴일을 잡아도…….”
“아, 아뇨! 그건 완전, 괜찮아요! 건강, 건강해요! 크루쉬 님 만세!”
“——? 후후, 이상한 녀석이구나.”
두 손을 만세 하고 쳐드는 페리스의 행동에 크루쉬가 옅게 미소 지었다. 완전히 속이지 못한 속임수와, 아직 정리가 되지 못한 어수선한 감정. 그런 페리스에게 크루쉬가 물었다.
“그러고 보니 아버지와 이야기를 나누고 있던 모양이더군? 무슨 말을 들었나?”
“아—, 어어, 저, 그게—, 뭐라고냥 할까아.”
잰 것 같은 타이밍에 얼굴을 내민 데다가, 노린 것 같은 화제를 들고 나와서 페리스의 볼이 푸들거린다. 아직 마음의 준비고 뭐고 되지도 않았건만.
——그러나 동시에 이렇게도 생각한다.
이만큼 때가 겹쳤다면, 그건 여기서 전하라는 하늘의 뜻이 아닐까 하고.
“저, 저기이, 페리가 좀, 크루쉬 님에게 드릴 말씀이…….”
“응, 역시 그런가. 페리스의 바람은 읽기 어렵지만 지금은 그러리라 짐작했지. 나와 너 사이에 사양 같은 건 필요 없으니 뭐든지 얘기해보도록.”
“크루쉬 님, 사랑해요.”

"나도 그렇다."

너무나 기뻐서 그만 고백하고 말았지만, 정색한 얼굴로 대답받아서 바로 냉정해졌다.

방금 막 메카트의 자상함에 응석 부리고 있던 걸 자각한 직후가 아닌가. 여기서 크루쉬의 자상함에 응석 부리다니, 그건 너무나도 발전이 없는 짓이다.

"크루쉬 님, 사랑해요."

"――? 나도 그렇다."

무심코 반복하고 말았지만, 덕분에 침착해진 데다가 마음은 개운하다.

지금이라면 마음이 매우 무거워지는 화제도 어떻게 쥐어짜낼 수 있을 듯한 느낌이다.

"저기 있죠, 이건 어디까지나 메카트 님의 의견이지, 페리가 찬동한다구 여기시면 싫지만요. 그걸 알아주시고 나서 들어주셨으면 해서……."

"빙빙 돌리는군. 알았다. 그래서?"

"네, 그게, 크루쉬 님의 생일 모임 말인데요――."

충분히 서두를 깐 다음에 본론으로 들어가려던, 그 순간이다.

"――크루쉬는 있느냐! 본인이 왔다―! 크루쉬―! 얼굴을 보여라!"

"――?!"

느닷없이 저택에 울려 퍼진 고성에 페리스는 어깨를 퍼뜩 떨며 놀랐다. 페리스의 정면에서 위를 보고 지금 목소리에 귀를 곤두세우던 크루쉬는 고개를 갸우뚱하더니 읊조렸다.

"지금 목소리는…… 설마다 싶지만, 푸리에 전하인가?"

"서, 설마, 아무리 그분이라도 이렇게 노린 듯한 타이밍에는……."

"크루쉬—! 없는 것이냐—! 본인이 왔다 이 말이다! 어서 와라! 외롭다!"

"아뇨, 틀림없이 전하시네요."

처음에 놀란 마음이 가라앉고, 이어서 들린 내용에 목소리 주인이 누구인지 알 수 있었다.

페리스는 크루쉬와 얼굴을 마주하더니, 빠른 걸음으로 저택 현관으로 간다. 현관에는 가령을 포함해 사용인들이 정렬해 있으며, 중앙에 진을 친 인물이 이쪽을 눈치챘다.

"오오! 크루쉬와 페리스! 무탈했느냐? 본인은 건강했노라."

그렇게 말하고 쾌활하게 악의 없이 웃는 사람은 나이에 비해서 지나치게 순박한 눈을 한 청년이었다.

길게 기른 금발, 때 묻지 않은 홍색 눈동자. 희미하게 입가에서 엿보이는 덧니가, 그 청년의 밉지 않은 인품을 아련하게 인상 지워준다.

화려한 모피 코트를 나부끼며 오늘도 어김없이 기운 백배인 푸리에 루그니카다.

왕국 제4왕자로서는 허물없기 짝이 없는 방문이지만, 크루쉬와 페리스는 이골이 난 것처럼 놀란 내색이 없다. 크루쉬는 당당히 버티고 선 푸리에에게 공손히 허리를 굽히고 물었다.

"푸리에 전하, 뵙게 되어 영광입니다. 하오나 금일은 갑자기 어인 일이신지요? 아버지께는 아무 언질도 받지 못했습니다만……."

"무슨 말이냐! 본인을 부른 건 다름 아닌 그대들일진대. 크루쉬의 생일 모임이지 않느냐? 똑바로 초대장도 지참하고 있다! 봐라!"

정중하게 응대하는 크루쉬의 말에 푸리에가 콧김 거칠게 따져 물으며 편지를 들이밀었다. 그것을 받아 들고 내용을 훑어본 크루쉬는 천천히 끄덕이고 대답했다.

"확실히 당가에서 보낸 초대장입니다만…… 전하, 정작 날짜가 다릅니다. 발길을 옮겨주신 건 기쁘오나, 제 생일은 2주일 뒤. 조급하셨습니다."

"무어라?! 그렇단 말은…… 그대의 생일을 누구보다 먼저 축하한 건 본인이라는 뜻이로군! 이건 좋구나! 평소에는 페리스에게 앞질러질 뿐이었으니 말이다!"

"————."

"잘 태어났다, 크루쉬! 본인은 기쁘다! 경사스러운 날이로고!"

활짝 웃으며 푸리에는 자신의 실수라곤 모른다는 얼굴로 크루쉬를 축하해 보였다. 그 당당한 태도에 크루쉬는 말을 잃다가, 바로 부드럽게 미소 지었다.

"예, 감사합니다, 전하. 축하의 말씀, 진심으로 기쁘옵니다."

"암, 암. 그런데 그러면 생일 모임도 2주일 뒤인가? 으음, 실수했도다. 본인은 그때까지 어찌해야 하는 거람."

푸리에에게는 앞뒤를 재지 않는 행동력과, 앞뒤를 재지 않는

지레 행동과, 앞뒤를 재지 않고 말하는 태평함과, 앞뒤를 재지 않는 태도가 용인되는 애교가 있었다.

어찌해야 하나 하고 고개를 모로 꼬는 푸리에의 모습에 페리스 또한 저절로 뺨이 풀어졌다. 정말로 이 왕자님은 만난 당초부터 전혀 변하질 않는다니까.

"음? 왜 그러느냐, 페리스. 히죽히죽 대고, 뭔가 재미있는 일이라도 있었느냐?"

"네. 정말, 푸리에 전하가 웃기고 웃겨서……."

"이런, 본인이었더냐! 과연 본인이로다……. 의도하지 않고 신민을 웃게 만들다니, 이만저만한 그릇이 아니야……. 크루쉬도 그리 생각하지 않느냐?!"

"전하의 그릇 크기에는 감복할 뿐입니다. 페리스, 나중에 벌이다."

"아잉—."

불경죄로 취급되어도 이상하지 않은 발언인 만큼, 아무래도 크루쉬에게 꾸지람 받았다. 하지만 그런 발언이 용서될 만한 신뢰가 이 세 사람 사이에는 분명하게 맺어져 있었다.

소중한 것이 적은 자신에게, 확실하게 소중하다고 여겨지는 유대 중 하나.

소중한 건 크루쉬와 메카트와, 푸리에. 그리고 칼스텐 공작가를 섬기는 사용인들. 나머지는 술사로서의 일 중에 만난 환자와 동료. 뭐야, 뜻밖에 많은데.

아무것도 주어지지 않고 친가에 갇혀 있었을 때와 비교해서

퍽이나 행복한 상황이다.

"……페리스, 본인이 미형인 건 알지만 너무 쳐다보지 마라. 그대의 성별을 알고 있음에도 불구하고 길을 헛디딜 것 같지 않느냐."

"한 번은 피앙세 역까지 맡았는데, 전하두 참 야박하시긴요오."

"그건 애당초……! 아니, 말하지 않겠다! 본인도 사내대장부이니 말이다! 변명은 하지 않으리! 여봐라, 크루쉬. 본인은 남자답군그래!"

"네. 그렇다고는 해도 아직 한 번도 검으로 저를 이기시지 못했습니다만."

"크루쉬 님, 크루쉬 님. 전하가 무릎 꿇어버렸으니 그쯤만."

융단 위에 허물어지는 푸리에의 모습에 크루쉬가 악의 없는 얼굴로 고개를 갸우뚱했다.

허물없는 관계면 유달리 사실을 있는 그대로 주워섬기는 건 크루쉬의 버릇 중 하나다. 신랄한 내용뿐만 아니라 친애의 표현도 그러하므로 나쁜 버릇이라고 단언할 수는 없지만.

어쨌든 그렇게 침울해진 상황에서 회복하는 게 빠른 것도 푸리에의 장점이다.

"——하아아면! 목검을 들도록 하라, 크루쉬! 오랫동안 격조했지만 오늘이야말로 그대의 검술을 무릎 꿇리고, 본인의 남자다움과 그대가 여자라는 사실을 가르쳐주마!"

용감한 선고에, 크루쉬는 알고 있었던 것처럼 "예." 하고 응수했다.

크루쉬와 푸리에의 목검 대결── 이건 실로 6년 전, 페리스가 여장을 시작한 것과 비슷한 시기부터 이어지고 있는 일종의 관례 같은 것이다.

툭하면 이유를 찾아서는 크루쉬를 만나러 찾아오는 푸리에. 그 연심은 알기 쉬울 만큼 알기 쉽지만, 그것을 알아채지 못하는 게 크루쉬다. 푸리에도 연애가 되면 그 즉시 늦깎이가 되기 때문에 두 사람 사이는 친밀한 친구 사이에서 아무 진전도 없다.

그 관계를 알기 쉽게 변화시키는 수단이, 푸리에에게 그 대결이었다.

"본인이 이기면 그대에게는 부녀자의 복색을 시킨다. 알기 쉽게 콧대 높아져서 남장 같은 거나 하고…… 그것도 어울리긴 하나, 본인은 그대가 치마를 입은 모습이 보고 싶도다!"

"페리스로 만족해주십시오. 페리스의 하얀 다리가 제 다리나 마찬가지입니다."

"여기요, 자랑하는 다리랍니다. 흘깃흘깃."

"에잇! 본인을 현혹하지 말렷다!"

슬쩍 치마를 들어 올려 보이자, 푸리에가 뺨을 붉히고 발을 구른다. 그 뒤에 그는 크루쉬에게 반납된 초대장을 내보이며 선언했다.

"그대의 생일 모임도 가깝다! 말해두지만, 작년처럼 주역이 군장이라니 본인은 용납하지 않아! 올해야말로 그대에게 드레스를 입힌다! 그것도 본인이 고른 드레스를 말이다!"

"아……."

꿋꿋한 푸리에의 발언은 그야말로 의도하지 않고 페리스의 바람을 참작한 것이었다.

그 사실에 놀라 숨이 막힌다. 동시에 솟구치는, 푸리에에 대한 부드러운 감정의 소용돌이.

——정말로, 이분은.

"크루쉬 님 말고 유일하게, 페리의 가장 약한 곳을 찔러온다니까요……."

"————."

뺨이 뜨거워지고 친애와 선망이 뒤섞여 한숨에 열기가 맺혔다.

그런 페리스의 속삭임을, 이웃하고 있던 크루쉬만이 주워들은 것처럼 눈길을 돌린다. 다만 페리스는 시선을 알아채지 못하고, 크루쉬도 말을 꺼내기 전에…….

"좋아! 그럼 안뜰로 가자! 모두 다, 준비하라! 본인은 오늘 남자가 되리라!"

머리가 가벼운 듯한 푸리에의 어디서 솟았는지 알 수 없는 자신만만한 목소리가 터지고, 허둥지둥 서둘러서 그 등을 뒤따르듯이 뛰기 시작해야만 했다.

5

6년 전—— 그날의 일은 지금도 선명하게 떠올릴 수 있다.

크루쉬와 푸리에가 벌이는 대결의 시작이자 펠릭스가 페리스로 변한 날.

『제 삶의 방식에, 전하가 참견하시는 건 아무래도 도리에 어긋난다고 해야지요.』

『으그그……. 하나 귀족으로서도 검사로서도 어중간해지지 않게끔, 여자를 버리겠다니…… 아니다! 역시 용서 못하겠노라! 그와 같은 일, 본인은 용서 못한다!』

『그렇다면 어쩌시겠다는 말씀이신지요?』

『검이다! 그대의 뜻이 높다고, 검으로써 증명하여라. 본인이 그 생각을 바로잡겠다!』

『검으로, 전하와 제가…… 말입니까?』

『그렇다. 가령 그대가 이긴다면 선택한 길을 나아가든 말든 하도록. 하나 본인이 이기면 다시 생각하는 거다. 본인이, 그대를 여자로 만들어주겠다!』

기세등등한 푸리에와 결의를 굳힌 크루쉬 사이에 맺어진 약속.

그리고 두 사람의 목검 대결이 시작되고——.

"크루쉬는 정말로 본인에게 용서가 없군! 왕자니라! 높은 사람이란 말이다?!"

"네네, 전하. 울지 말고 울지 말고. 자아—, 페리 손은 약손—."

6년 전의 그때도, 이렇게 푸리에를 치료했었지…… 하고 멍하니 떠올렸다.

페리스는 흙투성이가 되어 울상 지으며 자신의 허리에 매달리는 푸리에에게 치유 마법을 걸었다. 치유의 파동이 목검에 맞은 상처를 치유하고, 푸리에는 천천히 일어섰다.

"후후후, 봤느냐! 지금 건 일부러 청승맞게 행동함으로써 상대의 동정을 사, 페리스가 치료할 시간을 번다는 총명한 본인의 무시무시한 계산이었던 것이다……!"

"전하, 전하, 무릎이 후들거리고 있어요."

푸리에가 대담무쌍한 웃음을 짓지만, 허리가 뒤로 빠지고 무릎이 떨고 있다. 그런 푸리에와 마주하고 있는 크루쉬의 그 세련된 자세는 어찌나 훌륭한지.

웃옷을 벗고 목검을 거머쥔 호리호리한 몸매. 곧게 선 크루쉬의 자태는 그녀 자체가 한 자루 검이 아닌가 싶을 만큼 청아하게 맑았다.

"그에 비해 전하는……."

"다 들린다, 페리스! 본인에 대한 찬미라면 싸움이 끝나고 나서 하여라!"

"페리는 푸리에 전하의 긍정적인 면이 정말 좋아요."

페리스의 성원을 등에 받고 푸리에가 크루쉬와의 간격을 단번에 좁혔다. 그 순간만은 푸리에도 상대가 사랑하는 소녀임을 잊고 파고들었다.

하지만 일격은 가뿐히 회피되고, 기세가 넘친 몸을 목검이 때려서 다시 날려 보냈다. 데굴데굴 풀 위를 구르다가 몸을 일으킨 푸리에는 뒤늦게 숨이 막혀서 몇 번씩 기침했다.

압도적인 실력 차——. 그러나 이건 푸리에가 잘못한 게 아니다. 그의 검술은 페리스의 편애도 있지만, 동년배의 도련님 귀족과는 비교가 되지 않을 만큼 숙달되었다.

크루쉬에게 이기겠다는 기개, 오랜 세월의 진지한 대련. 그것들이 푸리에의 실력을 주위에게 추켜세워지는 바보 왕자에서 검을 휘두르는 한 명의 사내로 성장시켰다.

그런데도 여전히 가 닿지 못하는 건 크루쉬의 검재(劍才)와 노력이 이만저만한 게 아니기 때문이다.

"아직 더 하시겠습니까? 이 이상 하다간 아버지의 얼이 빠져나갈지도 모르겠습니다만."

"물론, 더 하겠노라! 본인을 얕보지 마라, 크루쉬! 그리고 메카트도, 이 정도 가지고 얼이 빠져나갈 만큼 얼간이가 아니야! 본인의 목이 날아가더라도 의연히 있을 거다!"

아무리 그래도 그건 말이 지나쳤다.

참고로 저택의 안뜰에서 펼쳐지고 있는 결투지만 일손이 빈 사용인이 주위에서 관전하고 있고, 그중에는 파란 얼굴을 하고 휘청거리는 메카트의 모습도 있다. 매번 변함없이 뺨이 해쓱해질 만큼 걱정할 바에는 보러 오지 않으면 될 것을.

"아아, 왜 이렇게 평소보다 진지하게……. 하지만 전하께서 이겨주시면……."

위장의 통증에 얼굴을 찌푸리면서도 메카트는 부모 마음과 공작의 심정 사이에 껴 있다. 그리고 그 고뇌는 지금의 페리스에게는 사무치도록 알 수 있는 것이었다.

——자신은 지금, 크루쉬가 이기길 바라는가 지길 바라는가, 어느 쪽인가.

"우오오오! 크루쉬, 드레스를 입어라아아아!"

우렁찬 외침……이라기에는 살짝 어폐가 있는 기합을 외치고 돌진한 푸리에가 또다시 당했다. 철퍽 찌부러진 푸리에가 일어서는데, 크루쉬는 그 눈을 가늘게 떴다.

"오늘의 전하는 평소보다도 깨끗하게 포기 못하시는군요. 대체 뭐가 그렇게까지 만들고 있습니까?"

"당연히 그대가 아니겠느냐! 그대가 본인을, 이렇게까지 하게 만든다……. 아니, 따지고 들면 그건 본인인 것이야! 본인이, 그대를 그렇게 만들고 있으니 본인이 해야만 해!"

"……전하?"

단정한 얼굴을 흙으로 더럽히고 땀을 흘리면서 푸리에는 머리를 흔들었다.

"잊지도 못하노라, 5년 전, 어리석은 본인은 분수를 몰랐었다. 자신의 역량도 분별치 못하고 이기적인 약속으로 그대를 얽어맸지. 검으로 본인이 그대를 패배시키지 않는 동안은, 그대는 부녀자의 복장을 하지 않고 남장을 관철한다고——. 그것이 얼마나 잔혹한 소행이었던가."

괴로운 내색의 푸리에의 고해지만, 잊지도 못할 5년 전이 틀렸다. 6년 전이다.

하지만 그것은 페리스가 선명하게 마음에 그리는, 그 약속의 날로 이어지는 고백으로——.

"재작년의, 그대의 열다섯 살 생일을 기억하고 있느냐? 그대는 아름답게 성장했다. 치장한 그대는 분명히 그날 밤 가장 아름다운 꽃이 될 수 있었어. 하나 그대는 본인과의 약속을 지켰다. 소녀가 군장으로 몸을 감싸고 달 아래를 노닐던 광경을 본인은 결코 잊지 못한다. 남장한 그대는 아름답다……. 그러나 그건 검을 보고 생각하는 감상이야. 단연코! 꽃과 나란히 서는 부녀자에게 품어도 될 감상이 아닐진저!"

"———."

"본인은 그때, 본인의 얕은 생각이 초래한 결과를 깨우쳤다. 무르익은 소녀의 치장할 기쁨을 앗아가고, 꽃다운 시간을 봉한 건 다름 아닌 본인이다! 그 책임은 본인이 져야 해!"

오랜 관계 속에서, 처음 보는 것 같은 푸리에의 옆얼굴. 그 격정에 불타는 홍색 눈을 보고, 페리스는 자신의 가슴에 치밀어 오르는 것으로 목이 메었다.

보고 있던 다른 이들도, 메카트도 모두가 말을 잃고 있다. 지금까지 결코 털어놓지 않았던, 푸리에가 떠안고 있던 이 결투에 대한 강한 마음을 알고.

착각이다. 오해다. 푸리에의 그 결의는 어지간히 헛다리를 짚은 것이다.

크루쉬와 푸리에의 약속은 사실이다. 6년 전, 평생 남장으로 지내겠다고 단언한 크루쉬에게 푸리에는 『본인이 그대를 검으로 패배시킬 때까지, 그것을 허락한다.』라고 발언했다. 메카트가 크루쉬에게 강하게 나오지 못한 것도 왕자와의 약속을 지킨다는 명분이 있기 때문.

하지만 푸리에는 그 일을 줄곧 후회하고 있었던 것이다. 어느새 그의 마음속에서 크루쉬의 남장은 크루쉬 자신이 바라고 있지 않은데, 자신과 약속했기 때문에 마지못해 하고 있는 남장이라는 인식으로 뒤바뀌었다. 그리고 우직하게 그 책임을 느끼고 있었다.

"난, 바보야……."

검을 거머쥐는 푸리에의 등을 보고 있으면서 페리스는 무심코 자신의 입을 막았다.

숙달된 푸리에의 검을 반복되는 결투와 집념의 결과라고 업신여기고 있었다. 그것뿐일 리가 없다. 자신의 발언을 후회한 푸리에는 줄곧 검을 휘둘러왔던 것이다.

――자신이 사랑한 소녀를, 약속에 얽맨 소녀를, 여성으로 만들기 위해서 줄곧.

"크루쉬! 꽃을 보듬어라! 시를 즐겨라! 화장을 하고, 드레스를 두르고, 보석으로 치장해, 가련하게 미소 지어라! 참을 거라곤 없어! 본인이 허락한다! 본인의 어리석음을 이곳에서 갚고, 본인이 그대를 참된 여자로 만들어주겠노라!!"

"저, 전하……!"

헛다리를 관철하는 채로, 푸리에가 목검을 쳐들고 크루쉬에게 짓쳐들었다. 딱딱한 소리가 정원에 울리고, 충격에 물러서는 크루쉬의 표정은 명백히 동요하고 있었다.

"전하!" "푸리에 님!" "부디 크루쉬 님을, 전하!"

목소리가 터진다. 저도 모르게 튀어나온 성원은, 그것을 보고 있던 사용인들의 것이다.

눈 주변을 붉히고, 목소리를 떨고, 어릴 적부터 크루쉬를 아는 이들이 푸리에의 결의에 찬동을 던지고 있다. 푸리에의 파고드는 기세가 거세지고, 크루쉬의 동요가 깊어진다.

호를 그리고, 위아래로 꽂히는 목검에 크루쉬는 방어 일색이다. 이만큼 일방적으로 크루쉬가 공격받은 적이라곤 없다. 그만큼 지금의 푸리에의 검격은 가열하고, 맞서는 크루쉬의 마음에 호소하는 것이 있는 것이다.

설령 그것이 착각에서 시작된 결심이어도, 이만큼 많은 이들에게 감명을 준 것이다.

"——전하께 맡기자."

불현듯, 페리스의 옆으로 걸어온 메카트가 그렇게 중얼거렸다.

얼굴을 드는 페리스에게 메카트는 끄덕인다. 그것이 무엇을 의미하는 것인지 금세 알 수 있었다. 페리스는 기도하듯이 가슴 앞에 손을 깍지 끼고, 결투의 결과를 지켜본다.

"드레스! 화장! 그리고 보석! 꽃과 요리!"

"——윽."

"크루쉬! 본인의 발밑에, 꿇어라아아아!!"

타격의 위력에 목검이 삐걱거리고, 금이 간 도신에서 나뭇조각이 튀어 날아간다. 양쪽이 손에 들고 있는 목검도 한계가 가깝다. 하지만 분명히, 한계는 패자 쪽에 먼저 방문한다——.

일격마다 한계가 접근하고, 뒷걸음질 치는 크루쉬 앞에 푸리에는 거칠게 부르짖는다. 단정한 얼굴을 붉히고, 용맹하게 덤비는 모습에 크루쉬는 무엇을 본 것일까.

붉은 눈에 비치는, 뒷걸음질 치는 여자인 자신이었을지도 모른다.

"——아."

벽 부근까지 물러나 궁지에 몰린 크루쉬의 호박색 눈이 마지막으로 페리스를 보았다.

서로의 시선이 얽히고, 페리스는 크루쉬의 눈이 무언가를 바라고 있는 걸 느꼈다. 하지만 무엇을 바라고 있는지, 그 결정적인 것을 알지 못한 채,

"크루쉬, 님……."

페리스의 동그란 눈에서 굵은 눈물이 뺨을 타고 흘렀다.

다음 순간, 높은 소리와 함께 목검이 부러지고, 튕겨 나간 도신이 흙 위에 떨어진다. 그리고 건재한 쪽의 목검이 패자의 검에 들이밀어졌다.

"……이만큼 해도, 본인은 가 닿지 못하는가."

부러진 목검을 움켜쥐고 괴롭게 숨을 내뱉으면서 푸리에가 쥐어짜낸다. 밑을 보고, 어깨를 떠는 그는 어쩌면 울고 있을지도 모른다.

한숨. 낙담이어도 실망은 아니다. 하지만 이루지 못한 사실에 모두의 어깨가 꺼진다.

하지만 그것은——.

"아니오, 전하. ——제 패배입니다."

느릿느릿 고개를 젓는 크루쉬. 그 손안에 그녀의 목검 또한 중간에서 부러진다. 도신을 잃은 목검의 칼자루, 그것을 크루쉬는 땅에다 내던지고,

"아직 검을 쥐고 있는 전하와, 검을 던진 저를 비교하면 승패는 명확……. 아니, 그 이전에, 전하의 통렬한 기합을 받고 제 마음은 굴복했습니다. ——완패입니다."

"————."

입을 다문 푸리에 앞에서 크루쉬는 그 자리에 무릎을 꿇었다. 흙으로 더럽혀지는 것도 개의치 않고, 땅에 손을 짚으며 검을 내미는 듯한 동작은 최경례—— 충절의 표식.

"옛 약속, 확실히 달성되었습니다. 이 크루쉬 칼스텐, 푸리에 루그니카 전하와 검술을 겨루어, 이에 패해…… 부녀자의 차림새를 갖출 생각입니다."

"응…… 음, 그런가. ……그러한……가."

엄숙하게 선고된 크루쉬의 말에 푸리에는 더듬더듬 끄덕이며 대답. 그 뒤에 천천히 그 장신이 뒤로 기울고, 소리와 함께 대(大) 자로 땅바닥에 쓰러졌다.

"전하?! 이건 야단났다, 펠릭스! 전하를!"

눈을 뒤집은 메카트의 말을 듣기 전에 페리스는 황급하게 푸리에 쪽으로. 드러누운 청년의 머리 밑에 자신의 무릎을 넣고, 그 체중을 지탱하면서 치유 마법을 발동시켰다.

"전하, 전하, 정신 차리시옵소서, 전하!"

"후후……. 봤느냐, 페리스……. 본인의, 대승리……."

치유 마법으로 상처가 아물어도 잃은 체력이 돌아오는 건 아니다. 그야말로 온 힘을 다한 푸리에는 눈에 익은 속 편한 웃음을 띠고는 그대로 곯아떨어지고 만다. 편안한 숨소리가 들려와서 페리스는 어안이 벙벙해졌다.

그리고.

"페리스."

"네, 네헤, 크루쉬 님. 저기 그게, 응, 페리는 뭐라구 하면……."

"——이기적이어서, 미안하다."

푸리에의 치료를 지켜보면서 크루쉬가 옅게 미소 짓고 페리스에게 그렇게 말했다.

그 말이 가슴에 스며들자마자—— 페리스의 뺨을 타고 눈물이 뚝뚝 떨어졌다. 흐느끼며, 두 눈을 비비면서 딸꾹질하는 목소리로 페리스는 말했다.

"제, 제 쪽……이야말로……. 약아빠져서……! 늘, 늘 언제나…… 크루쉬 님이랑, 푸리에 전하한테, 구원받기만 해서……!"

"그렇다면 그건 피차일반이다. 내 쪽이야말로 네 존재에 늘 구원받고 있다. 전하에게 구원받고 있었던 것도, 지금 막 자각한 직후의 못난 나다마는."

"못나다니, 그런 말씀……! 크, 크루쉬 님은, 최고세요……!"

"그렇다면 더욱더 너와 전하의 기대를 저버리지 않는 나여야만 하겠군."

말이 잘 정리되지 않는 채로, 페리스는 훌쩍훌쩍 울고만 있다. 크루쉬의 손이 그런 페리스의 머리를 다정하게 쓰다듬고, 일어서는 그녀가 메카트 쪽으로 간다.

당황하는 부친에게 크루쉬는 뭐라고 말을 건 것일까.

그것은 무릎 위의 푸리에의 코골이와, 자신의 우는 소리 때문에 페리스는 알 수 없었다.

6

"그건 그렇고, 가장 큰 공로자인 본인이 생일 모임의 지척이 될 때까지, 그 크루쉬의 드레스 차림을 보지 못한다는 건 이상하다고 생각지 않느냐?"

"자자, 크루쉬 님에게도 이것저것 사정이 있다고요. 마음의 준비 같은 거라든가, 몸의 준비 같은 거라든가…… 그리고 크루쉬 님에게 어울리는 드레스 선정이 애초에 난항하고 있다든가."

"페리스는 크루쉬를 위해서라면 적당히 하질 않으니 말이다! 든든하구나!"

칙칙한 웃음을 짓는 페리스의 정면 마주 보는 곳에서, 푸리에가 쾌활하게 껄껄 웃는다.

장소는 칼스텐 공작 저택에 있는 페리스의 사실이다. 그곳에서 페리스는 당연한 듯이 방문한 왕자를 맞이해 직접 탄 차를 대접하고 환담 중이었다.

평범하게 생각하면 황송스러운 상황이지만, 페리스에게도 푸리에에게도 스스럼은 보이지 않는다.

알고 지낸 지 오랜 벗—— 아무래도 그건 우쭐한 생각이라고 생각하지만.

"그 결투에서 2주일, 실로 답답한 시간이었다. 애초에 깨어나니 돌아가는 용차 안이라는 건 어떻게 된 것이야? 크루쉬와 말도 나누지 못한 새에 귀로에 들어서다니, 그만한 처사는 지금까지 한 번도 없었다."

"기진맥진한 전하께서 기침하지 않으시니 그렇죠. 그리구 말이죠, 생일까지의 열흘 이상을 저택에서는 지낼 수 없잖아요? 아무리 한직인 푸리에 전하라두 이 시기는에 여러모로 소임이 있을 테니까요."

"본인을 부르는 자가 수도 없으니 말이다! 아아, 다만 걱정인 것이야. 본인이 크루쉬를 한 칼에 베어버리고, 쓰러져 우는 그녀를 위로한 건 기억하고 있지만……."

"……일단, 끝까지 들을게요."

사실이 꽤 푸리에 쪽에 맞추어 각색되어 있지만, 일단 끊지 않는다. 아마도 쓰러져 우는 크루쉬 언저리는 페리스의 통곡이 관계되었을 테니까.

"고단하여 달성감과 함께 쓰러진 본인은 그 뒷일을 모른다. 크루쉬는 그다음, 어떻게 하고 있었을까. 그, 본인에 대해서는 뭐라고 하진 않았느냐?"

"진 것이 분해서 베개를 적시고, 언젠가 자고 있는 전하의 목을 따주겠다고……."

"하하하, 흰소리를. 어디 거짓을 아뢰느냐, 거짓을. 그 크루쉬가 자는 사람의 목을 따겠다는 말을 할꼬. 당연히 정면으로 도전하지. 알기 쉬운 거짓말을…… 거짓말이렷다? 그러하렷다?"

"믿을 거면 끝까지 자신만만하게 믿어주시라구요오. 하긴, 뭐 그 말씀이 맞지만요."

이 부분에 있어 크루쉬를 계속 지켜봐 온 상대인 만큼 속일 거리가 없다.

페리스는 한숨을 내쉬고 흘깃흘깃 시선이 번거로운 푸리에에게 윙크한다.

"안심하세요. 크루쉬 님은 패배에 미련을 둘 분이 아니구, 집념으로 벽을 극복한 전하를 다시 보셨을 거예요. 전하 이야기는 그 뒤로 한 번두 안 했지만."

"역시 화내고 있는 거려나?! 어찌 생각하느냐?! 이봐라, 어찌 생각하느냐, 페리스!"

"아잉, 잡아당기지 마요. 옷이 늘어나요오. 단둘뿐이라구—, 막무가내야."

몸을 내밀고 어깨를 흔들어대는 푸리에를 밀어내고, 자신의 어깨를 껴안고 눈을 적시는 페리스. 동요한 푸리에가 물러나고 묘한 침묵이 방에 내려앉는다. 그때.

"불려서 와봤더니, 페리스. 전하를 너무 놀리지 마라."

"오오오오오오오?!"

문을 열고 얼굴을 내비친 크루쉬를 보고 화들짝 놀란 푸리에가 재미있는 소리를 터트린다.

그 반응을 고소하게 여기면서 페리스는 크루쉬에게 손을 흔들었다.

“시간 맞춰 오셨네요, 크루쉬 님. 기다렸다구요—.”

“말을 건네지 말고 방에 들어오라고 하더니, 이게 목적이었나. 전하, 페리스가 실례를 저질렀습니다. 하온데 제 얼굴을 보고 놀라시다니 섭섭합니다.”

“게 아니다! 결단코 본인은 그대의 얼굴에 놀란 것이 아니야! 그대의 얼굴은 오늘도 반듯하다! 곱다! 자신을 가져라! 본인이 보증하마!”

“감사합니다, 전하. 하오나 역시 낯간지럽군요.”

붉은 얼굴의 푸리에와 쓴웃음 짓는 크루쉬. 2주일 전의 사건과, 그 뒤의 이별이 이별이었지만, 재회는 그에 부담 갖지 않고 자연스러운 흐름으로 넘어간 듯하다.

“이것도 페리의 지휘 덕분……. 자신의 군사 적성이 두려워……!”

“뭘 중얼거리고 있느냐, 페리스. 그리고 말이다! 크루쉬, 너도 그래!”

푸리에가 일어나서 문 앞에 선 크루쉬에게 삿대질했다.

“어이하여 오늘도 지금까지처럼 남장을 하고 있어! 치마는 어쨌느냐! 드레스는 어디에 있고! 머리카락을 보석으로 꾸미고 꽃다발에 둘러싸인다는 약속은 어찌 된 게야!”

“전하, 전하, 약속이 자기 성장하구 있다구요.”

“죄송합니다, 전하. 지난날의 건, 확실히 마음에 새겨두었습니다. 하오나 저도 오래도록 남장하고 지내온 입장. 한동안은 이렇게 마음의 준비를 할 시간을 받았으면 합니다. 그리고── 내일 있을 생일 모임에는, 반드시."

"음…… 그건, 믿어도 될 테지?"

"제가 전하와의 약속을 어길지 말지, 전하가 믿어주시는 한."

그렇게까지 크루쉬가 단언해서는, 푸리에도 물러설 도리밖에 없다.

소파에 도로 앉는 푸리에의 맞은편, 페리스의 옆에 크루쉬가 자연스럽게 앉았다.

"그건 그렇고, 전하도 기합이 들어갔네요. 2주일 전에 달려온 것도 그랬지만, 오늘도 전날에 오시다니."

"왕성에서는 늦잠 잘까 봐 무서워서 좀처럼 잠이 들 수 없어서 말이다! 먼저 저택에 도착해 있으면 아무리 자도 반드시 제때 맞는다. 어떠냐, 본인의 무시무시한 지혜!"

"약속 장소에 전날부터 외박하는 것 같아서 좀 부담스럽네요."

푸리에의 발언에 페리스가 너스레를 떨고, 그것을 크루쉬가 쓰게 웃으며 나무란다. 그것이 세 사람의 관계로, 전환기를 맞이해도 흔들리지 않은 유대다.

"그런데 내일 있을 생일 모임에서 페리스는 어떡하느냐? 드레스더냐?"

"아이잉, 전하두. 크루쉬 님뿐만 아니라 페리에게까지 흥미진진하셔요오? 안 된다구요오. 그것도 내일을 기 · 대 · 하 · 시 · 라."

“드레스, 드레스라……. 이봐, 페리스. 아버지의 야단법석도 상당한 것이었는데, 네가 골라준 드레스도 내게는 다소 걸맞지 않은 느낌이…….”

“크루쉬 님에게는 최고급 드레스를 입히고 싶어서, 최상급의 장식품을 달아드리고 싶어서, 최대급의 대접을 받으실 필요가 있어요! 아주 그냥! 성대하게!”

“암, 그러하다! 크루쉬! 본인도 내일, 기대하고 있으니 말이다!”

콧김이 거친 페리스와 왁자지껄한 푸리에 두 명에게 크루쉬가 밀려났다.

어딘가 애잔한 크루쉬의 옆얼굴, 그녀의 호박색 눈이 창밖으로 돌아가고, 자연히 덩달아서 페리스 또한 밤하늘을 우러렀다.

만천의 별들 속에 떠오르는, 하얗고 차가운 광채를 발하는 반달. ——크루쉬의 생일 전야.

갖가지 것들이 움직이려는 낌새가 느껴지는 달빛은, 요망하게 일렁이고 있었다.

7

——그 이튿날, 크루쉬 칼스텐의 열일곱 번째 생일은 맑은 하늘에 축복받았다.

"웅—! 좋아, 좋은 날씨!"

커튼을 걷고 창문을 활짝 연 페리스는 목에 닿는 길이의 머리카락을 찰랑이면서 웃었다.

오늘 아침은 평소보다 일찍 일어나서 새벽의 공기는 차갑고 맑았다. 어젯밤은 크루쉬와 푸리에 셋이서 나눈 대화에 흥이 올라 밤을 새고 말았지만, 오늘이라는 날의 도래를 학수고대하던 기대감이 피로를 끌고 오지 않았다. 아침은 평소의 곱절은 발랄했다.

"절호의 생일 파티 날씨! 해님도 일 한번 잘하구 계시잖아—♪"

흡족하게 말하면서 페리스는 얼른 잠옷을 벗어 던지고 옷을 갈아입는다. 여느 때의 여성용 의류를 걸치고 하얀 리본으로 머리카락을 꾸며서 준비 완료.

재빠르게 거울로 몸단장을 확인하고, 춤추는 듯한 발걸음으로 복도로 뛰쳐나가 벌써 일을 시작하고 있는 저택의 사용인들과 합류했다.

"좋은 아침—이에요!"

"이런, 페리스 님. 좋은 아침입니다. 오늘 아침은 일찍 일어나셨군요."

"중요한 날이니까. 기합 넣어야지. 그래도 여러분 쪽이 더 빠르지만 말이야."

"저희야 이게 일이니. 그리고 학수고대하던 건 페리스 님만이 아니니까 준비에 넘치고 모자람 없이 임해야지요."

노년을 맞이한 가령이 인사를 주고받으면서 그렇게 말하고 미소 지었다. 페리스와도 오래 알고 지낸 인물이지만, 감정을 죽이는 그치고는 꽤 기쁜 내색이다.

주위의 사용인들도 평상시 이상의 작업을 요구받고 있는데도 싫은 티 하나 없다. 그만큼 오늘 행사의 주역에게, 친애와 기대를 품고 있다는 뜻이다.

"근데 있지, 크루쉬 님에 대한 마음이라면 나도 지지 않거든. 자, 뭐든지 거들 테니 자꾸자꾸 지시해줘."

"힘내고 계시는군요. 그럼 사양 없이 이것저것 부탁드릴까요."

크루쉬의 측근인 페리스를 잡무에서 떼어놓겠다는 싱거운 말은 아무도 하지 않는다.

가만히 있지 못할 마음을 참작해준 데에 응석 부리면서, 페리스는 그 몫만큼의 배려를 일로 갚자고 결심한다.

크루쉬의 생일 파티는 오늘의 저녁 너머부터 시작될 예정이다.

그 몇 시간 전에는 초대객이 도착할 전망이기 때문에, 회장 설치 등의 준비에 들일 수 있는 시간은 실질적으로 오전뿐. 물론 며칠 전부터 태반의 준비를 진행하고 있기 때문에 최종 조정 및 비품 준비, 요리의 순서와 역할 확인 등이 주요 내용이다.

"그건 그렇고, 크루쉬 님의 오늘 밤 드레스가 기대되는군요."

"그래요, 그래. 누가 아니랍니까. 어쩌면 제가 살아있는 중에 뵙지 못하는 것 아닌가 생각한 적도 있었으니 말이죠."

고참 사용인과 가령이 웃음을 주고받는 걸 흘깃 보며, 페리스는 미안한 기분에 젖는다.

어렸을 적에 나눈 페리스와 크루쉬의 약속. 그 뒤쪽에서 얼마나 많은 사람들이 마음 아파했는지, 무신경한 자신은 생각도 해보지 않았다.

물론 그들에게 페리스를 비난할 의도는 없다. 있는 건 순수하게 어릴 적부터 보살펴온 크루쉬의 여성다운 성장을 확인할 수 있다는 것에 대한 기쁨이다.

"정말로, 모두에게도 미안해."

그러니 맘대로 부채감을 품고 몰래 사과하는 건 페리스 자신의 허물이었다.

그런 식으로 허물을 의식하고 있는 페리스가 분발해서 기운차게 일하니, 다른 사용인들도 뒤처질 수는 없다. 자연히 각자의 일의 성과가 향상되고, 예정의 점심을 기다릴 필요도 없이 준비는 지장 없이 완수되었다. 나머지는 초대객의 도착과 밤을 기다릴 뿐.

——아무 일도 없었으면, 그리될 터였다.

"칼스텐 공작을 뵙기를 청하오! 화급한 보고요!"

그 목소리가 들려온 것은 마침 페리스가 현관홀에 들렀을 때다.

다음 지시를 받으려고 간 곳에서, 사용인 무리가 누군가를 에워싸고 있는 게 눈에 들어왔다. 무슨 일인가 싶어 페리스가 달려가자, 그곳에 있던 건 숨을 헐떡이는 땀투성이의 젊은이다.

아무래도 필사적으로 용차를 몰고 온 눈치로, 예사롭지 않은 분위기가 넘쳐나고 있다. 상처가 아니라 피로. 그것도 심신 모두 상당한 중책을 짊어진 모양새로 인해서.

"용건을, 전해주시길 바라오……!"

"듣도록 하죠. 무슨 일이시죠?"

젊은이는 그 자리에 무릎을 꿇고, 페리스의 얼굴을 올려다보았다. 무심코 그 얼굴을 본 페리스가 숨을 집어삼킬 만큼 귀기에 찬 젊은이의 표정.

그리고 젊은이는 그 목소리에 전율과 초조감을 띠면서 말했다.

"포틀 평원에 마수(魔獸)가…… 대토(大兎)가, 출현했습니다!"

8

"마수『대토』의 출현이라……. 내가 생각해도, 참으로 운이 없어……."

한 차례 보고를 들은 시점에서, 깊은 한숨을 쉬면서 메카트가 뇌까렸다.

장소는 저택의 집무실로, 실내에는 열 명 가까운 인간이 얼굴을 맞대고 있다. 전원이 메카트의 심복 부하들로, 크루쉬의 생일 모임을 위해서 일찍부터 저택에 도착해 있던 면면들이었다. 그것이 그대로, 긴급 대책 회의의 면면들로 돌변한 건 얄궂은 이야기다.

"확실히 불운……. 하지만 저희가 모일 수 있던 건 불행 중 다행이었군요. 마수 피해에는 초동이 매우 중요한 법. 그 점에서 이번은 가장 빠르게 대응할 수 있습니다."

"변함없이 장점을 찾는 게 특기인 부하들이어서 위안이 돼. ……그래서, 피해 상황 등을 다시 확인하고 싶은 바인데, 설명해주겠나?"

"네, 넷."

공작가의 중진과, 무엇보다 칼스텐 공작 본인을 앞에 둔 젊은이의 긴장은 정점에 도달해 있다. 그런데도 책임감 때문에 순서대로 설명하는 그의 말에 메카트와 중진들은 끄덕였다.

마수『대토』는, 수백 년 전에 마녀가 만들었다고 하는 마수——그중에서도 특히 강력한 3대 마수 중 한 자리를 맡고 있는, 재앙이라고 표현되는 마수의 이름이다.

『백경(白鯨)』, 『흑사(黑蛇)』, 『대토(大兎)』 3대 마수는 재해 취급받고 있다는 점도 있어, 그 피해의 규모는 국가 단위로 토벌대가 구성될 수준이다. 그만큼 손을 쓰고도 한 마리도 완전히 멸하지 못한 점을 보면 얼마나 까다로운지 미루어 짐작할 수 있으리라.

이번에 대토가 발견된 곳은 포틀 평원. 칼스텐 공작령의 가장자리에 위치해 아직 개척되지 않은 황무지만이 펼쳐진 토지다.

"맨 처음에 대토의 존재를 알아챈 건, 평원에 있는 숲에 들어간 밀렵꾼 집단입니다. 그곳에 군생하는 우브즈스라는 동물의 모피를 노렸던 집단이, 토끼에게 기습당했다고 해서……."

"그것도 참, 인과응보로군. 그 집단은?"

"두목을 비롯해 태반의 구성원이 토끼의 먹이가……. 살아남은 건 용차를 지키고 있던 애송이 정도로, 그치가 허둥지둥 인근 마을로 뛰어들어서 사태가 발각되었습니다."
젊은이의 보고에 메카트의 표정이 어두워진다.
"인근 마을로 도망쳐 들어갔다라. ……그 마을은 어쩌고 있지?"
"자의적인 판단입니다만 주민은 마을의 용차로 밀어 넣고 피난시켰습니다. 일단, 그 생존자인 애송이도 함께. 촌장인 아버지의 판단으로, 저는 그걸 보고하러 공작님께 온 겁니다."
"과연, 좋은 판단이야. 자네와, 춘부장에 대해선 기억해두지. 일단 대토에게 마을이 어지럽혀지는 정도로 인적 피해는 막을 수 있을 것 같은데…… 제군, 어떻게 생각하나."
황송해하는 젊은이에게 끄덕인 다음, 메카트는 심복들에게 그렇게 물었다.
그 말을 받아 이지적인 용모의 장년이 거수했다.
"이 젊은이의 마을의 판단이 최선이겠지요. 피난 범위를 인근 마을까지 포함해 넓히고, 대토에 대해서는 추이를 지켜보는 게 상책이 아닐까 합니다. 소문으로 들은 마수의 습성이 확실하다면 우리가 건드려 일부러 사냥감이 있는 곳을 가르쳐줄 필요도 없습니다."
우선, 최초로 부전(不戰)이 제안되었다. 그러나 우락부락한 얼굴의 남자가 그에 반론했다.
"아니지. 그건 어디까지나 대토가 현재 상황에 만족한다는 가정하에 나온 낙관에 불과해. 놈들이 숲과 마을을 들쑤시고 나서 부족하면 어떻게 되나. 무리가 흩어져버리면 도저히 대처 못한다."
"그럼, 어떻게 하시려는 심산이신지?"

"선수를 쳐서, 칼스텐령에서 물러나게 하지. 미개척 토지도 포함해 짐승 나부랭이에게 건네줄 영지라곤 한 톨도 없어. 그리고 백성의 불안도 있네. 인심이 마수에게 겁내고 있는 와중에 우리가 영지에 틀어박혀 있어선 귀족의 위신과 관계돼."

"짐승 나부랭이, 쓰러뜨려 봤자 아무것도 얻을 것 없소이다."

"하나 아무것도 얻지 못하더라도 잃을 건 있네. 백성의 신뢰와, 우리의 긍지일세."

주전파와 부전파로, 의견이 정면에서 충돌한다. 그 의견들은 양쪽 다 틀린 이야기가 아니다. 양쪽 다 옳다. 그렇기 때문에 결단이 요구된다.

"_________."

묵묵해진 메카트의 속내에 지금은 다양한 생각이 부대끼고 있으리라. 그것을 알고 있으면서, 자리에 맞지 않다고 생각하면서도 거수가 올라간다. 그건 다름 아니라 젊은이를 집무실로 데려오고 그대로 대책 회의 한구석에 웅크려 있던 페리스다.

"저, 메카트 님. 죄송합니다. 이럴 때에 뭐하지만요……."

"……아아, 펠릭스. 응, 미안하구나. 뭐지, 뭘 묻고 싶은데?"

"크루쉬 님의 생일 파티 건입니다. 물론, 중지는 도리 없는 건 알지만, 초대객 여러분께선 머잖아 도착하십니다. 어떻게 설명할까요?"

"그래, 그렇지. ……그 문제도 있었어. 나 참, 정말로 때가 안 좋아."

입술을 깨물다가 메카트가 번쩍 고개를 들었다.

“그러고 보니 크루쉬에겐? 설마 그 애에게 이 이야기를 하지는 않았겠지?”

“안심하세요. 사자 쪽은 곧장 방으로 모셔왔고…… 지금쯤 크루쉬 님은 푸리에 전하를 상대하느라 바쁘실 터예요. 이것만은 전하께 감사하겠네요.”

“그렇다면 다행이야. 정말로 전하께는 고개를 못 들겠어. 그렇기에 더더욱, 말이지.”

안도하는 기척이 집무실에 훅 퍼졌다. 그건 메카트만의 것이 아니라 방 안에 있던 크루쉬를 아는 전원이 공유한 안도감이다.

귀족의 긍지와 의협심으로 이루어진 듯한 크루쉬인 만큼, 영지가 마수의 위협에 노출되었다고 알면 뛰쳐나갈지도 모른다. 매서운 그녀의 성격을 아는 전원이 그녀에게만은 알릴 수 없다고 처신하는 건 당연한 일이었다.

“——자, 시간은 유한해. 언제까지고 고민하고 있을 수는 없지.”

그 안도로 누그러진 입매를 다잡고, 메카트가 의자 위에서 자세를 바로잡는다. 공작의 그 행동에 전원이 일제히 등골을 바로 폈다. 그 말을 경청한다.

“우선, 포틀 평원 인근의 시가에 피난 권고를. 당가와 다른 마을에서도 용차를 차출한다. 주민 전원의 피난은 당연하거니와, 가능한 한 사재도 들고 나올 수 있도록. 대토가 지나가면 아무것도 남지 않아. 화재 현장의 도둑 따위 용납하지 않게끔 철저히 하는 거야. 지휘는 버덕, 자네야.”

“옛.”

"그리고 포틀 숲 주위에 전력을 전개한다. 아직 손질되지 않은 뜰이 모조리 뽑혀서는 곤란하지. 단, 목적은 대토 섬멸이 아니라 어디까지나 견제를 우선. 너무 혈기에 치우친 젊은이를 앞으로 내세우지 않도록 부탁하자고?"

"알겠습니다. 지휘는 어찌하시겠습니까?"

"영지에 책임이 있고, 겁이 많은 노병이 좋겠지. 나 참, 이 나이에 징그러워지는걸."

그렇게 말하고 메카트가 어깨를 으쓱이자, 부하들이 작게 웃음을 겹친다. 그 뒤로 긴박감이 팽팽한 실내에서, 마지막으로 메카트가 페리스를 보았다.

"그리고 펠릭스, 네게도 명령한다. ——크루쉬에게 대토 건이 알려지지 않게끔, 신중하게 처신하면서 파티를 개최해."

"생일 모임, 중지되지 않은 건가요?!"

"같은 영내라고는 해도 포틀 평원의 피해가 저택에 미치리라고는 생각하기 어려워. 그리고 초대객 여러분에게 왕림을 청한 체면도 있어."

"근데 있죠, 메카트 님께서 자리를 비우신 상황에서 끝까지 숨기라고 하셔도……."

"딱히 평생 동안의 비밀로 하라고는 하지 않아. 어디까지나 오늘 중에만 숨기면 돼. 내일이면 크루쉬에게도 들통 날 테니까…… 사이좋게 혼나주면 고맙겠는걸."

농담 투로 꺼낸 메카트의 말에, 페리스는 이 이상의 의논은 소용없음을 깨달았다. 입술을 삐죽이고 불만을 드러내면서 페리스는 메카트를 게슴츠레한 눈으로 노려보았다.

"내일, 함께 혼난다는 약속, 지켜주시지 않으면 경을 칠 거예요."

"펠릭스가 그렇게 말하면 무서운걸 그래. 그런데 지키지 못할 경우라면……."

"예를 들면 왜, 얕보고 덤빈 마수한테 져서 죽어버릴지도 모르잖아요."

"재수도 없기는, 펠릭스!"

평소와 같은 가락으로 너스레를 주고받고, 페리스는 완전히 단념했다. 말을 꺼내면 듣지 않는 완고한 면은 정말이지 부녀지간에 쏙 빼닮았으니까.

"알겠습니다. 이 페리스, 한 목숨 걸고 파티를 성공시키겠어요. 메카트 님도 무운을 빌겠습니다."

커티시로, 메카트의 무사를 빌고 배웅하는 자세를 보인다.

그에 끄덕이고 메카트가 심복들과 향후의 움직임을 굳히는 가운데, 페리스는 조용히 집무실에서 물러나 불안한 내색의 사용인들과 급히 합류했다.

자, 지금부터 아주 바쁘게 움직여야만 한다.

――누가 뭐래도, 지금부터 일생일대의 왕거짓말을 실행해야만 하니까.

9

그리고 메카트가 저택을 출발해 몇 시간 뒤.

드레스로 화려하게 차려 입은 페리스는 온 힘을 다한 미소를 회장에 뿌리고 있었다.

"잘 와주셨습니다. 감사합니다."

저녁의 칼스텐 저택에 잇달아 도착하는 고급 용차들. 거기서 내려오는 건 당연히 용차의 격에 맞춘 복색과 기품을 풍기는 상류 계급의 사람들이다.

공작가 영애의 생일 모임에 초대된 빈객인 만큼, 얼굴만 마주쳐도 일반인이라면 넋이 빠져나갈 정도의 풍격을 띤 인물이 여기저기 있다. 다행히 페리스는 그런 인종 중에서도 최상급인 공작가에서 생활하는 신분이고, 덤으로 직계 왕족과도 교우가 있는 입장이다.

그러나 친근한 그네들이야말로 하나같이 엄숙한 분위기와 연이 없는 인품이라서, 그 경험이 오늘 도움이 되고 있을지는 미묘한 노릇이었다.

어쨌든 페리스는 빈객 상대로 필요 이상으로 긴장도, 겸양하지도 않으며 무난하게 안내역의 책임을 맡고 있다. 구면인 사람도 그렇지 않은 사람도, 접수를 보는 파란 드레스 차림의 페리스를 보자 발길을 멈추고 넋 잃고 보는 경우조차 있을 만큼 완벽한 내숭이었다.

"당신같이 아름다운 분을 놓치고 있었을 줄이야. 통한의 극치입니다."

"어머나, 능숙하셔라. 아니 된답니다. 동행하신 여성께 눈총을 사겠어요."

지금도 꼬드기려 드는 옷차림 좋은 젊은이를 가볍게 내치고 있는 참이다. 페리스에게 매정히 내쳐진 남성이지만, 떠날 때에 윙크 하나라도 보내면 파풍도 일지 않으니 편하기도 하다.

그렇기에 하다못해 이대로 웃음을 짓고 있는 임무에 집중시켜 주면 될 것을.

"실례. 칼스텐 공작은 어디 계신지? 주역인 크루쉬 님의 피로연 전에 인사만이라도 드리고 싶습니다만."

"대단히 죄송합니다. 메카트 님은 현재 몸이 좋지 않으셔서…… 곧 얼굴을 보이시리라 생각하지만, 잠시 동안은."

"허어……. 중요한 날에 그건 또. 알겠습니다. 버릇 없이 부탁해 실례했습니다."

똑같이 접수를 보는, 드레스 업한 메이드가 빈객 중 한 명에게 머리를 조아렸다. 좀 전부터 빈번하게 메카트를 찾아오는 손님이 끊이질 않는다. 당연하다면 당연하다. 순수하게 크루쉬의 생일을 축하하는 마음으로 이 파티에 발길을 옮긴 사람이라곤 소수. 오히려 집안사람을 제외하면 대부분은 공작의 비위 맞추기나 인맥 만들기의 일환일 것이다.

메카트의 부재에 낙담하는 사람이 많은 건 당연한 일이라고 할 수 있다.

"뭐, 그게 열 받지 않느냐면 그렇지 않지만."

"페리스 님, 안 돼요. 미간에 주름이 잡혀버려요."

"아, 안 되지 안 되지."

페리스의 혼잣말에 옆자리 메이드의 주의가 날아온다. 하지만 내용을 나무라지 않는 건 그녀도 같은 심경이기 때문이다. 익숙하긴 해도 순수하게 집안사람을 축복하는 뜻을 가진 입장에서 흔쾌하지는 않다.

하지만 두고 보라는 마음이 있는 것도 사실이다. 어디 두고 봐라. 이 파티의 주역이 드레스 업하고 등장한 순간, 전원이 기함하는 것이다.

"후후, 우후후후후."

"페리스 님, 안 돼요. 눈이 사악하게 빛나고 있어요."

"아, 안 되지 안 되지."

방향성은 달라도 완전히 같은 지적을 받고 페리스는 혀를 내민다.

아직 파티는 막 개장한 직후로, 빈객도 차례차례 들어온다. 주역인 크루쉬의 피로연은 파티의 메인 이벤트다. 그때까지 자기 방에 틀어박히라는 지시는 그녀에게는 지루하겠지만, 페리스는 속으로 안심하고 있다.

가호의 특성상, 장시간 크루쉬를 속이기는 어렵다. 크루쉬의 『풍견의 가호』는 바람을 읽는다. 바람은 자연의 바람에만 국한하지 않고 인간의 감정의 바람을 읽는 것도 가능하다. 그것을 능히 다루는 크루쉬에게 중대한 사건을 끝까지 숨기기란 제법 어렵다.

이것이 일상의 사소한 일이라면 솔직한 크루쉬는 거뜬히 속아주지만.

“정말로, 쉽게 볼 수 없는 분……. 그 점이 크루쉬 님의 매력이지만……!”

“페리스 님, 안 돼요. 어렴풋이 침이 흐를 것 같아요.”

“아, 안 되지 안 되지.”

슬슬 세 번이나 반복하니 메이드 쪽도 기가 막힌 기색이다. 이런 너스레로 긴장을 푸는 건 한심하다는 걸 알고 있으면서도 페리스는 장기전을 대비해 잔재주를 피웠다.

자, 기합을 고쳐 넣고 다시 접수를 보며 미소 짓는 작업에——.

“페리스! 이 보아라, 페리스는 있느냐!”

그때, 그대로 일심불란하게 미소만 짓는 기계가 되려던 페리스를 멀리서 누군가가 찾는 목소리—— 누군가고 자시고 없다. 이렇게 부르는 사람은 한 명밖에 없으니까.

페리스가 목소리의 정체를 알아채는 것과 눈앞의 인파가 와하고 갈라지는 건 동시였다. 쩌렁쩌렁 귀에 익숙한 목소리로 손을 들고 페리스를 부르는 사람은 푸리에였다.

화려한 의상을 두르고 반짝이는 금발과 홍색 눈을 빛내고 있는 푸리에. 누구나 그것이 이 나라의 제4왕자라는 것을 깨닫고, 일제히 공손하게 머리를 조아린다.

“음? 그만둬라 그만둬, 갑갑하다. 본인은 관대하고 친밀감이 있는 사내대장부다. 그리고 오늘 밤의 주역은 본인이 아니야. 그대들도 주역의 등장을 대비해 파티를 즐기도록 하라.”

그 장관을, 수수께끼의 거물 감각으로 푸리에가 물리려고 했다. 아니, 푸리에는 실제로 거물이기에 수수께끼고 뭐고 아니지만, 평소의 태도가 그렇게 여기지 못하게 하는 것이다.

"전하께서도 여러모로, 쉽게 볼 수 없는 분이시죠……."

"그대도 그대대로 무슨 까다로운 소리를…… 음, 오오."

인파가 갈라진 길을 지나 페리스 앞까지 찾아온 푸리에가 눈을 동그랗게 떴다. 그는 드레스 차림의 페리스를 위에서 아래까지 바라보더니, 실로 만족스럽게 깊이 끄덕였다.

"그대의 드레스 차림도 변함없이 좋구나! 생일 모임과 맞선 자리, 언제 봐도 질리지 않아서 실로 좋아! 칭찬하겠다!"

"아하하, 감사합니다. 전하야말로 오늘은 착 멋을 부리고 계시네요."

"그러하지? 천하의 본인도 오늘은 생각에 생각을 거듭한 끝에 갖춘 복장이니 말이다. 크루쉬의 생일 모임에 어울리는, 나란히 서서 부끄럽지 않을 것을 맞추었지. 페리스, 어떠냐!"

"네, 훌륭하세요. 마치 전하가 미남인 것처럼 보여요!"

"흐흥, 암, 암 그렇고말고."

허리춤에 손을 얹고서 흡족하게 가슴을 펴는 푸리에. 페리스의 발언에 서린 장난을 깨닫지 못하는 구석이 그의 인품으로, 그런 부분이 그의 애교이기도 하다.

자연스럽게 그때까지 밀어닥치던 빈객의 기세도 푸리에를 사양하는 형국이 되어 페리스는 숨통을 틀 시간을 받은 것처럼 가슴을 쓸어내렸다.

"그건 그렇고 전하, 지금까지 어디서 뭘 하고 계셨어요? 저두 상대 못해 드리구, 크루쉬 님의 방에서 죽치고 계셨나요?"

"그럴 수 있었으면 좋았겠지만, 주역인 부녀자의 방에 한없이 머무를 수도 없겠지. 결단코 옷을 갈아입히려는 메이드들이 보내는 시선의 압력에 진 것은 아니다! 오해하지 마라! 그 뒤, 저택에서 헤매지도 않았다!"

"네네. 전하, 무사히 저하구 만나서 다행이네요."

"음, 한시름 놨다! 솔직히 외로웠던 고로!"

솔직하다. 훈훈하다. 겨우겨우 자연스러운 웃음이 생겨나서 스스로도 놀랐다.

누가 뭐래도 지금까지 파티 개최부터 줄곧 꾸며낸 웃음밖에 띠지 않았었다. 표정이 완전히 부자연스러운 웃음으로 굳어져 버리나 싶었을 정도다.

웃는 건 싫어하지 않지만, 그것도 차분한 심경이어야 하는 법. 차례를 기다리는 주역은 무리여도 수고를 분산할 수 있는 상대가 회장에 있으면——.

"아니, 뭐 그럴 수 없으니 빈집을 의탁 받은 거지만 말이야."

말해도 어쩔 수 없는 넋두리가 새어 나올 뻔해서, 페리스는 쓴웃음으로 그것을 얼버무렸다.

파티 회장에서 빈객을 상대하는 것쯤이야 이 자리에 있을 수 없는 메카트의 역할을 생각하면 별것도 아니다. 그리고 이건 지금, 자신이 맡은 임무다.

펠릭스 아가일이, 공작에게 명령 받은 중요한 책무인 것이다.

"그건 그렇고, 크루쉬의 드레스 피로연은 더 있어야 하는군."

"네, 가장 큰 즐거움이니까요. 전하, 애들 같은 눈을 하고 있는데요?”

“기대되니까 어쩔 수 없노라! 그대야말로 기대되지는 않느냐?”

“전 왜, 의상 맞춰볼 때에 동석했었으니 봤는걸요. 아—, 크루쉬 님의 드레스 차림, 고우셨지—. 여신이 강림했었지—.”

“크음! 약았구나, 페리스! 그건 뭐냐, 비겁하지 않느냐! 그대, 누구 공적으로 크루쉬의 드레스 차림을 볼 수 있게 됐는지 아는 것이냐! 나 원!”

팔짱을 끼고 콧김을 씩씩 뿜는 푸리에의 모습에 페리스는 웃음을 뿜을 뻔했다.

“물론 전하 덕분이죠. 모두…… 메카트 님두 사용인들두, 그리고 저두! 전하께 무척 감사하고 있어요. 감사합니다. 헤헤—.”

“흠, 그러냐. 알고 있다면 되었다! 사내대장부 된 몸으로서 마음이 넓어야 하는 법! 용서하마. 본인의 마음은 마치 하늘처럼 넓구나! 그리 생각하지 않느냐.”

“생각해요. 전하의 마음은 마치 청천의 푸른 하늘 같아요.”

이건 빈말이고 뭐고 아니라, 페리스의 진심에서 나온 속내다.

말을 더 하자면, 그 청천의 하늘에 떠오르는 태양이 바로 푸리에라고 생각한다. 그렇다면 크루쉬는 흡사 그 태양과 하늘 사이에 부는 투명한 바람쯤 될까.

그렇다면 하다못해 자신은 그 하늘과 바람 속을 떠도는 구름이고 싶다.

“——전하?”

멍하니 그런 생각을 하는 페리스 앞에, 살그머니 손이 내밀어졌다.

우두커니 선 페리스에게 그렇게 한 것은 푸리에다. 맵시 있게 차려입은 그는 희미하게 그늘진 페리스의 얼굴을 들여다보더니, 평소처럼 낙천적인 얼굴로 웃는다.

"어울리지 않는 얼굴을 하는 게 아니다, 페리스. 인형처럼 휘둘려서 딱딱한 웃음이나 뿌려대고 있으니 그리되는 거다. 본인의 손을 잡아라. 한 곡, 춤추자꾸나."

"……저, 웃음이 형편없었나요?"

"형편없다고는 안 한다. 다만 평소와 다르다고 본인이 생각했을 뿐이다. 본인과 그대의 관계가 몇 년이 되는 줄 아느냐. 벌써 5년이다. 벗의 웃음을 분간하는 정도야 당연하지."

"절 전하의 벗이라고, 그렇게 말씀해주시는 건가요?"

생각지 못한 말을 들어 페리스가 눈썹을 치켜 세우며 그렇게 되묻는다. 그러자 푸리에는 그 단정한 얼굴에 미심쩍은 빛깔을 새기고, 이상하다는 듯이 고개를 갸우뚱했다.

"벌써 5년 동안 알고 지내고, 허물없는 대화를 할 수 있으며, 함께 사소한 비밀도 공유하고 있는 사이……. 이걸 벗이라고 부르지 않는다면, 본인에게 친구라곤 한 명도 없겠군. 지금까지 페리스는 본인을 뭐라고 생각하고 있었던 것이냐."

"그건…… 하지만 그런 건 황송스러워서."

"본인이 허락했는데 황송이고 뭐고 있을쏘냐! 페리스, 그대는 본인의 벗이다. 당당하게 본인과 나란히 서서, 같은 것을 보고 웃어라. 알겠지. 맹세했다."

막무가내로, 이쪽 사정도 자신의 입장도 분별하지 않는 푸리에의 발언이다. 하지만 페리스는 그 말에 위안을 얻어버렸고, 마음이 몹시 뒤흔들렸다.

절로 눈물이 어릴 뻔한 얼굴을 내리깔고 페리스는 심호흡을 반복했다. 그렇게 감정의 파랑을 진정시키고 고개를 들었을 때, 그 표정에는 장난기 서린 미소가 맺혀 있었다.

"그럼 전하. 노리시는 크루쉬 님 전에 한 곡, 어울려주시길 부탁드려도 될까요?"

"본인이 먼저 권했으니 당연하지. 참고로 묻겠는데, 그대는 여성 파트의 스텝은 제대로 밟을 수 있느냐? 본인에게 바라도 난감하다고?"

"안심하세요. 오히려 여성 파트밖에 추지 못해요."

"그럼 되었다. 본인도 사내 쪽밖에 추지 못한다!"

가슴을 펴는 푸리에의 행동에 페리스는 이번에야말로 참다못해 웃음을 뿜었다. 그 뒤로 옆의 메이드를 보자, 접수는 맡기라며 든든한 윙크. 그 배려에 따라 페리스는 끄덕였다.

"그럼 가자꾸나! 따라오너라!"

"네, 함께하겠습니다."

기세를 붙이면서, 하지만 내민 손을 잡는 동작은 유달리 부드럽게.

푸리에는 페리스를 에스코트해서 댄스 플로어로. 그 씩씩한 등을 쳐다보면서 페리스는 약간 편해진 가슴에 손을 얹고 말했다.

"그러고 보니 전하. 저와 전하의 관계는 5년이 아니라, 6년이에요. 잘못 알고 계세요."

"음? 그랬었나? 뭐, 상관없다. 향후의 긴 관계를 생각하면 사소한 차이에 불과해. 아니 그러냐?"

"참 내……. 네, 전하께서 그렇게 말씀하신다면야."

댄스 플로어 중앙에서 마주 보고서 서로의 손을 잡고 페리스는 소리 없이 웃는다.

그 미소에 푸리에 또한 웃었을 때, 다시 악단의 연주가 시작되었다.

저물어가는 저녁놀에 과시하는 스텝을 밟고, 댄스가 시작된다.

때는 밤의 시작—— 주역의 등단을 기다리는, 생일 모임은 아직 갓 시작한 직후였다.

10

"전하도 참, 뜻밖에 씩씩하시네요. 저, 두근두근했어요."

"암, 암 그러하지! 본인은 사내대장부니 말이다. 단지 뭐냐, 뺨을 붉히며 부비적대지 마라. 어쩐지 이상한 기분이 든다!"

"그럴 수가……. 전하께서 친구라고 말해주시던 건 거짓말이었어요……?"

"아니다, 거짓말이 아니야! 하나 왠지 이대로 있으면 친구를 그만둘 듯해서 무서우니 하는 말이다! 놀리는 건 그만둬라! 본인이 누구인 줄 아는 게야!"

춤을 마치고 우레 같은 박수를 받으면서 댄스 플로어를 뒤로 한 두 사람. 페리스는 푸리에를 놀리면서 크루쉬의 대기실을 향해 저택 복도를 걷고 있었다.

역할을 잊고 춤에 열중하고 말았지만, 본래 직무는 파티의 온건한 진행. 뜻밖에 그것에도 공헌할 수 있었던 느낌과 함께, 다음 목적은 크루쉬의 드레스 업이다.

슬슬 크루쉬도 갈아입히고 피로연 준비를 갖추어야 한다.

"하지만 전하는 신사분이니 방에는 못 들어가요. 드레스 차림을 볼 수 있는 건 다른 여러분과 같은 타이밍이에요. 자, 쉭쉭."

"좀 전까지의 대응과 정반대로구나! 갑자기 어찌 된 게야! 그리고 본인 또한 크루쉬의 방에까지 밀고 들어가려는 생각은 없어. 단지 제아무리 크루쉬라도 긴장하고 있는 게 아닐까 싶어서 그 긴장을 풀어주려 생각했을 뿐이다."

변명 같은 티가 나지만, 푸리에의 기특함을 보아서 페리스는 그 동행을 허락했다.

그리고 기실 드레스를 입고 남 앞에 나선다면 크루쉬도 긴장쯤은 할지도 모른다. 푸리에의 제안도 꼭 헛수고만은 아닐 가능성이 있었다.

그런 심산으로 둘이 함께 크루쉬의 방까지 찾아왔는데——.

"크루쉬 님~? 페리스예요. 들어가도 될까요?"

"——페리스인가. 널 기다리고 있었다. 들어와라."

문을 노크하자 여느 때와 같이 사나이다운 목소리가 돌아와

입실을 허가했다. 페리스는 아무 생각 없이 푸리에와 함께 방 안에 들어갔다가, 뻣뻣하게 굳었다.

"그런가. 전하께서 함께 계셨었나. 그건 예상 밖이었군."

그렇게 말하며 이쪽을 보는 크루쉬는, 진즉 눈에 익은 군장 차림. 그건 됐다. 다만 그 옷을 벗고 드레스로 갈아입으면 그만일 뿐. 문제가 있는 건 그 발밑.

그곳에 손발이 구속되고 재갈이 물린 가령이 앉혀져 있는 것이었다.

"크, 크루쉬 님?! 이거, 웬일이에요?!"

"놀라는 건 당연하지만 안심해라. 맬러니에게 위해는 가하지 않았다. 단지 방해를 받아서는 곤란하므로 구속했을 뿐이야. 이다음에 메이드가 오면 해방된다."

"구속했을 뿐이라니, 애당초 왜 구속을 하시게?"

"에둘러서 얘기하는 건 질색이야. 단도직입적으로 묻겠다. ——아버지께선 어디로 출타하셨지?"

"——윽."

호박색 눈을 가늘게 뜬 크루쉬의 물음에 페리스의 목이 경악으로 얼어붙었다.

그 반응에 확신을 굳히고 크루쉬는 방의 창문에 손을 얹었다. 높이는 1층. 그곳에서 바깥으로 나가더라도 아무 문제 없다. 그리고 크루쉬는 그렇게 한다. 그런 확신이 있었다.

"기, 기다려주세요! 무슨 근거가 있어서, 어디로 가실 작정으로……."

"장소는 포틀 평원. 목적은 재해…… 마수지. 아버지께서는 버덕 이하 심복을 대동해 오늘 밤중에 판가름을 지을 공산으로 저택을 떠났다. 내 말이 틀린가?"

경악에 경악이 거듭되어서 페리스는 전율에 꿰뚫릴 수밖에 없다.

누군가가 크루쉬에게 누설했다고는 생각할 수 없다. 하지만 누설했다고밖에 생각할 수 없을 만큼 사정을 파악하고 있다. 도대체, 어떻게.

"한 명에게서 캐내는 건 무리가 생기지. 그렇다면 한 명 한 명, 아는 자로부터 단편적인 정보를 건져서 취합했다. 확신은 페리스, 지금의 네게서 얻었지."

"아……."

"아버지 슬하로 간다. 설령 무용지물일지라도, 필요 없다고 지탄받아도 가야만 해. 충신이 사자의 문장에 모일 때, 드레스를 걸치고 승전 보고를 그저 기다리고만 있다니, 결단코 용납될 일이 아니야."

당연히 그렇게 말을 꺼내리라. 크루쉬가 보고를 들으면 그렇게 말을 꺼낼 건 뻔히 알고 있었다. 그렇기에 저택의 전원이, 한패가 되어 크루쉬에게 숨기려고 했던 것이다.

그런데도 그러기 위한 노력 전부가, 크루쉬 한 명의 재기에 뒤집히고 있다.

"기다려라, 크루쉬! 누가 그대에게 그렇게 하라고 허락했느냐!"

입을 다물고 아무 말도 못하고 있던 페리스의 옆. 푸리에가 크루쉬를 불러 세운다. 아무리 크루쉬라도 그를 무시하지는 못하고, "전하……." 하고 성조를 낮추었다.

"윤허해주십시오. 제가, 저이기 위해서 필요한 일이랍니다. 물론 빈객 분들께 대한 무례의 보상은 반드시 하겠습니다. 하오나 공작가 사람으로서 가게 해주십시오."

"맘대로 이야기를 진행하지 마라. 가니 마니 하기 전에, 무슨 이야기를 하고 있는지 모르겠다! 메카트는 열이 나서 방에 누워 있는 게 아니더냐? 본인은 그렇게 들었다. 실제 상황은 페리스를 보건대 다른 것 같다마는."

곁눈질로 응시받아 어깨를 떠는 페리스를 본 푸리에는 "아무렴 되었다." 하고 끄덕였다.

"페리스와 메카트의 꿍꿍이는 당최 모르겠으나, 본인이 용납하기 어려운 건 그대 쪽이다, 크루쉬. 그대, 무얼 착각하고 있는 것이냐."

"제가, 착각……?"

"자신에게 흐르는 사자왕의 충신, 그 피를 자랑하겠다면 오늘의 행사를 망치지 않는 것도 그대의 소임이다. 어느 한쪽에 무게가 있다고 자의적으로 판단하지 마라. 그대의 평가는 그대가 정하는 것이 아니야. ――누가 지켜본다고 맹세했는지, 잊었다는 말은 하게 두지 않는다."

"――읏."

엄격한 푸리에의 말에 크루쉬의 표정이 희미하게 굳었다. 그 마음을 가장 세게 때린 말의 참뜻을, 지켜보는 페리스는 잘 모른다. 그곳에는 크루쉬와 푸리에 사이에만 통하는, 소중한 무언가가 있었다.

“잊었을 리는……. 전하의 말씀이 맞습니다. 하오나, 저는. 저는 그럼……!”

“크루쉬 님…….”

격랑에 삼켜지는 크루쉬의 흉중. 그 괴로움은 페리스도 사무치도록 알 수 있었다.

지금 크루쉬의 마음속에서 부딪치고 있는 건 공작가 사람으로서의 긍지와, 지금껏 쌓아온 크루쉬 자신의 인간성이다. 양쪽 다 그녀를 빚어내는 중요한 요소.

그중 하나만 빠져도, 크루쉬는 크루쉬일 수가 없다.

“전하께서는 제게, 이대로 저택에 남아서, 본의가 아닌 웃음을 계속 지으라고…….”

“――? 아니, 그런 말은 하지 않았다. 그대, 무언가 착각하고 있어.”

“네?”

고개를 갸웃거리는 푸리에의 모습에 크루쉬와 페리스의 놀란 목소리가 겹쳤다. 드문 주종의 반응에 푸리에는 눈을 빛내고서 덧니가 엿보이는 입가를 웃는 모양으로 일그러뜨렸다.

“알겠느냐? 본인이 하고 싶은 말은, 공작가 사람으로서의 입장을 지키라는 게 아니다. 공작가 영애 크루쉬 칼스텐의 바람직한 모습을 지키라고 하는 거다.”

“제 바람직한 모습, 말입니까?”

“아비에게 가세하고 싶은 그대도, 생일 모임을 무사히 완수해야 하는 그대도, 모두 다 동등하게 공작가 영애 크루쉬 칼스텐에게 요구되는 역할이니라. 그것을 놓치는 게 아니다. 본인이 아는 그대답게, 양쪽 다 완수해라."

"——?!"

흡사 간단한 말을 입에 담듯이 푸리에는 자신만만한 얼굴로 단언했다. 본인은 참 좋은 말 했다, 같은 얼굴이지만, 듣는 쪽은 엉뚱한 의견에 곤혹스럽다.

"아니, 그야 물론 양쪽 다 취할 수 있으면 이상적이긴 합니다. 하오나 현실적으로 생각해서 양립하기는…… 제 힘으로는 도저히."

"또 착각하고 있구나. ——본인이 있다. 페리스가 있어. 그대는 혼자가 아니야."

"전하……."

"무얼, 파티의 예정이 틀어지는 것쯤이야 왕왕 있는 일이니라. 누가 뭐래도 축하 자리에는 모두가 술을 즐기고 있는 고로. 주역의 도착이 조금쯤 늦더라도 다른 분위기 띄우는 역이 얼마든지 시간을 벌어주기 마련이지. 뭐하면 본인이 칼춤을 선보여도 된다."

말을 마친 푸리에가 그럴싸한 포즈를 잡아 보였다. 그러자 그때까지 아연해하던 크루쉬가 눈을 깜빡이다가, 불현듯 부드럽게 미소 지었다.

그 미소가 너무나 자연스럽고 아름다워서, 페리스도 푸리에도 넋을 잃고 볼 정도로.

"전하의 그 마음, 가장 큰 선물이나이다. 제 몸, 제 마음, 전하께 한량없는 충성을 맹세하겠습니다. ――감사합니다."

"그만해라, 그만! 그대한테 그런 대접을 받으면 낯간지러워! 본인과 그대는 벗이다. 시답지 않은 건 신경 쓰지 마라. 그보다, 페리스!"

"네, 네헤!"

갑자기 이름이 불려서 어깨를 퍼뜩 떤 페리스. 그 어깨를 푸리에가 두드렸다.

"크루쉬가 무리 좀 할 게다. 그대가 지키는 거야. 그대는 크루쉬의 기사니까."

"제가…… 크루쉬 님의 기사?"

"으뜸가는 기사는 주군 곁에서, 그자를 반드시 지켜낼 의사와 마음이 없으면 아니 된다. 그러하다면 본인은 그대 말고 크루쉬에게 어울리는 기사를 몰라."

만감 어린 마음이, 푸리에의 그 말에 넘쳐 나왔다.

검을 쥐고 크루쉬를 지킨다――. 그것은 먼 옛날, 자신의 허약한 몸 때문에 포기한 꿈이다. 그 꿈은 크루쉬와의 약속으로 대신해, 그리고 약속은 오늘이라는 날에 잊었을 터였다.

발붙일 데가 없어졌을 터였던 이날에, 페리스는 새로운 맹세를 얻는다.

"하지만, 저는 검도 쥐지 못해서…… 그렇게 약한 기사가, 있어도……."

"전하의 뜻이시다. 그리고 검이라면 내가 휘두르마. 너는 너밖에 할 수 없는 일을, 내 곁에서 해주길 바라. ——그것이, 내가 내 기사에게 바라는 단 하나의 조건이야."

크루쉬의 단언에 뜨거운 물방울이 딱 한 줄기 페리스의 뺨에 흘렀다.

타는 듯한 그 열기에, 페리스는 당황해서 뺨을 문질렀다. 그 뒤로 푸리에와 마주 보고는, 그 낯익었을 터인 왕자에게 강한 경의를 보내고 말했다.

"펠릭스 아가일, 명을 받았습니다. 반드시, 크루쉬 님을 지키겠습니다."

"그리하여라. 본인을 대신해 벗을 부탁한다. ——그리고 크루쉬, 받아라."

최경례하는 페리스에게 끄덕인 푸리에는 별안간 크루쉬에게 그것을 내밀었다. 그것은 대기실을 방문한다고 들은 푸리에가 일부러 들고 나온 것이었다.

"전하, 이건?"

"그대는 선물은 본인의 마음이면 충분하다고 했지만, 그래서는 본인의 마음이 풀리지 않아. 따라서 본인도 선물을 준비했지. 아마도 그대에게 가장 어울리리라 싶어서."

건네받은 홀쭉한 꾸러미, 중량감이 있는 그것을 풀어헤치고 크루쉬는 눈을 부릅떴다.

그녀의 손안에 있던 건 한 자루의 검—— 그것도 한눈에 명품임을 알 수 있는 물건이다.

"성의 보물고에 썩고 있는 것들 중에서도 제일가는 명품이니

라. 보르도 녀석에게 감정시켰으니 틀림없어. 그것을 본인이 그대에게 하사하겠다."

"전하께서는…… 제가 검을 잡는 것을, 반대하셨을 터였습니다만."

"어쩔 수 없지 않느냐. 본인이 봐온 그대는, 줄곧 검을 잡고 있던 그대다. 본인이 좋아하는 그대는 검을 잡는 그대다. 물론 부녀자의 복장을 두른 그대도 매력적이긴 하겠지만…… 본인에게, 그대는 검을 잡는 여자인 것이야."

희미하게 뺨을 붉히면서 푸리에는 곧게 크루쉬에게 그렇게 전했다.

"어차피 검을 놓지 않는다면, 하다못해 쥐여 주는 검은 본인이 선택한 걸로 하고 싶다. 그렇지 않으면 그대, 언제까지고 그 단검을 놓을 리가 없어. 사자왕에게 그대를 빼앗긴 채로 있는 건 본인 또한 본의가 아닌 것이야."

"제 사자왕은, 이미 훨씬 전부터…… 아니요."

말을 중단하고 크루쉬는 고개를 저었다. 그 뒤에 그녀는 받아든 검을 머리 위로 내걸고 대답했다.

"성은이 망극합니다. 반드시 전하의 마음에 걸맞은 성과를 들고 돌아오겠습니다."

"음! ……뭐, 조금 섭섭한 방식으로 받았지만, 아무렴 어떠냐!"

그 딴엔 기합이 들어간 고백이었지만, 크루쉬의 둔감에 깨끗하게 넘어갔다. 그 사실을 가엾게 여기면서도 페리스는 푸리에에게 새삼 존경하는 마음을 품는다.

그리고,

"그럼 가자, 페리스. 아버지께 조력하고, 그다음 즉각 파티로 돌아온다!"

"와아, 듣기만 해두 중노동! 페리는 오늘 아침부터 바빠 죽을 지경이었는데에."

크루쉬가 바람처럼 창문으로 뛰쳐나가고, 페리스도 그를 따라 드레스를 나부꼈다. 풀을 밟으며 바깥공기를 쐬고, 뭘 하는 걸까 페리스는 깊게 숨을 내뱉었다.

그렇지만 크루쉬를 속이고 있었을 때의 막막하고 답답한 감정은, 가슴에서 말끔하게 지워져 있었다.

그렇게 뛰쳐나간 두 사람을 전송하고, 푸리에는 우선은 창문을 닫았다.

"자, 내보내버린 건 좋지만…… 결국 뭐가 어떻게 되었는지 잘 모르는 상태였군. 이를 어째야 할까, 흠."

말과 함께 쭈그려 앉은 푸리에가 방치되어 있던 가령의 얼굴을 들여다보았다. 감명을 받은 얼굴인 가령에게 끄덕이고, 우선은 그 재갈을 풀어주면서 선고했다.

"이모저모 똑바로 설명해주어야겠어. 그런 다음에 이 고비를 그대들과 본인만으로 어떻게 버텨낼지 생각해야만 한다. 크루쉬의 대리, 책임 중대하니 말이다!"

그렇게 말하면서 푸리에는 평소처럼 껄껄 내놓고 웃었다.

11

——칼스텐 공작 저택의 파티를 불온한 분위기가 서서히 지배해가고 있었다.

당연한 이야기다. 누가 뭐래도 파티가 시작되고 몇 시간, 벌써 밤도 깊어지고 잔치 자리도 충분히 무르익었다. 나머지는 주역인, 공작 영애 크루쉬의 등단과 인사를 기다릴 뿐인 것이다.

그럼에도 불구하고 정작 주역이 당최 모습을 나타내지 않는다. 그러기는커녕 몸 상태가 좋지 않다는 이유로 파티의 주최자인 메카트 칼스텐 공작까지 얼굴을 비치지 않으니 초대객들 사이에 수상하게 여기는 기색이 퍼지기 시작하는 것도 필연이라고 할 수 있으리라.

"주역과 주최자, 양쪽 다 얼굴을 보이지 않는 파티라니, 초대객을 우습게 보고 있다."

공공연하지는 않지만 작은 소리로 그런 내용이 이곳저곳에서 돌고 있다.

그야말로 바늘방석 같은 입장에다, 그런데도 주인들을 위해 열심히 소임을 다한 가령과 사용인들의 헌신은 충절이라는 말로 설명하기가 애석해질 정도였다.

"끄응……. 아무리 그래도 본인의 노력이라도 이 이상 끌기는 어려운가……."

유일하게 초대객 측에서 사정을 알고 있는 푸리에만이 그 입장과 풍문을 살려서 오두방정을 떨며 초대객의 불신과 무료함을 달래는 역할을 사서 나서고 있었지만, 이것도 슬슬 어렵다.

서투른 칼춤과 쓸데없이 능숙한 류리레의 연주로 시간을 끄는 데에도 한도가 있다.

이리되면 다음은 슬슬 왕가에 전해지는 전통의 비밀 장기자랑을── 하고, 푸리에가 왕족의 긍지를 대놓고 내던지며 장기자랑에 도전하려던 순간, 회장에 떠들썩한 소리가 퍼졌다.

술렁이는 초대객, 그 발신원은 홀의 입구다. 큰 문을 밀어젖히고 밖에서 어떤 이가 모습을 드러냈다. 그것은 긴 녹발을 너울대며 군장을 몸에 두른 늠름한 인물이었다.

"크루쉬 칼스텐 님이다."

누군가가 모습을 드러낸 미인의 이름을 불렀다.

크루쉬는 그 부르는 소리에 호박색 눈을 돌렸다. 시선을 받은 이가 경직되고, 그것을 지켜본 다음에 크루쉬는 가슴에 손을 얹었다. 그리고 우아하게 묵례했다.

"내빈 여러분, 이번에 먼 곳에서 왕림해주시어서 정녕 감사합니다. 더욱이 당가의 수많은 미흡함, 당주 메카트를 대신해 사과합니다."

희미한 놀람이 퍼지는 건 그 투명한 미성에 깃든 강한 의지를 느꼈기 때문일까.

아직 갓 열일곱이 된 직후인 소녀의 당당한 태도에 그때까지 험담을 뱉고 있던 이들도 입을 다물고 그 늠름한 음성에 귀를 기울였다.

"여전히 몰염치한 말씀을 청하자면, 잠시 동안의 유예를 주셨으면 합니다. 여러분께 대한 인사와, 모임의 주최에 어울리는 복색으로 재차 말을 하고 싶기에."

등골을 바로 펴고 얼굴을 든 크루쉬의 눈초리가 회장에 있는 초대객을 둘러본다. 그 칼날같이 날카로운 시선에, 빈객은 말없이 그녀의 의사를 긍정할 수밖에 없다.

"감사합니다. ——페리스, 와라."

"네."

쳐다보니, 어느새 크루쉬의 배후에는 파란 드레스를 입은 인물이 서 있다. 이쪽도 아름다운 자태. 드레스 자락과 머리카락을 흐트러뜨리고 있지만, 당사자도 주인도 신경 쓰고 있지 않다.

나란히 걷기 시작하는 주종에게, 저도 모르게 누구나 길을 텄다.

군장으로 몸을 감싸고, 보는 이의 등골을 펴게 하는 분위기로 크루쉬가 나아간다. 허리춤에 찬 보검이 그녀의 존재 방식을 그대로 표현하는 것 같기마저 했다.

도중에 뒤를 따른 메이드와 기사인 페리스를 데리고 크루쉬가 회장에서 모습을 감춘다. 그러자 그 즉시 긴박감이 풀리고 일동이 숨을 내뱉으면서 얼굴을 절로 마주했다.

"크루쉬 님에 대해서는, 소문으로는 듣고 있었습니다만……."

"검술광에, 남자 못잖은 영애라느니……. 하하, 저게."

말수 적게, 떨리는 목소리가 크루쉬를 깔보려고 한다. 하지만 그것이 젊은 소녀에게 휘말린 것을 얼버무리는 제스처임은 다름 아닌 본인이 가장 잘 알고 있다.

목소리를 듣고, 지척에 걸어가는 그녀를 본 많은 이들의 마음은 한가지다.

검술광인 방탕 귀족이라니, 그런 헛소리가 어디 있나. 저건 집안의 문장대로, 사자 그 자체라고.

칼스텐 공작가의 본분은 크루쉬 칼스텐에게 계승되었노라고.

"――――――."

그 사실에 전율하며 파티의 수확은 충분히 있었다고 대다수는 생각했다. 하지만 그 이상의 놀람이 있다고는 아무도 기대하지 않았다고 할 수 있으리라.

그러나 마지막 충격은, 옷을 갈아입은 크루쉬가 돌아왔을 때에 재차 그들을 엄습했다.

"……아름다워."

나직이, 누군가가 그렇게 뇌까렸다. 그것이 누구의 것이었는지 아무도 모른다. 중얼거린 본인마저도 마찬가지다. 그만큼 전원의 감개가 일치했었기에.

달빛으로 밝혀진 홀에 모습을 드러낸 크루쉬는 검정 드레스를 몸에 두르고 있었다. 긴 녹색 머리카락을 묶어 올리고, 하얀 살갗에는 여럿 장식품이 반짝이고 있다. 그러나 군장일 때에는 검처럼 날카롭던 인상이, 드레스를 두르니 보석의 광채로 곧장 바뀐다.

단단히 연마된 보석의 현현에, 이미 한숨조차도 분위기 깨는 감상에 불과하다.

"푸리에 전하, 대단히 폐를 끼쳤습니다."

굽 높은 신발 소리와 함께 드레스 차림의 크루쉬가 최초로 향한 곳은 푸리에 쪽이다. 팔짱을 낀 제4왕자는 정면에 선 크루쉬의 모습에 만족스럽게 주억거렸다.

"역시 본인의 안목은 틀림이 없었군. 크루쉬, 그대는 아름답구나."

"과분하신 말씀입니다."

"빈말 같은 게 아니다. 원래라면 지금의 그대, 본인이 독점하고 싶은 바지만 그럴 수도 없는 노릇. 기다리던 이들에게 똑똑히 과시하여라."

희미하게 뺨을 붉히면서, 푸리에가 크루쉬에게 턱짓해 보인다. 그 몸짓의 의도에 끄덕이고 크루쉬는 드레스 옷자락을 살랑이면서 돌아섰다.

홀 중앙에서, 시선을 받으면서 크루쉬는 우아하게 커티시를 해 보인다.

"조금 전에는 대단한 실례를 저질렀습니다. 더불어서 은정을 베풀어 한층 더 시간을 주셨으니 사과드릴 말씀도 없습니다. 그런데도 재차 감사를."

"———."

"오늘은 저, 크루쉬 칼스텐을 위해 왕림해주셔서 감사합니다. 저도 열일곱, 이미 연령을 이유로 아버지께도, 여러분께도 응석 부리는 게 허용될 나이가 아닙니다. 오늘 일도, 앞으로의 일도, 많은 이들에게 지탱받고서야 있을 수 있는 법. ——따라서 맹세하겠습니다."

시선을 곧게, 누구의 귀에도 닿도록, 말에 부끄럽지 않도록.

"크루쉬 칼스텐은 오늘 이날부터 집안의 이름에도, 여러분의 기대에도 부끄럽지 않은 귀족이 되겠습니다. 이 자리에 계신 여러분께서 증인입니다. 제가 맹세를 어기지 않게끔, 이 말을 거짓말로 만드는지 마는지, 향후의 행동으로 판단해주십시오."

"――――."

"귀를 더럽혀 실례했습니다. 다시금 환담을 즐겨주십시오. 오늘은 정녕 모여주셔서 감사합니다."

인사가 끝난다. 하지만 박수는 없다. 압도된 이도 있지만 그것만이 아니다.

크루쉬의 말과 태도가, 그것을 원하지 않는 것이다.

"전하, 괜찮으시면 한 곡, 어울려주시길 청해도 되겠습니까?"

"음……."

그런 분위기 속에, 크루쉬가 푸리에에게 손을 뻗으며 댄스를 청한다.

주위 사람들과 마찬가지로 크루쉬를 넋 놓고 보고 있던 푸리에는 반응이 한순간 늦어지지만, 금세 평소의 표정으로 돌아와 눈을 빛냈다.

"음, 좋도다. 당연하겠지. 그대를 여자로 만든 건 본인인 고로, 그대의 첫 상대는 본인이어야 마땅해."

"――?!"

경솔한 푸리에의 말이, 들은 사람들에게 오해와 동요를 낳는다. 하지만 크루쉬는 옅은 미소 짓더니 그 말을 정정하지 않고,

손을 잡는 푸리에와 댄스 플로어로 향했다.

"참고로 페리스에게도 물었다만…… 크루쉬, 그대는 여성 파트는 출 수 있느냐? 말해두지만, 본인에게 기대해도 난처하다."

"안심하십시오. 남녀 어느 쪽의 스텝이든 착실하게 습득했습니다. 전하께서 반대가 좋으시다면 맞추어드리겠습니다만."

"그건 그거대로 재미있지만, 드레스 입은 그대가 본인을 받으면 그림이 안 되지."

쓰게 웃는 푸리에의 말에 크루쉬는 "하오면, 여성 파트를." 하고 대답했다. 그리고 크루쉬의 눈짓에 따라 지켜보던 악단이 음악을 연주하기 시작했다.

월하에 두 남녀가 춤추는, 파티에 걸맞은 광경.

——초대객들의 마음에도 남을 스텝이, 이 파란의 하루의 막을 조용히 내리기 시작한다.

12

"그건 그렇고, 한때는 어떻게 되려나 싶었죠!"

파티가 끝나고 이튿날, 주된 면면들이 모인 자리에서 페리스는 그렇게 말했다. 옆에 앉은 크루쉬의 팔에 안겨들어 응석 부리는 페리스를 주군이 다정하게 쓰다듬는다.

"페리스의 속을 썩였군. 미안하다. 네가 없었으면 아버지께서도 전장에서 어찌 되셨을지 몰라. 곧장 기사의 역할을 다해 주었구나."

"과분하신 말씀이에요오. 더 쓰다듬어 주세요."

"그대들, 하룻밤 지새자마자 아주 찰싹 엉겨 붙게끔 되었구나?!"

알콩달콩 어울리는 두 사람에게 푸리에가 언성을 높이자, 쓰다듬는 손길을 받고 있던 페리스가 입술을 삐죽였다.

"아니 그보다, 전하께선 언제까지 저택에 있을 거예요? 파티는 이제 끝났으니 버티구 있을 이유 없잖아요. 일은 어쩌구요?"

"노골적으로 쫓아내려 드는구나! 으그그, 본인의 벗은 언제부터 이런 성격이……!"

"전하와 친구가 되어서, 아마 그 덕분일까 하는데. 아얏."

"페리스, 적당히 해라. 전하께 무례하지 않느냐."

가볍게 고양이 귀를 잡아당기고 크루쉬는 푸리에에게 묵례했다. 그 태도에 푸리에는 팔짱을 끼었지만, 곧장 번쩍 눈썹을 치켜 세웠다.

"그대에게도 하고 싶은 말이 있다! 우선, 왜 또 그 복장을 하고 있느냐. 부녀자다운 복색은 어찌했어. 약속이 다르지 않느냐."

"전하, 아버지와의 약속은 공무와 필요한 장소에서의 얘기입니다. 평상복은 이쪽이라도 상관없다고, 요양 중인 아버지께는 언질을 받아두었으니 이걸로 넘어가주십사 합니다."

천연덕스럽게 대답하는 크루쉬의 복장은 완전히 눈에 익은 군장 차림이다. 그녀의 아름다움은 털끝만큼도 손색이 없지만, 어젯밤의 드레스 차림을 알고 있으면 아깝다고 여길 사람도 많다.

"그래, 메카트도 그러해. 그대들을 내보낸 다음, 가령인 맬러니에게서 사정을 듣고 본인은 간이 철렁했다. 설마 대토의 토벌로…… 놈들을 쫓아냈더냐?"

"네, 그거야 물론! 크루쉬 님의 사자 같이 맹렬한 활약이 있어서, 대토 따위 척척 베어 넘겨주었죠! 페리랑 크루쉬 님이 도착했을 때, 메카트 님이 덜렁대서 부상을 입고 계셨으니 크루쉬 님께서 안 계셨으면 어떻게 됐을지……."

"그건 말이 과하다. 내가 없어도 버덕 일행이 잘 해결했겠지. 자랑스러워할 게 있다고 치면, 내 검술이 조금은 보탬이 된 것과, 페리스의 치유술의 힘 정도다."

크루쉬는 그렇게 말하며 겸손해하지만, 페리스는 그 활약을 자랑스러워하고 있다.

실제로 메카트는 자신의 역부족을 통감한 기색이다. 포틀 평원에서는 대토에게 거처를 빼앗긴 마수와 짐승 들이 버글버글 날뛰고 있었다. 메카트의 부상은 그 와중에 입은 것이지만, 합류한 크루쉬의 지휘와 판단이 적확했던 것이 승패를 가름했다.

개중에서도 크루쉬의 검술—— 훗날 『백인일태도(百人一太刀)』라고 불리게 되는 절기는, 그 전투에 참가한 이들의 목소리로 퍼져 나가리라.

실제로 어젯밤의 탄생회가 끝날 때, 칼스텐 공작령의 전쟁 여신이라고 부르는 소리가 페리스의 민감한 귀에는 몇 번이나 닿았다. 전쟁 여신이라니, 실로 크루쉬에게 어울리는 호칭이다.

"그렇다고는 해도, 당부하신 말씀을 어긴 건 확실해. 아버지께는 목이 쉴 만큼 질책 받았어. 검도 지룡도, 또 금지라고 하시고."

"약속을 어길 뻔하던 건 메카트 님두 마찬가지인데요……. 뭐, 부모 마음이라는 걸까냥—."

"나도 상처가 나아서 돌아오시면 하고 싶은 말이 많이 있다. 그때까지 조금은 아버지께서 하시던 일의 중책, 맛보도록 하지."

부상 때문에 요양하느라 메카트는 며칠 저택을 비우게끔 되었다. 그동안, 공작령의 영주 대행은 크루쉬에게 일임된 것이다. 다만 크루쉬의 눈은 어딘가 즐거운 내색이어서…….

"그대, 좋은 얼굴을 하고 있구나."

푸리에의 말에 크루쉬는 뜻밖이라는 듯이 눈을 동그랗게 떴다가, 이내 미소 지었다.

"예, 그럴지도 모릅니다. 어젯밤은 제게도 여러 의미로 얻기 어려운 경험을 할 수 있었던 시간이었습니다. 이렇게 말하면 아버지에게 꾸지람 받을지도 모르겠으나…… 전 어제 사건을 거쳐 겨우 제가 될 수 있었던 느낌이 듭니다."

후련한 얼굴로, 크루쉬는 자신의 심정을 그런 식으로 입에 담는다.

그 미소가 너무나 투명해서, 푸리에는 완전히 넋을 잃고 쳐다보았다. 그대로 입을 뻐금거리는 푸리에를 대신해 페리스가 장난기 어린 눈으로 크루쉬의 팔을 강하게 안는다.

"그리구요, 드레스도 나쁘지 않았다고 말씀하셨으니 말이죠."

"입기 전에는 이래저래 불안도 있었지만, 입어 보니 뜻밖에 나쁘지 않더군. 앞으로는 그래……. 잠옷 정도는, 그러한 것으로 해도 될지 모르겠어.”

“괜찮을 것 같아요! 페리도, 평소의 크루쉬 님과 춤추는 것도 최고지만요, 두 사람 다 드레스 입고 춤추는 것도 어쩐지 신선하다냥— 싶은데.”

“그건 본인도 아니다 싶었다! 드레스 입은 여자가 남녀 파트…… 아니, 정확히는 역전해있나. 드레스를 입은 남녀가 남녀 파트…… 응? 뭐야, 어찌 된 게야?!”

자신의 발언에 자신이 혼란을 일으켜, 푸리에가 고개를 갸우뚱하며 헤매고 있다. 그런 모습에 크루쉬와 페리스는 동시에 웃음을 터트리고, 그런 두 사람의 반응에 푸리에 또한 웃었다.

“모든 게 다 원만하게 수습되었다기에는 아직 뒷정리할 게 많지만, 대부분은 한 건 해결이라고 할 수 있으렷다. 하면, 그걸로 되었도다!”

“전하께서는 뭐든 다 담박해서 근사하시네요. 페리, 또 반할 것 같애.”

“핫핫핫! 그게 본인의 좋은 점이니 말이다! 음, 그러니 너무 들러붙지 말거라. 그만둬! 본인을 홀리지 마라! 귀여운 얼굴을 하지 마!”

빼꼼 쳐다보는 페리스가 아양 떨듯 기대어서, 푸리에가 자제심을 총동원하는 중이다.

그런 두 사람을 사랑스럽게 바라보며 크루쉬는 작게 한숨을 흘렸다.

“정말로, 난 과하게 복을 받았어. ——이 행복, 언젠가 갚을 수 있을까.”

지나치게 축복받은 것을 두려워하듯이, 크루쉬는 감개무량하게 그렇게 중얼거리고 있었다.

——크루쉬 칼스텐이, 메카트 칼스텐에게서 당주의 지위를 양위 받고 칼스텐 공작가의 당주로서 자리 잡는 건, 이 뒤로 불과 반년 뒤의 사건.

화살같이 바쁜 나날이 시작되고, 셋이서 함께 웃을 시간은 간격이 서서히 벌어지며——.

이윽고 크루쉬는 이 하루를 몇 번이고 거듭 반복해서 떠올리게 된다.

하지만 그건 아직 한참 뒤의 일이었다.

《끝》

『펠릭스 아가일의 주박』

1

근위기사단이란, 왕국 기사라면 누구나 동경하는 이른 바 기사의 스타다.

2천으로 이루어진 왕국 기사단 중에서도 가려 뽑힌 정예만이 소속이 허용되고, 그 책무는 국왕과 왕족의 신변 경호——즉, 왕국의 심장을 지키는 검이자 방패다.

근위기사단의 현 단장인 마코스 길다크는 그 직함에 부끄럽지 않은 역전의 용사이며, 근위기사단에 소속되려면 마코스의 안목에 들어야만 한다.

예전에는 집안이나 뒷배가 크게 힘을 쓰던 적도 있었다고 하지만, 오늘날의 근위기사단에서는 그렇지 않다. 따라서 근위기사단은 왕국 으뜸의 정강함을 유지해오고 있는 것이다.

"그런 근위기사단에 배속되다니, 페리에게는 짐이 과중하다구 생각하는데요~."

테이블에 상체를 내던진 페리스는 입술을 삐죽이면서 그렇게 투덜거리고 있었다.

기사단 대기소의 식당에는, 마침 점심때라는 이유도 있어서 많은 사람들로 북적이고 있다. 그 사람들 대부분이 기사인 판국이니 정말이지 장관이다.

개인이 아니라 왕국을 섬기는 왕국 기사는 망토 색깔로 분류되고 있다. 제1군부터 제4군까지, 빨강 · 파랑 · 초록 · 검정이라는 식이다. 시야에 들어오는 범위에도 대개는 망토 색깔로 모여 있어서, 같은 기사단끼리 친목을 다지는 모습이 흔히 눈에 띈다.

식당 좌석에도 암묵의 양해가 있는 모양이라, 입구에 가까운 자리부터 순서대로 제4군이 메워 가는 게 관습이다. 기본적으로 입구에서 먼 쪽의 좌석은, 위계가 높은 기사들에게 양보된다.

그리고 그 기사들의 관습에 따라 가장 후미진 곳의 좌석에 앉을 수 있는 건 하얀 망토의 장비가 허용된 근위기사―― 즉, 페리스 일행이다.

"너무 그렇게 야무지지 못한 티를 내면 안 돼, 너."

"음―?"

흥미 없는 기색으로 식당을 둘러보고 있으려니, 별안간 정면에서 누가 말을 걸었다. 상대는 페리스 앞에 있는 자리에 앉더니 그 날카로운 눈을 가늘게 뜨고 쳐다보았다.

색소가 옅은 보랏빛 머리카락에, 기품과 용맹함을 겸비한 생김새. 페리스가 이 세상에서 가장 좋아하는 얼굴보다는 못하지만 충분히 반듯한 미장부였다.

"율리우스 유클리우스……였던가?"

"기억해주어서 영광이야. 나도 너에 대해선 주워들었지, 펠릭스 아가일. 근위기사단에 이례적인 대발탁이라고 소문이 자자하니까."

"흐응—."

입술에 옅은 미소를 머금는 청년—— 율리우스는 그렇게 말하고 페리스의 머리 부분에 있는 고양이 귀를 주목했다. 그의 노란색 눈에 스치는 감정까지는 알 수 없지만, 희귀한 종류 취급은 이골이 난 판이다.

아무튼 아인에 대한 세파가 거센 루그니카 왕국에서, 기사단의 중추인 근위기사단에 자신처럼 아인으로 착각할 외견의 존재가 욱여 들어가는 건 풍문이 매우 좋지 못하리라.

페리스의 그 내심이 시선에 드러났는지, 마주 쳐다보던 율리우스가 눈썹을 모았다. 그 뒤로 그는 헛기침하고, 가볍게 고개를 숙여 보였다.

"버릇없는 눈초리를 보내서 면목 없다. 이야기로는 들었지만 아무래도 자기 눈으로 보지 않고선 믿을 수가 없어서 말이야."

"그 들은 이야기가 어떤 거였는지 얘기해주면 용서할지두 모르겠네. 몸집이 우락부락하고 털이 수북한 괴물 고양이라는 말이라두 들었어? 요—렇게 귀여운 페리를 가지고 그런 소문을 흘리다간 큰코다칠 거거든요—."

"내가 단장에게서 들은 이야기로는 선조에 아인의 피가 섞인 격세유전의 결과라던데. 확실히 훌륭한 귀야. 네가 그렇게 아무나 물어뜯고 싶어하는 심정도 이해해."

"……혹시, 페리한테 시비 걸고 있어?"

명명백백한 모멸 말고 페리스의 고양이 귀를 화제로 거론하는 사람은 적다. 더군다나 상대는 기사단장에게서 이쪽 배경의 요점까지 캐냈다. 일찍부터 귀족의 후계자 아들의 지위를 버린 페리스에게는 경험이 없지만, 이것이 특권 계급의 세례라는 것일까.

페리스와 다르게 율리우스는 보기만 해도 검술에도 뛰어난 기사다. 만약 이대로 폭력적인 사태가 되면, 멀쩡히 검도 휘두르지 못하는 자신에게 승산이라곤 없다.

"하지만 그렇다구 공으로 져줄 만큼 귀염성 있는 페리도 아니니까."

"괜스레 적개심을 높이고 있는 참에 미안하지만, 아마도 오해가 생긴 모양이군. 그 부분에, 대화를 청해도 상관없을까?"

"냐냥?"

그러나 율리우스는 도리어 도발적으로 행동하는 페리스를 달래기 시작했다. 예상과 다른 반응에 페리스가 고개를 모로 꼬자, 동시에 바로 옆 좌석의 의자를 누가 끌었다.

"그래서 말했잖아, 율리우스. 이 자리는 내가 먼저 나서는 편이 이야기가 꼬이지 않고 끝난다고. 넌 오해를 받기 쉬워. 초면인 사람에게는 특히 더."

"충고에는 감사한다. 하지만 난 판단을 잘못했다는 생각이 없어. 네가 먼저 말을 걸었어도 쓸데없는 혼란을 낳는 건 피할 수 없겠지. 실제로 그를 보도록."

스스럼없는 어조로 율리우스에게 말을 걸고 있던 청년이 그의 말에 페리스를 보았다. 그 파란 눈과 불타는 듯한 붉은 머리에 페리스의 등골이 절로 꼿꼿해진다.

"혹시…… 라인하르트 반 아스트레아?"

착각할 리 없는 특징적인 용모에서, 그 이름이 도출된다.

페리스의 물음을 듣고 붉은 머리 청년은 붙임성 있는 웃음과 함께 긍정했다.

"아아, 이름을 댈 필요는 없나 본데. 확실히 그건 내 이름이 맞아. 덧붙이자면 너와 같이 근위기사단에 소속된 기사 중 한 명이기도 해. 거기 율리우스와 마찬가지로."

"미숙한 몸으로서는 너와 같은 줄에 놓고 얘기하는 데에 당혹감도 있지만…… 단장님의 말씀도 있지. 평가는 평가로서 받아들이도록 할까."

"저기—, 이야기를 파악 못하겠거든요?"

라인하르트와 율리우스 두 사람은 친구인 모양이라 대화 곳곳에 친밀감이 있다. 그런데도 율리우스는 일선을 긋고 있는 감이 있지만, 혼자 방치된 페리스에게는 아무래도 상관없는 사항이다.

그보다도 이 두 사람, 특히 『검성(劍聖)』 라인하르트가 끼어든 원인 쪽이 신경 쓰인다. 소문으로 들은 『검성』의 인품이라면 설마 신참 구박은 아니리라 믿고 싶지만.

"다들 멀찍이서 보고 있는 페리에게 무슨 용무셔요? 설마, 집단 따돌림은 아니지?"

"정말로 설마인걸. 기사로서 근위의 복장을 몸에 두르고서,

그와 같은 음습한 소행은 맹세코 하지 않아. 우리가 이러고 있는 건 단장님 지시다."

"마코스 단장님의?"

약간 에두른 율리우스의 표현에, 페리스는 바위 같은 이목구비의 기사단장을 떠올린다. 그의 지시로, 두 사람은 페리스에게 무엇을 하러 온 것인가.

"뭐 쉽게 말해서, 아까 네가 걱정하던 일이 일어나지 않게끔 말일까. 나와 율리우스는 너하고 나이가 비슷하고, 근위기사로서는 오래됐으니 상담도 받아줄 수 있을 거야."

"아—, 오호라."

라인하르트의 설명에 페리스는 턱을 괴면서 수긍했다.

요컨대 두 사람은 단장 명령으로 페리스의 선임 역에 지명된 것이다. 페리스의 입장에는 고양이 귀 · 연줄로 입단 · 검술의 실력 부족 등 문제를 일으키기에는 충분한 요소가 모여 있다. 이런 기사를 맡은 단장도, 마음이 대단히 무거운 상황이리라.

기한은 1년간이고, 시범 기간 첨부라고는 해도—— 성가시기 짝이 없는 입장이다.

"그 낌새를 보니, 자신이 처한 상황은 파악하고 있는 모양인걸."

"남의 일이라면 웃을 거리지만, 당사자가 되면 귀찮겠구나— 정도로는. 참고로 단장님의 말씀 빼면, 두 사람은 페리에 대해 어떻게 들었어?"

그 말에 두 사람은 눈을 동그랗게 뜨고, 얼굴을 마주 보며 잠시 골똘히 생각하다가 입을 열었다.

“제4왕자의 총애를 받고, 그 변덕과 생떼로 입단이 정해졌다든가.”

“그리고 왕성 전속의 치유술사와 왕립치료원에서 강력한 추천이 있었다고 들었군. 단장님께서 이례적인 발탁이라고 인정한 이상, 실력이 과장이 아니라고 믿고 싶은 바지만.”

율리우스와 라인하르트의 답변에, 오호라 대충 상상과 같은 사전 평판이라는 생각에 스스로도 기가 막힌다.

그와 동시에, 식당의 시선이 아까보다 훨씬 페리스가 앉은 자리에 모여 있었다. 아무래도 시선을 모으고 있는 이유는 자신만이 아닌 모양이다. 『검성』 라인하르트야 어쨌든 이 지경이라면 율리우스에게도 뭔가 있는 것이리라.

“혹시, 문제아를 한데 모았을 뿐인 건 아니겠지……?”

그런 꺼림칙한 예감을 오싹오싹 느끼면서, 페리스는 지금부터 시작될 근위기사단으로서의 시범 기간에 생각을 돌리는 것이었다.

2

페리스가 근위기사단에 입단, 그것도 기한 첨부인 데다가 시범 기간 있음이라는 복잡한 상황에 빠진 데에는 당연하게도 깊은 사정이 있다.

18세가 된 페리스는 자신이 평생의 주인인 크루쉬 밑에서 평생 헌신하는 데에 아무 의문도 품고 있지 않았다. 그 사실에 관해서는 크루쉬 본인의 양해도 얻었으며, 주종 간에 확실하게 의사 통일이 되어 있던 사항이기도 하다.

단, 문제가 된 것은 더 다른 관습적인 부분이었다.

페리스—— 본명 펠릭스 아가일은, 평소의 행색이야 여성적이지만, 그 실체는 사내대장부다. 따라서 그가 크루쉬를 섬기고 있다면, 그 위치에서는 사용인이나 측근으로서보다 한 기사로서의 역할이 요구된다.

실제로 페리스는 어느 사정 때문에 크루쉬의 기사를 자임하고 있고, 이에는 크루쉬의 동의도 있다. 부족한 것은 순수하게, 페리스의 기사로서의 실적이다.

물론 당사자이자 주인인 크루쉬 본인이 페리스를 기사로 인정하고, 그 서임식을 거행한다면 형식상으로는 문제없다. 단지 그러한 무명의 기사를 등용하기에는 칼스텐 공작가의 당주이자 명실상부하게 칼스텐 공작이 된 크루쉬의 신분이 너무 높았다.

안 그래도 여성이며 과거의 행동 때문에 얕잡힐 때가 많은 크루쉬다. 여기에 실적도, 실력도 없는 시종을 그저 관계가 오래됐다는 이유만으로 버젓한 기사로서 곁에 두겠다면, 지금까지 이상으로 좋지 못한 소문이 도는 건 피할 수 없다.

그렇게 되지 않기 위해서 페리스에게는 크루쉬의 기사로 부끄럽지 않은 실적이 필요해졌다. 그리고 그 문제에 임해서 손을 빌려준 것이 제4왕자 푸리에 루그니카다.

"그대가 크루쉬의 기사가 되는 건 본인에게도 남의 일이 아닌 고로. 기사단에 욱여넣는 정도야 거뜬한 일이지. 그럼 적당히…… 음! 마코스쯤에게라도 말을 해두기로 하마. 마음 편히 먹고 기다려라!"

페리스의 상담에 기탄없이 웃고는 말릴 겨를도 없이 뛰어나간 푸리에의 모습이 떠오른다. 그대로 갈팡질팡하던 새에, 페리스의 근위기사단 입단이 결정되고 관록을 붙이기 위한 1년간의 근무가 시작되는 처지가 된 것이다.

그렇다고는 해도 모든 게 척척 순조롭게 진행된 건 아니다.

"푸리에 전하의 지시와 그 외에도 몇 군데 추천이 있었지. 칼스텐 공작에게서도, 널 잘 부탁한다는 전갈을 들었다. 그쪽 상황도 감안해서 일단 근위기사단 소속으로 두겠지만…… 무조건적으로 받을 수도 없으니 말이야."

페리스의 입단에 관해 그렇게 말하고 까다로운 표정을 지은 사람이 마코스 단장이다.

대기소의 단장실에서 페리스를 맞이한 그가 제시한 것이 시범기간—— 즉, 페리스가 근위기사단의 활동에 죽는 소리를 내고 도망쳐 돌아가기 위한 유예기간의 설정이다.

"기간 중에 네가 제 몫을 못한다고 판단하면 입단 이야기는 취소다. 다만 그동안이라면 경력에 흠집이 나지 않도록 해주지. 아무리 그래도 왕자와 추천자의 심증까지는 책임지지 못하지만, 공적으로 패배자의 오명을 짊어지고 지내기는 것보다는 낫겠지. 그런 걸로, 되겠지?"

골칫거리를 떠맡은 얼굴을 숨기지 않고, 단적으로 얘기하는 마코스에게 페리스는 호감을 품었다. 낯빛을 살피며 허울뿐인 말을 요구받지 않은 건 실로 마음이 편하다.

"딱 한 가지, 여쭤도 될까요?"

"뭐냐?"

"시범 기간이 지나면, 그 시범 기간도 기한인 12개월에 포함시켜주실 거죠? 솔직히 1개월이나 괜히 더 크루쉬 님과 헤어지는 건 절대로 사양이라서."

"――――."

그 페리스의 선전포고에, 마코스는 잠시 입을 다물었다.

그 뒤로 곧장, 지친 표정이 일변―― 사나운 전사의 표정으로 변하고.

"배짱 두둑하군. 간들거리는 외견에 비해 줏대가 있다고 기대해보지."

그렇게, 거친 어조로 말했다.

"이란 느낌으로 위협받았는데…… 생각했던 것보다, 기사의 생활이란 게 따분하달지?"

"불과 며칠 가지고 기사단의 모든 것을 꿰뚫어 봤다는 발언은 너무 성급하지 않을까. 확실히 근위기사단은 직무상 출동 기회는 한정되어 있지만 유사시에는 가장 진력해야만 하는 입장이야. 평소부터 등을 꼿꼿하게 펴둘 필요가 있지."

"네네, 고지식하기도 하셔라."

살랑살랑 손사래를 치고, 페리스는 변함없는 율리우스를 얼렀다. 심심풀이라는 생각으로 화제를 돌려보지만, 근무 중에는 엄격한 게 그의 특징이다. 선임 역할인 그와 지내고 열흘가량 지났지만, 페리스가 지금껏 봐온 중에서도 상당한 골칫거리임은 틀림없다.

물론.

“조금만 더 어깨 힘을 빼구 지내두 아무도 트집 안 잡을 거라 생각하는데?”

“검을 놓고 있는 동안에는 자연스럽게 그러고 있지. 하지만 그렇지 않을 때는 기사여야만 해. 이건 페리스, 네게도 같은 말을 할 수 있다만.”

“뿌— 뿌, 엄하셔라냥—.”

페리스가 입술을 삐죽이자 율리우스가 탄식했다. 하나 곧장 입술을 누그러뜨렸다.

율리우스와는 단기간에 너스레 정도는 주고받을 수 있을 정도로 친해졌다. 직무 중에는 융통성이 없는 부분도 있는 율리우스지만, 그렇지 않은 중간중간에는 재미있는 면도 있다. 기사로서의 입장에 지나치게 구애되고 있는 것도, 어울리지 않는 어린애 성격의 발로처럼 느끼고 있었다.

따라서 페리스는 율리우스를 마음에 들어 하고 있다. 오히려 페리스가 서투른 건.

“아, 있구나. 두 사람 다. 엇갈리지 않아서 다행이야.”

“냐앗.”

그렇게 말하며 식당의 지정석에서 잡담하는 둘 사이에 끼어든 건 라인하르트다. 자연스러운 움직임으로 페리스의 어깨를 두드리고, 율리우스에게 웃어 보이는 청년에게 페리스는 귀를 곤두세웠다.

"우—, 또 뜻밖의 기습……. 라인하르트는 정말로 신출귀몰이더라. 페리의 감각에 걸리지 않는다니, 완전 인간 때려치워서 무섭거든."

선조인 아인 혈통의 은혜로 페리스의 감각기관은 빼어나게 우수하다. 특히 고양이 귀는 공기의 변화에 민감해서, 다른 사람의 의식이 자기 쪽을 향하면 당장에라도 알아채는 물건이지만, 라인하르트는 예외 중의 예외다. 그만은 한 번도 페리스의 감각에 걸리지 않았다.

"이것만은 타고난 거라서 페리스도 이해해줘야 할 수밖에 없겠어. 그보다도 소집이야. 페리스, 푸리에 전하께서 부르셔. 마침 한가해하던 참이니 근위기사의 본분을 만끽하고 오도록 해."

"……아까 이야기, 들렸었어?"

"들을 생각은 없었지만."

뺨을 긁으며 겸연쩍게 웃는 라인하르트의 말에 페리스는 질릴 수밖에 없다.

오늘은 사람이 적은 편이지만 그래도 식당에는 잡담이 오가고 있다. 그런 와중에서 가장 후미진 곳에 있는 페리스와 율리우스의 대화를 주워듣다니, 페리스의 귀라도 도저히 불가능하다.

"전하의 지명이시라면 서두르지. 페리스, 동행은 나라도 상관없을까?"

"……아, 응. 어—음, 라인하르트는?"

"권해주는 건 고맙지만 이번에는 나도 선약이 있어서. 지금부터 잠깐, 제국령의 국경 부근까지 출타해야만 해. 위압하고 오라고 들어서."

"헤에……. 라인하르트가 호출되다니 웬일루……."

면목 없는 라인하르트의 대답에 페리스는 그렇게 말하고 고개를 갸웃거렸다. 그 옆에서 자리에서 일어난 율리우스가 엄중한 얼굴로 라인하르트에게 끄덕였다.

"뭘, 페리스를 보는 역할은 나로 충분하지. 넌 부과된 사명을 다하면 돼."

"사명이라니, 그렇게 과장스러운……."

"그 정도의 각오로 임하라는 말이군. 알았어. 맡겨주길 바라."

율리우스의 말에 라인하르트가 수긍하고, 손을 흔드는 그에게 배웅 받으며 식당을 나섰다.

푸리에에게 호출되는 경우, 가는 장소는 왕성에 있는 왕자의 거실이다. 속속들이 아는 근위의 특권을 살려 다니는데 익숙한 왕성으로 이어지는 길을 느긋하게 걷는다.

"이다지도 빈번하게 호출되다니, 전하께서 꽤 친밀감을 가지신 모양이군."

"뭐, 알고 지낸 지도 오래니까. 벌써 이래저래…… 8년 정도가 되려냥? 페리에게는 권력적인 의미로도 소중한 관계랍니다."

대기소와 왕성을 연결하는 통로를 걸으면서, 옆의 율리우스에게 사악한 웃음을 보냈다. 그러나 율리우스는 페리스의 말에 쓰게 웃었다.

"나쁜 척하지 않아도 돼. 너와 전하의 관계에서 타산적인 것은 느껴지지 않아. 그쯤은 짧은 관계인 나라도 알 수 있어. 전하도 너도, 서로를 소중히 여기고 있는 것 같으니까."

"……남한테 들으면 쑥스러운걸. 아니 그보다 타산은 없다고 말하지만, 내가 근위기사가 된 건 전하 덕분이잖아? 그거, 입장을 이용했다고 여기지 않는 거야?"

"맨 처음 만남에서 네게 버릇없는 말을 한 건 사죄하지. 입단하고 1주일 남짓……. 네 실력이 근위에 어울리지 않는다고, 그렇게 생각할 근위기사는 이미 없을 거야."

의리 있게 고개를 숙이는 율리우스. 그 숙인 뒤통수에 페리스는 수도를 먹였다. 물론, 장난치는 정도의 위력이다. 고개를 든 율리우스에게 페리스는 웃어 보이며 말했다.

"응, 그렇게 생각해주고 있다면 다행이지, 다행. 누가 뭐래도 페리의 망신은 페리만의 것이 아니니까—. 추천해준 모두에게 폐 끼쳐버리는걸."

"추천자에게 부끄럽지 않은 활약상이라는 의미로는 이미 충분하겠지. 우연히 네가 실력을 발휘할 기회가 산발했던 것도 다행이었고. ——단장님께는 역시 머리를 못 들겠군."

"그러게—."

율리우스의 발언에 페리스는 가벼운 어조로 동의하지만, 속으로는 깊이 수긍하고 있다.

검 실력이 미숙한 페리스가 근위기사로서 인정받으려면 검 외의 실력을 과시하는 것 말고는 없다. 그 검 실력을 능가하는 개인의 강점이, 페리스의 치유 마법이다.

다행히 요 1주일, 페리스가 치유술사로서의 힘을 발휘할 기회는 넉넉했다.

연병장에서 마코스 단장이 직접 부하를 단련하는 기회가 빈발했기 때문이다. 자상하게 계산된 기사들의 부상을 치료하면서, 페리스는 그 서투른 배려에 감사하고 있었다.

그 결과 페리스의 실력은 인정받고, 공공연히 그의 입단에 이의를 제기하는 이는 눈에 띄지 않게 되었다. 하기야 험담까지 완전히 틀어막을 수는 없지만.

"지내기가 엄청 편해졌으니 단장님한테 감사해야겠네."

"단장님께 그렇게 말해도 얼버무리겠지만 말이지."

"솔직하지 못하니까. 고생하는 성질인데 심사는 삐뚤어져서, 진짜, 단장님 귀찮지 뭐야."

투박한 마코스가 불퉁하게 이쪽 감사에 시치미를 떼는 모습이 눈에 선하다.

그 상상에는 율리우스도 동감인지 미장부는 옆에서 끄덕이고 있다. 그 후에, 그는 "그건 그렇고……." 하고 운을 떼고서 말했다.

"이야기는 되돌리겠지만, 전하와의 교우는 벌써 8년이라고 했었지. 어린 시기의 너와 전하에게도 흥미가 돋는군. 물어도 상관없을까?"

"딱히 상관없는데, 재미있는 이야기는 아닐걸? 페리는 8년 전부터 귀여운 페리 그대로고, 전하도 전하 그대로…… 응, 정말로 그냥 그대로.”

입가에 손을 얹으며 페리스는 킥킥 웃었다.

뇌리에 떠오르는 건 푸리에와의 첫 만남부터 오늘까지의 궤적. 외견만은 멀쩡한 미청년으로 성장했는데 그 본질은 요 8년간 전혀 변하지 않았다.

“진짜로, 전하의 그런 면 존경해버려.”

“푸리에 전하의 좋은 부분이 변하지 않았으면 더할 나위 없이 좋은 일이다. 8년…… 유년기가 끝나면 사람은 자연히 변하지 않을 수가 없어.”

숨죽여 웃는 페리스와 대조적으로 율리우스의 옆얼굴은 어딘가 우려를 띠고 있다.

그 모습이 마음에 걸려 페리스는 갸우뚱하면서 물었다.

“그러고 보니 율리우스에 대해서는 아무것도 들은 적 없을지도 모르겠는데?”

“유감스럽게도 남에게 즐거이 들려줄 수 있을 만큼 농밀한 나날은 보내지 않아서 말이야. 어디에나 있는, 잠자리 이야기 삼기엔 약간 지루한 기억이 있을 뿐이지.”

“뿌—, 얘기하고 싶지 않으면 구태여 묻지 않겠지만…… 그러고 보니 라인하르트와는 오랜 사이야? 다른 사람보다 친하지?”

“라인하르트라. 그 친구와는 그야말로 너와 전하 같은 오랜 사이지.”

라인하르트의 이름에 율리우스는 그때까지의 근심 어린 얼굴을 확 바꾸었다. 그는 자신의 앞머리를 매만지더니, 기억을 회상하듯이 아득한 눈을 했다.
"그 친구와 최초로 만나고, 슬슬 10년이 될까. 다만 친밀하게 친구 관계가 시작된 건 서로 기사가 되고 나서부터라서. 너와 전하만큼 추억에 복을 받은 건 아니야."
"귀족끼리, 서로 얼굴만은 알고 있었다는 뜻?"
"글쎄. 나는 그 친구를 알고 있었지만, 그 친구가 나를 알고 있었는지 모르겠군. 내게 그 친구는 특별했으니, 이렇게 벗이 될 수 있었던 건 기쁘게 느끼고 있지만."
"특별……이라."
율리우스의 라인하르트에 대한 우정, 거기에 다른 뜻은 포함될 리 없다. 하나 순수한 우정만이냐고 하면, 그렇게 단정하기에는 조금 이해 못할 부분도 있었다.
그러나 그것을 들추기에 페리스는 아직 율리우스에 대해 아는 게 너무나 없다.
섣부르게 말참견했다가 관계가 소원해지는 건 피하고 싶다——. 그렇게 생각할 정도로는, 페리스는 이 율리우스 유클리우스라는 인물을 좋게 여기고 있었다.
그러고저러고 얘기하는 사이에, 두 사람은 왕성에 당당히 발을 디디고 있다.
순찰하는 경비병과 근무 중의 문관과 인사하고, 왕성 상층——푸리에를 포함한 왕족들의 거처가 있는 계층에 도착했다. 계층 입구에서 출입을 체크하는 경비병에게 신분과 방문의 이유를 통보하고, 확인이 되면 입장 허가가 나온다.

"전하~, 부르셔서 왔나이다아. 전하의 귀여운 페리예요~."

왕실 전용의 계층, 융단이 깔린 복도를 지나쳐서 페리스는 목적한 방문의 노커를 두드려 내방을 알린다. 그 스스럼없는 인사에 옆에서 율리우스가 머리를 부둥켜안았다.

"페리스, 아무리 친하다고 해도 그건…… 아니, 이제 와서 할 소리가 아닌가."

"그걸로 끝내면 본인이 곤란하다만! 그대, 무얼 위한 감시역이더냐!"

율리우스가 포기하고 어깨를 으쓱이는 것과, 문이 열린 건 동시였다.

뛰쳐나온 사람은 금색의 장발과 홍색 눈이 선명한 푸리에 루그니카 왕자다. 그는 페리스와 율리우스를 번갈아 보더니 덧니가 보이는 입을 크게 벌리고 웃었다.

"뭐, 되었다! 좌우지간 잘 왔느니라. 두 사람 다 무탈했느냐!"

"안녕하시옵니까, 전하. 배려, 정녕 황공하나이다."

"라고 율리우스는 말하지만, 그저께 만난 직후잖아요. 무탈이고 뭐고, 몸 상태 무너뜨리는 데에도 준비가 필요할 만큼 빈번하게 만나고 있어요."

"그래, 그래. 무얼, 건강하면 된 것이지. 좌우지간 쌓인 이야기는 안에서 하도록 하자꾸나. 두 사람 다 들어오너라."

정중히 응수하는 율리우스와, 스스럼없는 내색 전개인 페리스.

그 양자에 대해 의젓하게 행동하며, 푸리에는 두 사람을 방으로 불러들인다.

푸리에의 거실은 왕족의 사실이라고는 여기지 못할 만큼 질박한 것이다. 다른 왕족과 비교한 적이 있는 건 아니지만 크루쉬의 그것과 큰 차이 없는 심플함이 느껴진다.

크루쉬가 사생활에서의 사치를 좋아하지 않기에 그에 감화되었을지도 모른다.

"그래서 전하, 어쩐지 당황하고 있는 것 같은데요……. 무슨 일 있었어요?"

응접용 소파에 앉고, 페리스는 푸리에에게 그렇게 말을 꺼냈다.

"느닷없구나! 본인이 당황해하고 있다니, 무슨 근거로 하는 소리더냐……."

"페리의 귀는 못 속여요오. 전하의 목소리가 떨고 있고, 평소보다 심장 고동이 빠르고, 몇 번씩 침을 삼켜서 침착해지려고 하는데요."

"무어라! 그대의 귀는 본인의 고동까지 분간할 수 있더냐?!"

"아뇨, 허풍인데요."

능청스럽게 대답하자 푸리에가 맥이 빠져서 의자에 주저앉는다. 하지만 그 반응이 비밀 사항이 있다고 말하는 거나 마찬가지다. 거듭된 푸리에에 대한 무례에 율리우스가 엄격한 눈을 하지만, 페리스는 그걸 술술 무시했다.

"그래서 체념 못하고 얼버무리려고 하셨는데, 무슨 일이 있던 거죠? 왕실 시녀도 방에서 내보내고 페리네하고만 밀담이라니, 좋은 예감이 안 드는데요."

"음, 보는 눈이 있구나. 과연 대단하도다, 페리스. ……그 전에 하나, 확인해두어야만 할 게 있다. 율리우스, 그대다."

본론으로 들어가기 전에 푸리에의 시선이 율리우스에게 돌아간다. 율리우스는 한순간 놀란 듯이 눈썹을 치켜 세웠지만, 곧장 경의를 눈에 머금고 끄덕였다.

"옛, 전하. 무엇이든 여쭈소서."

"좋은 대답이다. ——그대, 페리스의 벗이라고 본인에게 똑똑히 대답할 수 있느냐? 그러하다면 이야기에 끼워도 상관없다만…… 그러하지 않다면 방에서 나가주길 바란다."

"전하, 좀 너무 직구……."

비밀 사항, 음모를 못하는 푸리에다. 그게 조금 답답하기도 하지만 그것이 그의 장점이기도 하기에 부정할 수 없다.

그리고 그런 푸리에의 질문에 율리우스는 황송한 얼굴로 가슴에 손을 얹었다.

"저는 페리스와의 관계도 얕은 나날이고, 벗이라고 부끄러운 내색 없이 말할 수 있을 만큼 우의를 다지지도 않았습니다. 하오나 앞으로도 벗으로서 친하게 어울리고 싶다 생각하고 있습니다. 이 대답으로 전하의 마음에 따르는지요."

"우와, 이쪽도 직구였어……."

느끼한 표현이지만, 율리우스의 목소리에는 진지함이 뿌리박고 있다.

골치 아픈 분위기에 스스로 발을 디디려 하다니, 이 새로운 친구도 퍽 오지랖이 넓다. 오지랖 넓고 요령이 좋지 못해, 손해를 보는 타입. ——싫은 타입은, 아니다.

푸리에도 동감인지 몇 번씩 끄덕이던 그는 기쁜 듯이 페리스를 보았다.

"좋은 벗을 가졌구나, 페리스! 본인도 근위기사단에 그대를 추천한 보람이 있는 게지! 율리우스의 우의, 소홀히 하지 말거라!"

"전하~, 그러면 왠지 페리가 친구를 만들기 위해서 근위기사가 된 것처럼 들리니, 엄청 근지러운데요—."

"그래그래, 귀여운 녀석. ——자, 그래서 말이다."

겸연쩍어서 말이 빨라지는 페리스에게 웃어 보인 다음, 푸리에가 표정을 다잡았다.

문득 방 안의 분위기가 바뀐 것을 페리스의 고양이 귀가 감지했다. 그 원인은 다름 아닌 눈앞에 앉아있는 푸리에다.

"전하……?"

속삭임이 새어 나온 건 그렇게 말로 함으로써 확인하고 싶었기 때문이다. 진지한 표정에 예사롭지 않은 분위기를 풍기고 있는 이 청년이, 자신이 알고 있는 푸리에임을.

그 페리스의 부름에는 응하지 않고, 푸리에는 목소리를 죽이면서 이야기하기 시작했다.

"우선, 이렇게 그대들에게 일의 사정을 털어놓는 건 본인의 독단이다. 크루쉬에게 입막음당했던 연고로, 본래는 해서는 아니 될 이야기다만……."

"크루쉬 님에게 입막음당했었다……?"

크루쉬의 이름이 나와서 페리스의 불안이 점점 더 불거진다.

입막음이라니, 온건하지 못한 어감이다. 그것도 페리스에게 들려주지 못할 이야기라면 더더욱.

"칼스텐 영내에 불온한 소문이 도는 땅이 있어. 이전부터 내정을 하고 있던 그 장소에, 크루쉬가 시찰하러 간다고…… 그 연락이 본인에게 왔다."

"……그뿐……인가요?"

푸리에가 뗀 서두에 경계했던 만큼, 실제 내용을 듣고 페리스는 맥이 풀렸다. 영내의 시찰에, 깡패 상대로 분주한 정도라면 크루쉬를 걱정할 필요는 없다.

"하물며 내정까지 한 거라면, 크루쉬 님이 실수한다는 생각도 할 수 없구요. 웬만한 패거리면 크루쉬 님의 상대가 못 돼요. 전하께서 누구보다 잘 알고 계시잖아요?"

"음……. 크루쉬가 본인 말고 다른 이에게 패하다니, 그런 일이 썩 있을 리는 없지만……."

그러나 페리스의 말에 푸리에는 시원치 못한 대답밖에 해주지 않는다.

페리스도 지금 이야기만으로는 푸리에가 불안해하는 이유를 알 수 없다. 그러나 푸리에의 근거 없는 발언은, 그저 주위를 휘두르는 정도로는 끝나지 않는 경우가 많다.

이번 이야기에도, 푸리에의 근거 없는 꺼림칙한 예감이 관련되어 있다고 하면――.

"전하, 발언해도 괜찮은지요?"

그때, 말문이 막힌 두 사람에게 말을 걸며 이야기에 끼어든 건 율리우스였다.

“음, 허한다.”

“전 칼스텐 공작과는 면식이 없기에 그 사람됨에 대해서 내세울 의견은 없습니다만…… 구태여 페리스를 불러내셨다면, 뭔가 결정적인 근거가 있으신 게 아닌지?”

“율리우스. 전하께선 제법, 아무 근거도 없이 행동하기도 해서…….”

“아니, 이번은 그렇지 않다. 근거가 있어. ──본인이, 불안해하는 근거가.”

페리스의 말을 가로막고 푸리에가 살짝 고개 숙이며 그렇게 얘기했다.

진귀한 푸리에의 이의에 페리스는 놀랐다. 하지만 솔직히 페리스는 방심하고 있었다.

크루쉬에게 뭔가 위험이 닥치고 있다고, 그렇게 생각하고 싶지 않았던 이유도 있으리라.

따라서 다음에 나온 푸리에의 한마디에 페리스는 경악하고 만다.

“예의 불온한 소문 말이다만── 페리스의 생가, 아가일 가문이 그 출처인 것이야.”

3

──아가일 가문에 불온한 움직임 있음.

그 보고가 크루쉬의 귀에 맨 처음 들어온 것은 올해 초——2개월이나 전의 일이다.

아가일 가문이라고 듣고 맨 처음 크루쉬가 생각한 것은 다름 아닌 페리스다. 그녀와 그 가장 아끼는 시종과의 만남은, 그의 생가인 아가일 가문 없이 성립되지 않는다.

그렇다고 해서 크루쉬가 아가일 가문에 감사하고 있느냐면 그건 오해다.

펠릭스 아가일이라는 인간을 낳아준 데에는 감사해도, 아가일 가문이 어린 페리스에게 저지른 처사는 용서하기 어렵다.

따라서 페리스를 양육하겠다는 명목으로 데리고 나온 이후, 크루쉬는 가급적 아가일 가문과 접촉하지 않았다. 페리스도 그 화제는 꺼내지 않고, 둘의 태도는 일관적이었다고 할 수 있다.

그 때문에 거의 10년 만에 아가일 가문의 보고가 날아들었을 때, 크루쉬는 어울리지도 않게 당혹과 불안에 몰두하고 말았다.

"아가일 가문에 불온한 움직임이 있다라."

"일단 페리스의 귀에는 들어가지 않도록 주의하고 있습니다만…… 어쩌시겠습니까."

집무실에서 팔짱을 끼고 있는 크루쉬에게 보고를 올린 문관이 난감한 얼굴을 한다.

아버지인 메카트로부터 작위와 함께 물려받은 가신단 중 한 명이다. 크루쉬와의 관계는 갓난아기 적부터 있으며, 페리스와도 그를 집에 들인 이래로 오랜 친분이 있다.

그런 만큼 장년의 문관이 품는 염려는, 크루쉬가 품는 것과 동질의 것이었다.

"페리스의 귀에는 들려주고 싶지 않지만…… 구체적으로 어떠한 내용인지에 따르겠군. 사정에 따라서는 당연히 페리스에게도 알릴 필요가 있어."

"그렇겠지요. 보고로는 빈 아가일…… 페리스의 부친입니다만, 요 수개월 동안에 몇 번씩 수상한 놈을 저택에 불렀다고. 그게 아무래도 노예상이 아닐까 하더군요."

"노예상이라."

노예라는 단어의 어감에 크루쉬는 희미하게 눈썹을 찡그렸다.

루그니카 왕국에 공적으로 『노예』라는 신분의 인간은 존재하지 않는다. 봉사하는 이에게는 보답하고 직업을 주어 고용하는 게 귀족과 봉사자의 관계성이다. 실질적으로 노예나 마찬가지인 대우로 취급받는 이가 있어도, 대외적으로 노예는 존재하지 않는 게 루그니카의 법이다.

그런 만큼 루그니카 국내에서 노예 거래가 횡행하는 일은 있어서는 안 되지만.

"비밀리에 그러한 장사에 손을 물들이는 자는 끊임이 없나……. 그래서 설마하니 아가일 가문이 노예상과 거래해서 영민을 타국에 팔아넘기기라도 하나? 그렇다면."

그건 왕국에 대한 배신이자 영주인 크루쉬의 책임 문제이기도 하다. 즉각 아가일 가문을 수색해, 사실이라면 당주를 벌하고 아가일 가문 자체도 멸문하게 되리라.

그 경우의 책임은 페리스에게도 불똥이 튈 수 있다.

"부모의 업보가 자식에게 미친다는 건 농담이 아니야. 아가일 가문은 무슨 생각을 하고 있나."

크루쉬의 뇌리에 페리스와 처음 만난 날이 되살아난다.

——핼쑥해져서 오물과 때로 범벅된 새까만 몸으로, 멀쩡히 입도 열지 못하는 가냘픈 소년.

페리스의 인생, 그 절반을 더럽혀놓고서 아직도 부족하다는 말인가.

분노에 속이 들끓어 크루쉬는 드물게도 입술을 깨무는 격정을 내비쳤다. 하지만 그런 그녀의 울화에 문관이 "기다려주십시오."라고 말을 걸었다.

"보고에는 아직 뒷내용이 있습니다. 아무쪼록 판단은 그다음에."

"——약간 뜨거워졌군. 미안하네."

"노하시는 기분은 이해합니다. 페리스 일이 남의 일이 아닌 건 저희도 마찬가지니까요. ……어쨌든 아가일 가문 말이지만, 아무래도 단순한 노예 장사와는 낌새가 다른 모양이라."

"낌새가 다르다면?"

"네. 아직 뚜렷하게 확인한 건 아니지만, 아무래도 아가일 가문은 노예상에 노예를 알선하는 게 아니라, 반대로 노예를 사 모으고 있는 것 같은지라."

"노예를, 사고 있어……?"

기이한 증언을 듣고 크루쉬는 수긍이 가지 않는 얼굴을 한다.

공적으로 『노예』 신분이 존재하지 않기 때문에 루그니카에서 노예상과 거래하는 자는 타국에 인간을 팔아넘길 목적 말고는 기본적으로 있을 수 없다. 인부를 원해 노예를 사 모을 바에야 무난하게 사람을 고용하는 것과 다름이 없고, 좋지 못한 소문도 나돌지 않으니까.

"물론 노예로서 쉼 없이 혹사해 쓰고 버릴 작정이라면 이야기는 다르지만……."

"지금의 아가일 가문에 노예를 사들여서까지 할 일이 있느냐…… 그 말이로군요."

문관이 입에 담은 의문은 크루쉬가 품은 그것과 똑같다.

아가일 가문의 조락──. 그것은 9년 전, 페리스의 존재가 칼스텐 가문에 노출되어 그 뒤의 대응까지 포함해서 공작가의 분노를 산 것이 원인이다.

빈 아가일은 작위 없는 귀족이며, 칼스텐 영내에 존재하는 몇 군데 촌락의 정리 역으로서 걸맞다고 중용되던 인물이었다. 그러나 그 활동도 페리스의 사건으로 재평가되어서, 그 흐름으로 아가일 가문은 신용을 잃었다.

그 뒤, 빈은 만회하기 위해 몇 번쯤 손을 쓰긴 했으나 그때마다 모조리 실책으로 끝나 현재는 자산으로 저택과 황폐한 토지만 남았을 뿐. 사용인들도 해고되어 지금은 페리스의 부모가 적적하게 살고 있다는 전말을 들을 뿐이었다.

"그 아가일 가문에, 노예를 고용해서까지 벌일 사업이 있는 건가……?"

이거라면 강도와 손을 잡고 노예상에 영민을 팔아넘기고 있다는 편이 훨씬 신빙성이 있다. 물론 그 경우에는 정상참작의 여지가 일절 없어지지만, 이해는 할 수 있는 것이다.

"어쨌든 노예상과 거래한 시점에서 아가일 가문은 왕국법을 위반하고 있어. 내 영내에서 당당히 활동하는 노예상도 마찬가지다. 양쪽 다 평등하게 처벌의 대상으로서 붙잡을 뿐이지."

"그럼 당장에라도 확보를 위해서 움직이시겠습니까?"

"어디, 그래……. 아니, 가만."

사병을 파견해 빈 아가일을 잡기는 쉽다. 하지만 그건 다소 성급한 판단이다. 상황은 빈만 잡으면 되는 이야기가 아니다.

"지금 당장 일을 벌이면, 영내에서 노예 거래를 한 놈은 놓치게 되겠군."

"……그럴 가능성은 충분히 있지 않을지. 요 수개월간 아가일 가문에 출입한 빈도는, 한두 달에 한 번쯤 될까요."

"이번 보고가 언제 일이지?"

"이틀 전입니다. 그리되면, 최대로 2개월은 유예를 주게 되겠습니다만……."

크루쉬의 의도를 참작해 문관은 그렇게 의견을 꺼냈다. 그 말을 듣고 크루쉬는 잠시 생각에 잠겼다가, 어쩔 수 없다고 고개를 저었다.

"아가일 가문의 감시는 게을리하지 않게끔 철저히 해라. 노예상이 다시 문을 두드리면, 그때에 일망타진한다. 이견은?"

"한 가지만. ——행여나 페리스를 배려한 것은 아니겠지요?"

"우문이군. 그네를 염려하는 마음은 당연히 있지만, 공작으로서의 책임은 사인으로서의 감상보다 무거워. 페리스도 내가 자신을 우선하기를 바랄 리는 없지."

크루쉬의 단언에 문관은 만족스럽게 끄덕였다.

"그럼, 그렇게 하겠습니다."

그렇게 말한 문관이 퇴실하고, 크루쉬는 혼자가 된 방에서 의자에 체중을 실었다. 그 등받이를 삐걱거리면서, 그녀는 창문을 통해 하늘을 쳐다보았다.

눈부신 파랑에 하얀 구름이 흘러, 오늘은 바람이 세다고 감개 깊게 생각한다.

——페리스에게, 아가일 가문 사정 때문에 불필요한 배려를 했다는 생각은 없다.

다만 아가일 가문에 변화가 없는 2개월 동안에, 예정되어 있던 페리스의 근위기사단 출타 일정이 다가왔다. 그 사실에 남모르게 안도한 것은 사실이었다.

4

"아가일 가문에 불온한 움직임이란 말이지. 흠, 과연……."

그날, 외출해 다과회를 즐기면서, 크루쉬의 말에 푸리에가 끄덕이고 있었다.

장소는 칼스텐 가문의 응접실로, 다과회의 참가자는 크루쉬와 푸리에 단둘이다.

전보다 빈도는 줄긴 했으나 크루쉬가 칼스텐 공작이 된 다음에도, 이렇게 푸리에가 저택에 내방하는 관습은 이어지고 있었다.

"어쩌다 근처에 용무가 있어서 말이다! 무탈하느냐고, 얼굴을 보러 온 것이야!"

그 푸리에의 어쩌다는, 다망한 크루쉬의 바쁜 일정과 신기하게도 겹치지 않는다. 이 우연은 10년 가깝게 이어지고 있지만, 크루쉬는 그에 의문을 품지 않도록 하고 있다.

"어쩌다! 우연! 이니 말이다! 오해하지 말거라!"

"예, 물론입니다, 전하."

"음, 좋은 대답이로다! 좋은 대답이지만, 조금쯤은 오해해도 되는데……?"

크루쉬 칼스텐은 바람을 볼 수 있는 가호의 소유주다.

『풍견의 가호』는 눈에 보이지 않는 것을 보고, 그 흐름을 읽을 수 있는 힘이다. 이 힘에 걸리면 사람 마음의 모양마저도 언동에서 읽어낼 수 있다. 다른 이에게 속은 경험이 적은 것은 크루쉬에게도 조촐한 자랑거리다.

그런 크루쉬가 가호를 가지고서도 거짓말에 속는 상대는 세상에 단 두 사람.

크루쉬의 마음의 동향, 그 최대의 이해자이기에 속아주는 페리스. 그리고 훤히 보이는 거짓말을 하면서도, 그것을 들춰낼 맘이 들게 하지 않는 푸리에 두 사람뿐이다.

"우연한 방문이긴 하나, 좋은 우연이 겹치는 건 좋은 일이지.

그러해."

이 푸리에의 입에 오른 『우연』은, 몇 번 들어도 거짓말의 바람이 불어온다. 즉 이 우연은 필연이고, 푸리에는 일부러 얼굴을 보이러 발길을 옮겨주고 있는 것이다. 그가 자신과 페리스와 친하게 어울리고, 우의를 품어주고 있는 것이 크루쉬는 솔직히 기쁘다.

그렇기에 푸리에의 거짓말은 들추지 않는다는 게 크루쉬의 사고방식이다. 여기에 이르러 크루쉬는 10년이나 푸리에가 품고 있는 진의를 잘못 이해하고 있는 상태인 것이었다.

"그런데 무어냐, 크루쉬여. 본인은 알고 있다만? 응, 알고 있다마는…… 확인을 위해 물어두고 싶구나. 아가일 가문이란 어느 집안이었더냐?"

거기까지 생각한 시점에서, 이야기는 맨 처음 푸리에의 한마디로 되돌아왔다.

아는 척한 걸 숨기면서 푸리에는 은근슬쩍 사정을 캐물으려고 해왔다. 크루쉬는 그런 그다운 태도에 쓰게 웃고, "실례했습니다."라고 고개를 숙였다.

"전하의 교우 넓이를 감안하면, 배려가 조금 부족했습니다. 죄송합니다."

"아니, 그대가 사과할 필요는 없노라! 누가 뭐래도 본인은 똑똑히 기억하고 있으니 말이다. 기억하고 있지만, 기억하고 있는 것이 옳은지 비교하고 싶은 것뿐이니라. 겁내지 말고 아뢰어라."

"예. 아가일 가문은 페리스의 생가가 됩니다. 페리스의 본명은 펠릭스 아가일. 그 아가일 가문의 맏아들이 본래 페리스의 입장이온지라."

"그런가. 페리스의 생가였나. 그건 그렇고 페리스 녀석, 펠릭스 아가일이라고 하는 이름이었던가. 몰랐구나……. 아니! 알고 있었다마는!"

거짓말의 바람이 불고 있지만 크루쉬는 그것을 들추지 않는다.

어쨌든 당황해대는 푸리에의 모습에서 크루쉬는 그가 페리스와 아가일 가문의 관계에 대해 아무것도 모른다고 결론 내렸다. 혹여 푸리에라면 페리스가 자신의 내력을 밝혔을 가능성도 있을까 짚었지만, 그건 아니었던 모양이다.

페리스가 침묵을 바란다면, 크루쉬가 푸리에에게 설명할 건 아니겠지만──.

"우려하는 얼굴이로구나, 크루쉬. 행여 그 이야기, 그대의 얼굴을 어둡게 할 만큼 성가신 문제인 것이더냐? 그것도, 페리스에게도 누가 미칠 만큼."

"전하……."

"왜냐고는 되묻지 말라. 화원에서의 약속에 따라 본인이 그대의 얼굴을 몇 년 보아온 줄 아느냐. 그대에게는 늠름한 옆얼굴이 어울린다. 그런 그대가 불안해하는 일이라곤 좀처럼 있을 일이 아니야. 무슨 일이 있었는지, 소상하게 말해보아라."

때때로 크루쉬는 이러한 푸리에의 말에 마음이 떨리고 만다.

거슬러 올라가면 그와의 첫 만남. 그 뒤로 오늘에 이르기까지 몇 번씩, 푸리에는 『풍견의 가호』를 가진 크루쉬보다 훨씬 더 마음을 꿰뚫어 본 듯이 말을 자아낸다.
그리고 그 말이 정체를 타개하는 원동력이 되는 것을 크루쉬는 경험상 알고 있다.
"맘대로 얘기한 게 알려지면, 페리스에게 혼나버리겠군요."
"무얼, 본인이 억지로 캐물었다고 해명하여라. 본인이 크루쉬를 깔아 눕히고 얘기하지 않으면 용서치 않는다고 막무가내로 다그친 것이야. 음! 그리 말하도록 해라!"
"농담을. 제가 전하에게 깔려 눕힐 일은, 절대로 없습니다. ……전하? 갑자기 무릎을 꿇다니, 어인 일입니까?"
"아, 아무것도 아니다……. 아무것도 아니니, 제발 이야기를 진행하여라."
이따금 일어나는 푸리에의 발작 같은 반응이다. 크루쉬는 의아하게 눈썹을 모으면서, 푸리에에게 페리스의 내력과, 아가일 가문의 불온한 움직임에 대해 설명을 들려준다.
——크루쉬와 페리스와의 만남은 지금부터 9년 전으로 거슬러 올라간다.
계기는 이번 한 건과 비슷하게 아가일 가문에 불화의 소문이 있다고 들어, 크루쉬가 아버지 메카트와 함께 조사하러 출타한 것이다.
순수한 인간의 부모를 가졌으면서 짐승의 귀를 가지고 태어난 페리스. 그 존재는 아가일 가문에 부정한 피가 들어갔다는 의심을 불러, 추문을 숨기고자 한 부모의 손으로 페리스는 생후 10년 가까운 세월을 저택 지하에 감금되어서 지내고 있었다.

그 뒤, 페리스의 신병은 칼스텐 가문이 양육 명목으로 인수해, 그는 크루쉬의 시종으로서의 나날을 보내게 된다. 그것이 크루쉬와 페리스의 인연의 시작이다.

"————."

불필요한 부분을 덜어내고 의식적으로 표현을 애매하게 만든 부분은 있어도, 대략적인 사실은 말로 빚어냈다. 푸리에는 그것을 끝까지, 섬뜩할 만큼 얌전하게 알아듣고 있었지만.

"……용서 못 하노라."

나직이, 푸리에의 입에서 숨길 여지없는 분노의 한마디가 새어 나온다.

푸리에는 감고 있던 눈을 뜨고, 그 홍색 눈을 그야말로 불꽃처럼 빛냈다.

"이리도 용서 못할 이야기가 있을까! 본인의 벗인 페리스에게, 친부모가 이런 무도한 처사를! 그런 데다가 아직도 무언가 흉계를 꾸미고 있다니, 결단코 용서 못한다! 페리스가 모르더라도 본인은 그 일을 결코, 콜록, 켁! 콜록, 콜록!"

"전하, 고정하십시오. 차 여기 있습니다."

지나치게 노기탱천해서 푸리에가 전력으로 기침하기 시작한다. 황급하게 차를 내밀자 푸리에는 그것을 단숨에 들이켜고, 찻잔을 테이블에 내리찍으며 말했다.

"용허 모태!"

차가 뜨거웠는지 새빨간 입술에서 나온 말은 꼬여 있었다. 하지만 거기에 담긴 감정, 페리스에 대한 우의의 정은 의심할 여지가 없다.

“크루쉬, 당장에라도 그 괘씸한 것들을 잡아야 마땅할 것이야. 다행히 페리스는 지금은 기사 수행 때문에 왕도에 들어와 있다. 사태의 전말은 감추지 않더라도 더 괴로운 부분에 관여시키지 않고, 직시하지 않게 할 수 있을 것 같구나.”

“그건 알고 있습니다. 하오나 국내에서 활동하는 노예상……. 어디가 고삐를 잡고 있는지 꼬리를 잡기 위해서도, 섣부른 실수는 피해야만 합니다. 부디 이해해 주시길.”

“음, 끄음……. 하면 그대, 왜 본인에게 지금 이야기를 했느냐. 당장 움직일 수 없으면 괜히 애만 태우지 않느냐. 그대가 거기까지 생각했으면 본인에게 바랄 일이라곤 아무것도 없을진대.”

“제가 전하께 부탁하고 싶은 건, 페리스에 관한 일입니다.”

도저히 진의를 알 수 없다고, 그렇게 주장하는 푸리에에게 크루쉬는 그렇게 말했다.

눈을 동그랗게 뜬 푸리에에게 크루쉬는 가슴에 손을 얹으면서 말을 이었다.

“전하, 페리스는 앞으로 1년간, 근위기사로서 왕성에서 보냅니다. 근 1년은 페리스에게 미래를 좌우하는 가치 있는 시간……. 페리스에게, 기사의 자격은 그토록 커다랗습니다. 따라서 페리스는 무탈하게 1년을 지냈으면 합니다.”

“그러기 위한 배려를, 본인더러 하라고 아뢰는 게냐? 말해두지만 근위기사를 관장하는 마코스는 융통성이 없는 고집불통이지만 공평한 사내니라. 페리스만 특별 대접하라고 전해도 결코 듣지 않아. 그리고 본인도 그와 같은 대우를 페리스에게 내릴 맘은 없다. 그건 페리스의, 그 나긋한 모양새의 사내대장부로서의 긍지를 상처 입히는 짓이니 말이다!"

푸리에와의 10년의 관계에서, 크루쉬는 그가 입장을 이용해 부조리하고 불공평한 요구를 하던 모습을 한 번도 본 적이 없다. 물론 입장상, 주위에서 다양한 편의를 꾀해준 적은 있었을 터다. 그러나 푸리에는 그것을 스스로 요구하는 인물이 결코 아니다.

"본인에게 그러기를 기대한다면, 그건 잘못이다. 크루쉬, 그대는 페리스를 소중히 여기는 나머지, 페리스를 잘못 보고 있어. 그자는 그대가 우려할 만큼 약하지 않고, 본인과 그대가 지켜주는 것을 쾌히 여길 만큼 연약하지도 않아."

"________."

그렇게 단언하고 푸리에는 팔짱을 끼면서 다시 살짝 기침한다. 그 얼굴을 붉힌 푸리에의 말에 크루쉬는 조용히 감사하고 있었다.

페리스의 능력을 보고, 그를 평가하는 인간은 일정한 수가 있다. 그러나 페리스의 내면이나 본질을 신뢰해, 이렇게까지 말을 다해 주는 상대는 푸리에 말고 없기에.

"전하, 오해를 불러드린 것 같아서 죄송합니다. 하오나 제가 전하께 부탁하고 싶은 일은 기사단에 있는 페리스에게 편의를 봐달라……는 것이 아니옵니다."

"음? 그게 아니더냐?"

직전의 열변이 헛다리라고 지적받아 푸리에가 헛물을 켠 얼굴을 한다. 크루쉬는 그 부분은 언급하지 않고, 다시 예를 차리는 자세를 잡았다.

"전하, 과분한 청이라고 알고 있습니다. 질타를 받는 것도 각오한 다음이오나, 가능하다면 왕성에서 페리스를 발견하면 모쪼록 말씀을 걸어주셨으면 합니다."

"……말을 건다, 그뿐인가?"

"예. 페리스의 입장이 입장입니다. 그다지 환영은 받지 못하겠지요."

아인족이라고 의심받는 귀에, 이례적인 근위기사단 입단이다. 여성적인 외견과 미숙한 검 실력도, 주위에서 역정을 사기에는 충분한 요소라고 할 수 있다. 하지만 페리스는 그러한 적개심이 쏠려도 당연한 듯이 행동할 것이다. 아무리 힘들어도, 평소와 같이.

"페리스의 강한 심지는 의심하지 않습니다. 하오나 한계는 누구나 있습니다. 페리스가 스스로도 깨치지 못하는 심로를 쌓기 전에, 전하의 말씀이 있으면 하여서."

"친한 얼굴을 보면, 마음도 누그러지리라…… 이 뜻인가?"

"예."

바르게 의도가 전해져 크루쉬는 안도감에 한숨을 내쉰다. 그 뒤로 그녀는 어렴풋이 미소 지으며 느릿느릿 고개를 가로저었다.

"아무리 제가 페리스를 소중히 여기고 있다고는 해도, 전하의 입장에 기대자는 생각을 할 만큼 과보호는 아니랍니다."

넘어지지 않도록 손을 잡고, 멈추어 서지 않도록 등을 밀고, 상처 입지 않도록 계속 감싼다——. 그런 방식은 페리스도 기뻐하지 않는다. 그러니 하다못해, 페리스에게 마음 편한 순간이 있도록 지켜봐 주길 바란다. 그것이 푸리에에게 하는 부탁이다.

그런 크루쉬의 진의를 듣고, 푸리에는 찌무룩한 얼굴로 미간에 주름을 잡았다.

"그 말이다, 크루쉬."

"무엇이신지요?"

"그대, 그 정도로도 충분히 과보호라고? 자각하는 편이 낫다."

푸리에에게 예상 밖의 지적을 받고, 크루쉬는 아연해지고 만다. 그때, 그 반응을 본 푸리에가 웃음을 터트리고, 웃음과 함께 자신의 무릎을 쳤다.

"좋겠지! 지금 그대의 드문 얼굴을 봐서, 그 청 가납하겠다. 뭘, 근위기사라고 해도 유사시 외에는 여유가 많아. 아바마마와 형님들의 원행을 따르는 수발도, 신참 기사에게는 책무가 돌아오질 않겠지. 하면 소일거리로 본인이 불러내도 문제가 있겠는가."

크루쉬의 부탁을 받고 푸리에는 즐겁게 그렇게 대답한다. 하지만 그 뒤에 그는 "그런데." 하고 운을 떼고 이상하다는 듯이 한쪽 눈을 감았다.

"부탁이 그뿐이라면, 아가일 가문의 이야기를 본인에게 할 필요가 있었나?"

"아니요. 아가일 가문의 문제가 표면화하면 페리스의 귀에도 들어갑니다. 그리됐을 때, 사정을 아는 이가 페리스 곁에 있었으면 합니다. 그건 전하 말고는 믿을 사람이 없습니다."

"흠, 그렇군! 본인은 믿음직한 사내이니 말이다! 한 번 더, 반복하여라!"

"――? 전하 말고는 믿을 사람이 없습니다."

"오냐, 오냐, 어쩔 수 없는 녀석이로고. 하면 어쩔 수 없으렷다. 본인에게 맡기어라! 어흠! 어흡, 콜록!"

자신의 가슴을 세게 두드리고, 푸리에가 세차게 기침했다. 아무래도 오늘은 이 패턴이 많다. 몸 상태가 썩 좋지 않은가 걱정될 정도다.

"신경 쓰지 마라. 요새, 약간 가슴앓이 같은 게 이어지고 있어서. 감기라도 걸렸는지 형님도 자주 기침하신다."

"전하께 부탁하는 제가 할 수 있는 이야기가 아니오나, 부디 몸조심해주십시오. 전하의 옥체는 전하만의 것이 아닙니다. 몸 상태가 좋지 않을 때까지, 당가에 오시지 않아도……."

"약해졌을 때일수록 그대의 얼굴이 보고 싶…… 아니, 아무것도 아니다! 그보다 아가일 가문의 체포는 어떻게 할 계획이지?"

크루쉬의 말에 붉은 얼굴을 젓고, 푸리에는 화제의 창끝을 바꾼다.

"노예상이 영내에 들어와, 아가일 가문에 드나드는 게 확인되는 대로, 제가 직접 나가서 캐묻겠습니다. 일의 진상은 거기서 명백해지겠지요."

"……그대가 직접 나갈 필요는 있는가? 위험한 느낌이 드는데."

"그리 일을 크게 벌이지 않고 내밀하게 수습하고 싶은 것과……
페리스 문제가 있습니다."

체포만 할 뿐이라면 사병에게 명령하면 된다. 하지만 아가일 가문이 중대한 법을 범하고 있었을 경우, 페리스의 입장이 위태로워진다. 최악의 경우, 아가일 가문에 대한 처분 전에 정식으로 페리스를 칼스텐 가문에 양자 입양이라도 할 필요가 있으리라.

"부디 전하, 페리스에게는 내밀하게 부탁드립니다. 영내의 문제는 만사, 제 쪽에서 온건하게 수습할 수 있게끔 노력하겠사오니."

"그리고 왕도에 있는 페리스는 본인에게 맡긴다고. ――알았다. 본인과 그대 사이다. 들어주마. 단, 바람의 추이가 나빠지면 꼭 그럴 수만도 없어. 알았으렷다?"

크루쉬의 계획에 대해 푸리에는 불만을 남기면서도 수긍하고, 마지막에 그렇게 일렀다.

『풍견의 가호』를 가진 크루쉬에게, 구태여 바람의 추이라는 단어를 이용하는 푸리에. 붉은 눈에 자신을 비추는 그를 보고, 크루쉬는 등골에 달콤한 저림을 느꼈다.

"알겠습니다. 전하, 그때는 전하의 판단에 맡기겠습니다."

흘깃. 크루쉬의 시선은 응접실의 문―― 그 위에 있는 칼스텐 가문의 문장으로 돌아간다.

『이빨을 드러내는 사자』의 문장, 그 릴리프와 푸리에의 모습이 한순간, 겹쳐져 보였다.

——아가일 가문에 노예상의 출입이 확인된 것은, 그 1주일 뒤의 일이다.

5

빈 아가일은 놀랄 만큼 선뜻 크루쉬를 자신의 저택으로 불러들였다.

그 지나친 무저항에 행여 만전의 태세로 대비하고 있던 게 아닌가 처음에는 경계했지만, 실제로 저택 안으로 안내받아 보고 그 염려는 기우로 끝났다.

한산한 저택에는 무장한 전력이 숨어 있는 기척은 일절 없다. 그러기는커녕 인간의 기척조차도 거의 느껴지지 않았던 것이다.

"사용인 대부분을 해고했다고는 들었지만, 사실인 모양이군."

"네, 그렇습니다. 여하튼 사치를 부릴 수 있을 만한 입장이 아니게 된지라. 지금은 후의로 남아준 여급에, 저와 아내 셋이서 생활하는 거나 마찬가지지요."

크루쉬의 말에 응수해 저택의 복도를 앞장서서 안내하는 게 빈 아가일—— 페리스의 부친이자 아가일 가문에 어린 의혹의 핵심이다. 이야기에 나온 여급이 아니라 빈 자신이 크루쉬를 마중하는 모습에서 인원 부족이라는 이야기에는 신빙성이 있다.

"아내는 몸이 좋지 못해 드러누워 있어서, 인사드리지 못해 죄송합니다. 여급도 지금은 선객을 대접하느라 거듭거듭 무례를."

"상관없다. 갑작스럽게 방문한 건 이쪽의 잘못이지. 하기야 갑작스럽지 않으면 의미가 없는 방문이었던 걸 사과할 마음은 없지만."

"호오……."

도발적인 크루쉬의 말투에, 불현듯 빈이 발을 멈추고 돌아보았다.

키는 여성치고는 큰 크루쉬보다 머리 하나 몫은 더 크다. 용모는 선이 굵은 이목구비, 사랑스러운 면이 두드러진 페리스와는 닮지 않았다. 여자 같은 얼굴의 페리스는 아마도 모친을 닮은 것이리라. 기억에 희미하게 남아 있는, 빈과 그 아내의 용모를 보아 그렇게 여겨진다.

"빈 아가일……. 경은 퍽 여위었군. 한 둘레는 작아진 것처럼 느껴진다."

"이래저래 마음고생이 겹치고 있는지라."

기억을 거슬러 올라가는 가운데, 크루쉬는 눈앞의 남자의 변한 모습을 뒤늦게 눈치챘다. 일별한 빈은 훌륭한 수염을 기르고 체격이 좋은 인물이었을 터지만, 지금은 그 자취도 없다. 표정은 어둡고, 머리카락과 수염에는 새치가 눈에 띈다. 9년 동안, 나이는 좋게 먹지 못한 모양이다.

"펠릭스는, 건강하게 지내고 있습니까?"

"────."

따라서 빈이 페리스의 9년 동안을 걱정하는 말을 뱉은 데에, 크루쉬는 잔잔한 놀람을 느꼈다. 빈에게 페리스의 존재는 아내의 부정이라는 오해를 낳고, 아가일 가문의 조락을 부른 원인이나 마찬가지다. 애먼 원한을 품어도 이상하지는 않았다.

그렇게 말을 못하는 크루쉬의 모습에 빈이 음울하게 입술에 미소를 띠었다.

"칼스텐 공작님도, 그처럼 놀라시는군요."

"솔직히 뜻밖이었다. 영락없이 경은 페리스…… 펠릭스를 쾌히 여기지 않으리라 생각하고만 있어서."

"제 자식이 귀엽지 않은 애미애비가 있겠습니까. 설사 귀엽지 않다고 해도 객사해버리라고 비는 부모는 없습니다. 친자식이라고 알면 더욱더 그렇지요."

가라앉은 목소리에는 억양이 없고, 빈의 본심은 도통 전해지질 않는다. 그러나 목소리가 아니라 바람을 보고, 크루쉬는 그곳에 분명한 후회와 비애의 감정이 섞이는 것을 보았다.

빈은 적어도 친자식이라고 인정한 페리스에게 저지른 악행을 뉘우치고 있다.

빈이 페리스를 제 자식이라고 인정해, 남들같이 사랑할 수 있었으면 길은 크게 달랐으리라. 어느 쪽이 좋았는지, 크루쉬에게도 쉽사리 답은 낼 수 없다.

"발을 멈추어서 죄송합니다. 응접실은 메워져 있기에, 빈실 쪽으로……라고 말씀드리고 싶지만, 용건은 그렇지 않으시겠지요?"

그저 먹먹함만을 느끼는 크루쉬에게 다시 걷기 시작한 빈이 물어온다. 눈 한 번 깜빡여 그 감상을 내버리고, 크루쉬는 "그래.” 하고 빈에게 대답했다.

“경이 부른 선객에게도 용무가 있다. 제멋대로인 제의인 건 알고 있지만, 그 응접실이란 곳에 안내해주면 이야기가 빨라. 경에게도, 내게도 말이다.”

“그러십니까. 그럼 응접실 쪽으로 안내하겠습니다.”

이에도 반대하지 않고, 빈은 알고 있었던 것처럼 응접실로 이끈다. 조명을 압축하고 있는지, 어두침침한 복도와 삐걱거리는 계단을 통과해 2층에 있는 응접실로 인도받았다.

빈이 문을 노크하자, 여성의 목소리와 함께 문이 열렸다. 모습을 보인 건 중년에 접어드는 연령의 여성이다. 행색으로 보아 그녀가 저택에 남은 마지막 여급이리라.

여급은 크루쉬를 알아채자 뺨을 굳혔다. 크루쉬는 그저 말없이 묵례했다.

“나리? 왜 공작님께서…….”

“이야기했었잖나? 공작님은 이대로 동석하신다. 자네는 차 준비를.”

간략하게 지시 받아 여급이 크루쉬에게 고개 숙여 인사하고 문 옆에 시립했다. 크루쉬는 송구스러워하는 그녀의 옆을 지나가 실내로 발을 내디뎠다. 그러자.

“이런, 이건 아름다운 아가씨로구려.”

크루쉬의 방문에 그런 말을 입에 담은 사람은 비루한 표정의 남자였다.

온몸을 하얀 로브로 감싸고, 곱슬곱슬 오그라든 회색 머리카락을 가진 쥐 같은 낯짝의 인물이다. 외모로 사람을 판단할 만큼 생각이 얕지 않지만, 폭력에 친숙한 그 분위기는 쉽사리 심기를 거스른다.

"갑작스러운 방문자지만 용서 바랍니다. 이쪽은 이 주변 일대의 영주이신 크루쉬 칼스텐 공작이십니다. 공작님, 그를 소개해도 되겠는지요?"

옆에 선 빈이 크루쉬의 내력을 전하고 나서 남자의 이야기로 옮기려고 한다. 말없이 크루쉬가 턱을 주억이자, 빈은 그 쥐 같은 사내를 손으로 가리켰다.

"그는 제가 역성을 봐주고 있는 고물상 마일즈입니다. 나라들을 건너다니며, 희귀한 것을 장사하는 남자로……『미티어』만큼은 아니지만 흥미로운 물건들을 취급하고 있습니다."

"마일즈라고 합니다. 공작님께서 오시다니 만나 뵈어 영광이나이다. 설마 이와 같은 곳에서 만나 뵈리라고는 생각하지 못해 감격의 극치이옵니다."

빈의 소개를 받고, 쥐 같은 사내── 마일즈가 정중하게, 그러나 어딘가 비굴하게 인사한다. 크루쉬는 그 마일즈의 자세를 무시하고 "고물상……."이라고만 뇌까렸다.

"흥미가 있으십니까? 그렇다면 후일 공작님의 저택에도 저희 쪽에서 찾아뵐 따름입니다만……."

"아니, 고맙지만 그럴 것까지는 없다. 역사의 무게에 흥취를 느끼는 건 나와 같은 애송이에게는 아직 너무 이르겠지. 그보다 잠깐 이야기를 나누고 싶다."

마일즈의 제안에는 고개를 젓고, 크루쉬는 빈 쪽으로 말길을 틀었다.

복도에서의 대화로 빈에 대한 경계는 옅어져 있었지만, 마일즈와 대면함으로써 옅어졌던 의심이 다시 짙어졌다. 유감스럽게도 마일즈의 분위기에서 그를 솜씨 있는 고물상이라고 듣고 쉽게 믿기는 어렵다. 십중팔구, 그가 소문의 노예상이다.

권유받은 소파에 크루쉬가 걸터앉자 마주 보는 자리에 빈과 마일즈가 나란히 앉았다. 경계는 빠트리지 않고, 크루쉬는 무릎 위의 손을 가볍게 쥐락펴락했다.

이번 방문은 대화가 목적이기 때문에 크루쉬는 검을 차고 있지 않다. 다만 여차하면 크루쉬에게는 빈손으로도 적을 베어 가를 방법이 있다. 무모한 행동에는 해당하지 않는다.

"그래서 크루쉬 님, 이야기라고 말씀하시면?"

"아아. 실은 이번 방문은, 내 쪽에 온 어느 보고를 듣고 이루어진 것이다. 듣자하니 요즘 아가일 가문에는, 수상한 풍모의 무리가 드나들고 있다고."

"그건 혹시 저를 말하는 걸까요. 그렇다면 이건 공작님께서 직접 왕림하시게 한 것을 사과드려야만 하겠습니다."

크루쉬의 설명에 참견한 것은 마일즈다. 그는 입으로야 엎드려서 머리를 조아리는 듯한 내색이지만, 실상은 서슴없이 크루쉬를 이리저리 쳐다보고 있다. 솔직히 불쾌한 시선이다.

품평당하는듯한눈앞에서, 기분이 좋아질 인간이 있을리 없다.

"그것이 경을 말하는 건지는 별개로 치고, 내 쪽에는 그 패거리가 노예상이라는 보고가 있었다. 따라서 빈 아가일에게서 이야기를 듣기 위해 이렇게 발길을 옮겼다는 뜻이지."

에두를 것 없이 의혹을 전하자, 마일즈 쪽이 얼굴을 찌푸렸다. 그러나 빈의 태도에 변화는 없다. 그는 변함없이 음울한 표정 그대로 테이블을 손가락으로 두드렸다.

"의혹의 여부, 수긍했습니다. 그렇다고는 해도 요즘은 부쩍 출입하는 이도 줄었기에…… 당가에 빈번하게 왕래하는 건, 역시 마일즈가 되겠지요."

"노예 거래의 의혹은 의혹에 지나지 않는다고, 그렇게 말하는 것이로군?"

끄덕이는 빈의 당당한 태도에서는 거짓말로 얼버무리겠다는 바람은 느껴지지 않는다. 그렇다기보다 감정의 바람의 흐름 그 자체가 너무 약하다. 거의 무관심하다고, 그렇게 말하는 쪽이 더 가깝다.

그것은 도리어 빈의 모습에 불명료한 불신감을 품게 하는 요인이 된다.

"——차를 내겠습니다."

그때, 거기서 끼어든 건 아까 퇴실한 여급이다. 그녀는 은 쟁반에 티 세트를 싣고 사뿐하게 테이블에 차를 나누어주었다. 다만 피어오르는 따뜻하고 달콤한 향을 여급의 희미한 긴장과 불안이 흐트러뜨리는 것을 크루쉬의 눈은 포착하고 있었다.

"드시지요, 크루쉬 님. 조금 혀를 축이는 편이, 이야기도 하기 쉽겠지요."

"아니……."

시립한 여급의 긴장과 마일즈의 호기 어린 눈에, 크루쉬는 다기로 손을 뻗는 걸 주저했다. 빈과 마일즈는 신경 쓰지 않고 자기 몫의 다기에 입을 대고 있다.

크루쉬의 감각은 최대의 경종을 울리고 있다. 나온 차에도 경계가 앞섰다.

"만약 경들이 의혹을 풀고 싶다면 우선은 마일즈가 반입한 상품이라는 것을 보겠다. 그런 다음에 이 저택에 사람을 들여서 확인시킨다. 아무것도 없으면 의심한 것을 사죄하고, 모종의 형태로 보상하지. 하나……."

"——보상한다?"

속삭이는 듯한 그 목소리는, 몇 초 전까지의 무관심이 거짓말처럼 복잡한 정념으로 범벅되어 있었다.

메마른 것 같기도 하며, 축축한 듯도 하며, 뚜렷하지 않은 끔찍한 감정의 도가니.

알 수 있는 게 있다면, 그것은 몹시 집착하고 있다는 사실만으로——.

"보상하겠다니 좋소이다! 좋소이다. 그럴 의사가 있으면 확실히 서로 이야기가 빠르지."

"——윽. 경은, 무스은 마를……."

나직한 빈의 음성에, 꺼림칙한 오싹함을 느낀 크루쉬가 반응하지만, 늦다.

창졸간에 나온 반론의 말이 잘 돌아가지 않고, 그 즉시 크루쉬

를 현기증이 엄습했다. 손이 소파의 팔걸이에서 벗어나 그대로 바닥에 옆으로 쓰러진다. 눈이 어질해지고 의식이 어질해졌다.

무언가에 중독되었다고 깨달았을 때에는 늦었다. 하지만 아무것도 입에 대지 않았을 터——.

"하핫, 꼼꼼하게 점잔 빼는 놈일수록 이 수법에 걸리지. 나온 음료는 고맙게 받는 법이다, 공주님. 몸에 나쁜 공기를 깨끗하게 해주니까 말이지이?"

어조를 거칠게 무너뜨린 마일즈가 쓰러지는 크루쉬를 조롱하듯이 손뼉을 친다. 그는 그 얼굴을 추잡하게 일그러뜨리더니, 크루쉬의 뺨을 슬쩍 손으로 만졌다.

"아아, 기가 센 계집이 땅을 기는 건 좋아. 우하하, 멋진 선물이 생겼군!"

노예상다운 마일즈의 발언이지만, 그 내용은 정상이 아니다.

크루쉬의 입장은 루그니카 왕국의 공작이다. 멀쩡한 계획을 짜낼 머리가 있으면, 노예로 삼는 것 따위 자살행위밖에 안 된다. 즉, 목적은 노예 거래 외에 있을 터.

"협력에 감사드리지요, 칼스텐 공작. 당신 없이 내 목적은 달성되지 못해."

"……크."

빈이 몸을 굽혀 크루쉬의 얼굴을 내려다보았다. 가면 같은 표정은 무감정을 가장하고 있었지만 그 눈에만은 격정이 있었다. 그것은 분노와, 어쩔 도리 없는 애절이다.

"무엇……이…… 목, 저억……."

"놀랍군. 아직 말할 수 있나. 당장에라도 의식이 없어질 약일 터인데."

혀를 깨물며 필사적으로 의식을 붙드는 크루쉬에게 빈은 감탄했다.

그 뒤에 빈은 크루쉬의 머리카락을 거머쥐고 머리를 들어 올려 말했다.

"당연한 것. ——빼앗긴 내 자식을 되찾는다. 내게는 그놈이 필요해."

6

"크루쉬 님을 홀로 보냈다?! 왜 그런 곳에…… 크루쉬 님에게 무슨 일이 생기면, 어떻게 책임질 작정이에요!"

비명 같은 목소리가, 칼스텐 가문의 집무실에 울려 퍼졌다.

검정 책상에 손을 짚고 언성을 높이며 덤비는 사람은 페리스다. 근위기사의 복색으로 몸을 감싸고, 예정보다 훨씬 일찍 돌아온 그때문에 저택은 어수선해졌다.

——혹여 열흘 만에 기사 수행에 죽는소리를 냈나.

일찍이 없었던 분노 어린 얼굴로 복도를 걷는 페리스에게, 그런 농담을 입에 담을 수 있던 자는 없다. 이리하여 저택의 누구에게나 길을 양보받은 페리스는 집무실에서 문관장에게 이를 드러내고 있었다.

"기, 기다리게, 페리스. 자네의 염려도 이해해. 이해하지만, 이건 크루쉬 님의 결단이시다. 그리고 무엇보다 사정이 있어서……."

"사정이고 뭐고, 그런 건 내 입장을 고려하셔서 그런 거잖아요? 그런 건 다 알아! 알고 있지만, 그래도 싫다구요! 크루쉬 님이 위험한 상황을 맞을 바에는 내 마음과 몸과 이름이 상처 입는 편이 훨씬 나아!"

문관장의 항변에 언성을 높이면서도, 페리스의 사고는 어디까지나 이성적이다.

왕성에서 푸리에에게 크루쉬의 진의를 들은 것이다. 그녀가 자신을 배려하는 마음은 이해하고 있다. 하지만 그래 가지고 크루쉬의 신변이 위험해진다면 본말전도다.

아가일 가문——. 그 장소는, 사람을 사람이라고도 여기지 않는 악의로 물든 땅이므로.

"그런데 왜 다들, 크루쉬 님을 제일로 생각해주지 않는 거야……!"

"진정하여라, 페리스. 그래서는 주위가 겁먹을 뿐이야. 대화가 되지 못한다."

"그치만……!"

눈물을 글썽이는 페리스의 어깨를 안고, 힘 있는 목소리로 부르는 사람은 황금의 청년이다. 페리스를 말리는 청년의 모습에, 추궁 받던 문관장이 숨을 죽였다.

"설마 푸리에 전하까지, 페리스와 함께 계실 줄이야……."

"비밀로 해달라 부탁 받았음에도 불구하고 페리스에게 얘기해버린 건 본인인 고로. 그리고 크루쉬에게는 사전에 바람의 추이가 나빠지면 본인의 판단으로 움직인다고 전해두었다. 근거는 없으나…… 싫은 예감이 가시질 않아. 가슴이 답답하게 소용돌이치는 느낌이 들어서."

페리스에게 동행해온 푸리에가 자신의 가슴에 손을 얹으면서 그렇게 대답했다. 아무래도 푸리에의 의사가 되면 문관장도 페리스를 꾸짖을 수는 없다.

"실제로 바람이 어떻게 불든지 간에, 멀리 있는 왕성에서는 쉽게 대응 못해. 그러하면 현장 가까이 발길을 옮겨야 마땅한 법. 그리고 본인의 외출에 근위가 수반하는 것도 마땅한 법이지."

"상식불고라고 할까 체면불고라고 할까…… 돌아간 다음 단장님에게 어떤 질책을 받을지 생각하니, 그쪽이 더 우울해지는군요."

자랑스럽게 약은 지혜를 발휘한 푸리에 옆에서 어깨를 으쓱이는 건 덩달아 횡액을 입은 율리우스다. 그러나 그는 억지로 끌려 나온 것 자체에는 불만을 뱉지 않았다.

"모쪼록 전하 쪽에서 관대한 처분을 원하신다고 말을 거들어 주시면 좋겠습니다."

"그 부분은 본인의 생떼니 말이다, 맡기도록 하여라! 뭐, 뭐어…… 마코스에게 본인의 변명이 통할지는 미심쩍지만, 그대들만 꾸지람 받는 일은 되지 않을 게야. 질책받는다면 본인도 함께 받으리."

“든든하신 말씀입니다. ——그래서, 칼스텐 공작님 쪽 말입니다만.”

사납던 분위기에 침착함이 돌아오자 이를 파악한 율리우스가 이야기를 원래대로 되돌렸다. 그 유도에 문관장도 어쩔 수 없노라고 어깨를 떨어뜨리고 불안한 내색의 페리스에게 타일렀다.

“확실히, 아가일 가문의 저택에는 크루쉬 님께서 홀로 시찰하러 가셨다. 하나 저택 주변은 버덕이 50명 정도 병력으로 둘러싸고 있어. 지금의 아가일 가문에 사병을 고용할 여유는 없네. 가령 구입한 노예가 무기를 들고 있다고 해도 충분히 진압은 가능해.”

“그치만 만약, 크루쉬 님의 신병이 인질로 잡히기라도 하면…….”

“자포자기해서 폭거에 나올 가능성까지는 부정할 수 없지만, 상대는 크루쉬 님이야. 대토마저 베어버리신 검 실력, 행여나 뒤처질 리 없다. 그리고 사전에 칠 수단도 쳐놨네.”

문관장은 안심 요소를 늘어놓아 어떻게든 페리스를 달래려고 했다.

확실히 조건만 보면, 크루쉬에게 불리한 요소는 찾아볼 수 없다. 그것은 아가일 가문의 이름에 마음이 흐트러지기 전, 페리스가 신뢰하고 있던 크루쉬의 주도면밀함 그 자체다.

다하지 않는 불안은, 페리스 안에 있는 생가에 대한 거북한 의식이 만들어내는 허깨비에 지나지 않은가.

“……기다려, 페리스. 그래서는 본인의, 이 불안에 결론이 나오지 않아.”

"전하?"

마음을 가라앉히고, 크루쉬를 믿는 결단을 택하려던 페리스를 푸리에가 불렀다.

그 다른 사람 같은 푸리에의 눈에, 페리스는 마치 마음이 얽매이는 듯한 착각을 맛본다. 푸리에의 분위기 변화는 이 자리에 있는 전원이 모두 감지한 것이다.

숨을 집어삼키는 주위를 내다보고, 푸리에는 자신의 가슴에 손을 얹으면서 말을 이었다.

"무언가, 설명 못할 불안이 맴돌고 있다. 이대로 크루쉬와 그대가 떨어져 있는 건 좋지 않아. 아니, 당장에라도 달려가지 않으면…… 콜록, 켈록."

"전하?!"

토막토막 말하다가 푸리에가 괴롭게 얼굴을 붉히고 기침했다. 페리스는 창졸간에 그 어깨를 부축하고 그의 체내에 찬 마나의 흐름에 의식을 뻗쳤다.

페리스의 치유술사로서의 적성은 왕립치료원에서 최고봉의 것이라고 인정받고 있다. 마음만 먹으면 빈사의 외상이어도 쾌유시키는 것이 가능한 재능이다.

따라서 페리스에게 몸의 이상을 호소하는 상대에게 접촉해 진찰을 시행하는 건 버릇과 같았다.

"어……?"

그 페리스의 팔을 푸리에는 순간적으로 멀리했다. 마나의 흐름을 더듬는 손끝이 발동하기 전에, 땀을 송골송골 맺고 허덕이던 푸리에가 벌떡 일어섰다.

"전하, 무사하십니까?!"

"별일 없다. 놀라게 만들어 미안하구나. 지금, 페리스 덕분에 꽤 편해진 고로."

푸리에는 걱정하는 율리우스에게 그렇게 말하고, 아무 일도 없던 것처럼 숨을 내뱉는다. 그 태도에 주위는 안도하지만, 페리스만은 놀람에서 벗어나지 못한다.

"저기, 전하, 페리는…… 저는 아직, 아무것도……."

괜찮다고 주장하며 땀을 닦는 푸리에의 모습에 페리스의 가슴을 불안이 찌른다. 하지만 그 가냘픈 주저의 목소리는, 집무실 밖에서 날아든 급보에 사그라졌다.

"큰일 났습니다! 크루쉬 님께서 아가일 가문에서 돌아오지 않은 채, 저택 주위에서 교전이 시작되었습니다! 상대는…… 소, 송장이 움직이고 있다고!"

7

――크루쉬가 의식을 되찾았을 때, 처음에 느낀 건 강하게 코를 찌르는 냄새였다.

"응……."

메마른 목으로 신음하고 바닥에 쓰러져 있던 상반신을 일으켰다. 그러자마자 콧구멍에 흘러드는 건 통증을 동반할 정도의 격한 악취다. 갈겨놓은 작은 동물의 분뇨나, 끔찍한 부패취가 맴도는 공기를 맡은 크루쉬는 자신이 정상적인 장소에 놓여 있지 않음을 이해했다.

어떻게 몸을 일으켜 세웠지만 바닥에 닿은 두 팔에는 차꼬가 채워져 있다. 그건 두 다리도 마찬가지에다, 덤으로 시야까지 눈가리개로 막힌 상태다. 눈이 멀지 않고 끝난 건 불행 중 다행이라고 해야 했지만 그것도 크루쉬에 대한 배려에서 나온 처치가 아니리라.

"눈에 띄는 상처가 없는 건, 교섭의 여지를 남기기 위해서……인가?"

의식을 잃기 직전의 일은 기억하고 있다. 빈과 마일즈 두 명에게, 독물을 이용해 혼수상태에 빠진 것이다. 음료에 독을 섞는 술수—— 단, 해독약을 넣는 수법이다. 그런 다음에 실내에 독을 산포해 경계해서 차에 입을 대지 않은 크루쉬만이 혼절했다.

다만 그 술수도 포함해, 외줄 타기가 너무 많은 게 마음에 걸린다.

"내가 부주의하게 차를 마셨더라면, 성립하지 않는 술수에 불과해."

"……그때에는, 정말로 더 무서운 것을 보여드릴 셈이었지요."

대답을 기대하지 않은 중얼거림에 정작 대답은 있었다. 잊지 못할 것 같은 그 목소리는, 다름 아닌 빈의 것이다. 근처에 인기척은 있었지만, 설마 주범인 그라고는 생각하지 않았다.

크루쉬는 그 놀람을 표정에 드러내지 않고, 목소리의 방향으로 돌아서 대담하게 웃었다.

"갈수록 나를 놀라게 하는 남자군. 그 부분은 펠릭스와의 혈연이 느껴져."

"그놈과 가장 가까운 당신에게 그런 말을 들을 수 있다니 달갑군요. 나와 그놈 사이에 피의 연이, 혈통이 이어지고 있는 데에 확신을 가질 수 있으니 말입니다."

"10년 가까이 전에 포기한 아들에게 꽤 집착하나 보군."

보이지 않는 빈의 어조는 침착하긴 하나, 거기서 도리어 그의 광기가 느껴졌다. 명백하게 언성을 높이는 것보다 위험한 징후라고 크루쉬는 생각했다.

"말했지요? 그놈이 필요하다고. 당신은 그러기 위한 미끼가 되어주셔야겠습니다."

"확실히 내 위기라고 알면 펠릭스는 달려들겠지만…… 그 이전의 문제가 있지 않나. 아가일 가문 방문은 당연히 내 신하도 알고 있다. 머잖아 내가 돌아오지 않는 것을 수상히 여긴 부하가 밀어닥칠 거다."

공작가와 작위 없는 방계 귀족. 병력 차이는 역력하며 승산 같은 건 있을 턱이 없다.

물론 도망도 불가능하다. 그들이 마음만 먹으면 수중에 있는 크루쉬의 목 정도는 취할 수 있을지도 모르지만, 그것도 자포자기한 자살행위에 지나지 않는다.

"얌전하게 투항하라고는 말하지 않는다. 그런데 뭘 꾸미고 있지? 내게는 이 상황을 만들어낸 경들의 판단이 기이할 따름이야."

"사로잡힌 입장인데 입을 쉬지 않는 분이시오. 과연, 공작가 당주씩이나 되면 정신구조부터 범인과는 달라. ……그 편이 저희로서도 마음이 아프지 않아 다행입니다만."

"대답할 마음은 없다는 뜻이로군."

크루쉬의 질문은 족족 무시하고, 빈의 발소리가 멀어진다. 축축하며 끈적거리는 것이 신발 밑을 더럽히는 소리가 났다. 아무래도 비위생의 원인은 악취 말고도 있는 것 같다.

"아아, 맞아."

그리고 떠날 적에 빈이 떠올랐다는 듯이 크루쉬에게 말을 걸어왔다.

"이곳은 옛날에 펠릭스가 지내던 곳이랍니다. 당신이 그놈을 끄집어내어, 데리고 떠난 인연 어린 방이죠. 모쪼록 그놈과 같은 체험을 즐겨주시길."

"……그런가. 괜한 배려지만, 힘껏 유익한 경험으로 받아들이지."

비꼬는 말로 대꾸 받은 빈이 성질이 난 듯 혀 차는 소리를 남겼다. 이번에야말로 발소리도 사라지고 시야가 닫힌 크루쉬만이 방에 남겨졌다.

"페리스가 있던 방……이라……."

혼잣말을 뇌까린 크루쉬는 페리스와의 만남을 회상했다. 빈의 발언이 사실이라면, 페리스가 감금되어 있던 방은 저택 지하였을 터다.

손발의 차꼬는 금속제라 간단히 벗겨질 것 같지 않다. 빈의 태도로 보아 크루쉬가 데리고 온 사병에는 대책이 있다고 보인다. 과연, 백척간두의 상황이지만── 그뿐이다.

"다소의 예정 밖은 있었지만…… 외통수라고 내던지기에는 다소 이르군."

아무리 그래도 독물로 혼절당해 포로의 몸이 되는 건 예상 밖이었다. 하지만 예정보다 심부에 파고들었다면, 그건 그거대로 방법이 있다.

유일하게 미련이 있다고 하면──.

"전하께도 페리스에게도, 걱정을 끼치지 않고 타개한다는 건 너무 뻔뻔했나."

일의 사정이 전해진, 두 사람을 몹시 불안하게 만들 것임이 틀림없다.

자기 몸의 안전보다 그 예감 쪽이 크루쉬의 가슴을 훨씬 괴롭히고 있었다.

8

『불사왕의 비적(祕籍)』이라고 불리는 비법이 있다.

일찍이 세계를 진감시킨 『마녀』가 만들어내고, 유실되었다는 초마법 중 하나다.

그 효과는 단적으로, 『시신을 뜻대로 조종한다』라는 것이다. 사용자가 마녀 본인이라면 그야말로 송장은 생전의 모습 그대로 되살아났다고 하지만, 그것도 전승의 범주를 넘어서지 않는다.

현재에는 필요한 술식 대부분이 실전되어 『시신을 움직인다』 외의 효과는 재현 불가능. 그 저차원의 재현조차, 이 마법에 대한 선천적인 적성이 없으면 실현성은 없는 거나 마찬가지다.

실제로 그 한정된 적성의 소유주는 백 년 단위로 확인되지 않았을 정도로.

"그걸 참 용케도, 여기까지 재현한 것이지."

썩은 냄새를 풍기며 휘청휘청 걸어 다니는 시체를 앞에 두고 마일즈는 즐겁게 어깨를 으쓱인다.

음습한 웃음을 머금은 그에게 걷는 시체에 대한 혐오감은 털끝만큼도 없다. 시체라곤 신물 나게 보았다. 평소에는 드러누워 있는 것이, 지금은 어쩌다 걷고 있을 뿐이다.

"뒤숭숭한 이름의 비술치곤 편리한 힘이지. 시체도 노동력으로 삼을 수 있다는데, 거의 잊혔다는 걸 못 믿겠어."

"보통 사람은 죽은 자에게 채찍질해서까지 일을 시키겠다고 생각하지 않는 법이다."

"오오, 나리신가? 어서 오쇼."

죽은 자의 무리 속에서, 죽은 자나 마찬가지인 얼굴의 산 자를 맞이한다. 비술로 송장을 조종하는 살아있는 사자(死者)와, 그 사자에게 가담하는 악인이 자신. 차라리 후련할 만큼 업보가 깊은 장소다.

"그래서 흔들릴 양식 따위 진즉에 없다마는. 그래서, 지하실의 공주님은 어땠어?"

"의연하시더군. 과연, 날 때부터 귀족은 다르다는 것이지."

"귀염성 없는 이야기야. 그 편이 조교할 보람이 있지만. 괴롭히지 않았겠지?"

"그런 취미는 없어. 그건 어디까지나, 아들을 불러내기 위한 미끼다."

확인할 필요는 없었지만, 일단 나온 물음에 빈은 무관심한 목소리로 대답했다.

"밖의 동태는?"

"정신이 없지. 송장 병사를 보고 공작님께서 자랑하는 사병도 어쩔 줄 몰라 하는 것 같아. 저 썩은 낯짝에 쫄지 않는다면 그쪽이 더 인간미가 부족하지만."

저택 2층에서는 소란스러워진 바깥 둘레를 둘러볼 수 있다. 저택 주위를 에워싸고 있던 크루쉬의 사병들은 글자 그대로 죽도록 날뛰는 송장 병사들에게 고전 중이다. 죽여도 죽여도 일어나는 시체 무리에는 아무리 역전의 용사여도 고전은 모면할 수 없다.

"이쪽 요구는 전했을 터인데, 그쪽 움직임은? 아들은 보이나?"

"얼굴도 모르는 내게 물어도 곤란한걸. 일단 지룡이 출발하는 건 보였으니 본채에 전했다고는 생각하지만…… 수인(獸人)은 좀 눈에 안 띄어."

"……짐승이랑 같이 취급 마라. 그놈은 나의, 피를 나눈 아들이다.”

마일즈가 금지어를 입에 담자 빈의 시선이 날카로워진다. 광기가 배어 나온 그의 태도에 두 손을 들고 마일즈는 맥없이 물러섰다.

아들, 아들이라고 같은 말만 반복하지만, 그것에서 집요한 집착이 느껴진다. 애정 때문에 되부르는 건 아니니까 당연하다. 천하의 마일즈도 그 아들은 동정한다.

부친의 망집에 인생이 휘둘리다니, 상상하기만 해도 악몽 그 자체다.

“뭐, 그렇다고 손을 늦추는 것도, 빼는 것도 있을 수 없지만.”

번들거리는 눈으로 눈 아래를 내려다보고, 아들의 귀가를 학수고대하는 빈.

그 배후에서 마일즈는 송장이 더럽히지 않은 소파에 앉아 때를 기다린다.

썩은 냄새와 악의에 찬 저택 안에서, 상황이 제 취향으로 무르익기를, 그저 가만히——.

9

아가일 가문에 페리스 일행이 달려왔을 때, 이미 그곳은 전장으로 화해 있었다.

용차를 전력으로 몰아서 몇 시간, 도착한 전장은 지옥의 양상을 드러내고 있다.

“이것이, 송장 병사…….”

중얼거리는 페리스의 시선 앞에서, 휘청거리는 남자의 머리 부분이 창날 끝에 꿰뚫렸다. 튀는 것은 붉은 선혈——이 아니라, 노란색이 낀 썩은 즙이다. 그것을 흘리고 남자는 무방비하게 고꾸라졌다.

하지만 명백히 치명상을 입었을 남자는 몸을 버둥거리며 창을 뽑더니, 깨진 머리 따위 신경 쓰는 기색도 없이 두 팔을 뻗어 눈앞의 병사에게 매달리려고 했다.

“죽은 자를 죽은 자라고도 여기지 않는 사법(邪法), 『불사왕의 비적』이란 이런 것인가.”

같은 광경을 본 율리우스가 그 참상에 분노를 억누른 목소리를 뇌까렸다.

이래 봬도 고요한 격정가인 율리우스다. 내심, 생명을 모독당한 피해자에게 의분을 채 억누르지 못하고 있다. 칼자루에 손이 닿고, 당장에라도 달려 나갈 것만 같다.

“——아니 된다, 율리우스. 주제넘은 짓은 본인이 용서 못 해.”

그 율리우스를 불러 세운 것은 용차 안에서 전황을 바라보는 푸리에였다. 푸리에의 엄한 음성에, 율리우스는 자신의 초조를 부끄러워하듯이 어깨 힘을 뺐다.

“죄송합니다. 너무나도 비열한 광경에, 마음이 조급해졌습니다.”

“그대의 마음은 본인도 안다. 이건…… 간과할 수 있는 상황이 아니야. 하나 판단을 그르치면 무익한 희생이 생긴다. 그건 피해야만 해."

율리우스를 타이른 푸리에의 시선이 이번에는 페리스를 보았다. 그 시선에 어린 강한 열기에 페리스는 약간 쩔쩔매고 말았다.

지금도 푸리에는 왕성과 저택에서 보인 날카로운 패기를 유지한 상태다. 지금까지도 몇 번쯤 이런 일은 있었지만, 지금은 한층 더 서슬이 퍼렇다.

좋은 의미로 왕족다운 면이 없는 푸리에에게, 왕족다운 면을 확실하게 볼 수 있을 만큼.

"버덕의 이야기로는, 섬멸하기 위한 전력 확보에 세 시간……. 그사이에 최악의 상황이 찾아오지 않도록 시간을 벌 필요가 있다. 물론 무고한 민초에게 피해가 번지는 것도 막고서다. 두 사람다, 알고 있겠지?"

빙 주위를 둘러보면서 그렇게 이르는 푸리에에게 페리스와 율리우스는 끄덕였다.

송장 병사의 배치는 아가일 가문을 둘러싸고 있는 크루쉬의 사병들에게 대응하는 형국이다. 그 인원수는 대충 2백 가까이 올라 병력 차이는 아군의 네 배가량이나 된다.

단, 송장 병사는 죽기 어려운 특성 대신에 사고력과 전투 기술이 죽어 있다. 수의 불리에도 불구하고 포위망이 돌파되지 않은 게 그 증거다.

현재, 크루쉬와 동행한 무관장 버덕은 그 수의 불리를 뒤집기 위해서 전력을 모으고 있다. 이제 수만 모이면 송장 병사를 밀어버리는 건 손쉽다.

"하지만 그러면 크루쉬 님의 목숨이……."

"사로잡혀 있는 크루쉬를 구해내지 않으면, 수가 모여도 도리가 없다. 그리고 주범인 빈 아가일은 펠릭스 아가일의 신병을 요구하고 있다고."

송장 병사 출현의 급보와 맞바꾸어 아가일가에 크루쉬가 붙잡힌 보고는 도착했다. 빈 아가일의 서명이 들어간 서한은 크루쉬의 신변 안전 보증과 맞바꾸어 페리스를 아가일 가문으로 넘기라고 요구하고 있었다.

당연히 이 요구를 고스란히 받아들이는 바보 같은 짓은 할 수 없지만.

"요구를 함부로 무시할 수도 없어. 칼스텐 공작님의 모습을 확인할 수 없는 이상, 신변 안전에 최대한 배려하겠다면 교섭 테이블에 앉힐 필요가 있지."

"저쪽이 구미에 맞게 준비한 테이블이면 최악의 조건이지만 말야……."

혀 차는 소리를 숨기지 않고, 페리스는 멀찍이 보이는 아가일 저택을 노려보았다.

그리운 생가와의 재회지만 페리스에게는 아무 감개도 없다. 애당초 이렇게 친가를 멀찍이 본 것도 첫 경험이다. 페리스에게 저 저택은 지하실의 암흑 말고 추억이 존재하지 않는 장소이기에.

"그래서, 어쩌지? 서한에는 송장 병사가 페리스만은 예외적으로 지나쳐 보낸다고 적혀 있었지만…… 믿을 수 있나?"

접근하는 자에게 가차 없이 썩어 문드러진 눈을 돌리고 덤벼드는 송장 병사다. 동지끼리 상잔이야 하지 않지만 산 자와 죽은 자 말고 다른 것을 분간하는 재주가 있는 것처럼 보이지는 않는다. 그런데도.

"갈 거야. 내가 가지 않으면, 크루쉬 님이 위험한걸."

주저할 이유는 되지 못한다. 페리스에게 크루쉬의 생명은 자신보다도, 혹은 이 세상과 비교해도 무겁다. 무엇과 맞바꾸더라도 아깝지 않은 것을 위해서 아까워할 생명은 가지고 있지 않은 것이다.

"페리스."

"말려도 헛수고예요, 전하. 애초에 전하께서 절 데리고 오셨으니까요."

"말리지는 않는다. 본인이 말려도 그대는 갈 터이지. 그대는 크루쉬의 기사이니 말이다. 본인은 그대가 크루쉬를 지킬 것을 의심하지 않는다."

걷기 시작하려는 페리스에게 푸리에가 주저 없는 목소리로 그렇게 말해주었다.

그 푸리에의 말이야말로 페리스에게는 만군을 얻은 것과 마찬가지인 활력이다. 페리스가 기사를 고집해 지금의 자신이 있는 이유 중 일부는 그의 말이기에.

그 자랑스러움에 지배되는 페리스에게 푸리에는 다시 말을 덧붙였다.

"하나 그것은, 그대의 생명과 맞바꾸라는 의미가 아니다. 그대도 크루쉬도 무사히 돌아와라. 그것이 본인의 명이다. 근위라면, 알고 있으렷다?"

"________."

"반드시 돌아와라. 본인은, 이와 같은 일로 벗을 잃고 싶지는 않노라."

가슴에 치미는, 이 감정의 이름을 페리스는 알지 못한다.

푸리에는 벗이라고, 페리스에게 몇 번이고 말해준다. 들을 때마다 페리스는 처음과 같은 충격에 휩쓸려서 말이 잘 나오지 않는 것이다.

그렇기에 늘 그렇듯이 생각할 필요가 없는 말로 대답했다.

"네!"

그리고 낯익은 뻰뻰스러운 친구의 얼굴에 배웅 받아 페리스는 나아가기 시작한다.

정면에는 가증스러운 친가, 그곳에 소중한 주군과, 결별한 가족이 기다리고 있는 것이다.

"분하다는 얼굴이로구나, 율리우스."

멀어지는 페리스의 등을 지켜보면서 주먹을 굳히는 율리우스를 푸리에가 불렀다.

도착된 서한에 있던 내용은 진실이었는지, 저택으로 향하는 페리스를 송장 병사는 아무 일도 없이 못 본 척하고 있다. 다른 병사에게는 덤벼들기 때문에 페리스만의 특별대우다.

그 결과에 안도하는 한편으로, 율리우스는 자신의 부족한 힘에 낙담을 느끼지 않을 수 없다.

“이렇게 동행하고 있으면서 아무것도 못하고 있으니 한심스러울 따름입니다. 친구의 궁지에 도움이 되지 못하는데 나는 무엇을 위한 기사더냐고.”

“그리 조급히 굴지 마라. 그대의 힘이 필요해질 기회는, 이 뒤에 몇 번이고 찾아온다. 지금 한때의 답답함은, 그대의 역부족을 뜻하는 것이 아니야.”

“옛. 황송하나이다.”

생각지 못한 푸리에의 말에 율리우스는 놀람도 잊고 그저 경복하기만 했다.

제4왕자 푸리에 루그니카의 평판은 빈말로도 좋은 것이라고는 할 수 없다. 이건 그에게만 한정한 것이 아니고 사람이 좋은 걸로 알려진 이 혈족은 위정자에 맞지 않은 것이다. 따라서 루그니카 왕국의 정치는 상급 귀족과 현인회가 관장하고 있는 게 실정이었다.

국민들이 예외 없이 그렇게 믿는 가운데, 율리우스도 그것을 고스란히 믿고 있었던 점은 부정할 수 없다. 하지만 지금 푸리에의 풍격이 진정 사람만 좋을 뿐인 인물의 것일까.

율리우스는 왕성에서 오가는 유언비어를 도저히 믿을 수 없게 되고 있었다.

“이야기로 듣던 것과, 본인이 퍽 다르게 보인다……더냐?”

“——읏.”

“됐다, 되었어. 놀랄 건 없다. 본인 또한 왕성에서 자신이 어떻게 회자되는지쯤이야 모르는 게 아니야. 뭐, 평소에는 별로 눈치 못 챘다마는…… 오늘은 유달리 머리가 맑다. 진지하게 나라를 생각하는 신하, 그 마음의 표층을 짚어낼 정도로는 눈썰미도 밝다는 것이지."

자신의 얕은 생각이 간파당한 느낌에 율리우스는 점점 더 외경을 깊이 했다. 용차 안에서 길게 숨을 내뱉는 현인은, 소문만으로 측량할 수 있을 그릇이 아니다.

다만 현인은 모든 것을 내다보는 듯한 시선이 깃든 채로, 붙임성 있는 얼굴로 웃기도 했다.

"페리스가 생가와의 결판에 임하겠다면, 부족한 몫을 보충함이 벗의 소임인즉."

"전하께 페리스는 벗……입니까?"

"물론이다. 그대도 페리스를 벗으로 삼겠다면, 본인과 입장은 같지 않으랴."

황송한 동조를 요구하고 나서, 푸리에는 골똘히 생각에 잠긴 얼굴로 저택을 바라보았다. 그 홍색 눈은 저택의 전경과, 송장병사를 낱낱이 관찰하고 있다.

"크루쉬가 상층에 있으면 페리스가 어떻게 하겠지만…… 그렇지 않을 경우, 그대의 활약에 기대할 수밖에 없으리. 율리우스, 그렇게 이해하고 때를 기다려라."

푸리에의 말을 공손히 받고, 율리우스는 자신의 교만을 자각했다.

요즈음은 페리스에 대해서도 그렇고, 무의식이 교정되는 기회가 많다. 무슨 일에도 무슨 사람에도, 타인을 경시할 자격도, 타인에게 경시 받을 이유도 없을 터일진대.

"나도 아직 한참, 사려가 부족해."

칼자루에 손을 대면서 율리우스는 발검이 요구될 때를 가만히 대비한다.

근위기사로서 푸리에를 의탁 받은 건 자신이기에.

이 전장에서 근위기사의 진가는 바로 율리우스로 시험 받고 있는 것이다.

10

"잘 돌아오셨습니다, 펠릭스 님."

마중하러 얼굴을 내민 여급의 말에, 페리스는 엉뚱한 감상을 느끼고 있었다.

중년 여성의 얼굴은 기억에 있는 것 같기도 하고 없는 것 같기도 해서, 애매하다. 다만 상대방은 페리스와 면식이 있는 낌새다. 뭔가 떠올리듯이 그 눈을 가늘게 뜨고 있는 게 인상적이었다.

그렇다고 아가일에 가담한 상대에게 호감을 품을 수 있을 턱이 없다.

"인사 같은 건 아무래도 좋아. 그보다 크루쉬 님은 어디 계셔?"

"――주인 나리께서 기다리고 계시므로 안내하겠습니다."

한순간, 뭔가를 참는 듯한 반응을 보이고 여급이 걷기 시작한다. 질문을 흘려 넘겼지만, 저택에 들어간 시점에서 말을 따르는 거나 마찬가지다. 별수 없이 그 등을 따라 걷기 시작했다.

어두침침한 복도와, 맴돌고 있는 썩은 냄새. 무언가를 질질 끄는 소리. 송장 병사는 저택 안에도 배치되어 있다. 여급도 페리스도 공격 대상이 아니기 때문인지 하는 일 없는 송장 병사는 무방비하게 우두커니 서 있거나, 벽 앞에 주저앉는 등 생물 같은 느낌이 전혀 없었다.

"그립게 느끼고 계시나요?"

그때, 그렇게 두리번두리번 주위를 둘러보는 페리스에게 여급이 그렇게 물어왔다. 시선의 의미를 오해받은 모양이지만, 페리스는 빈정대듯 "별로." 하고 어깨를 으쓱였다.

"그리움이고 뭐고, 저택 안이라곤 거의 기억 못하니까. 만약 기억하더라도 그때는 시체가 돌아다녔을 턱도 없으니 말야."

말과 함께 페리스는 복도에 머물러 선 반응 없는 송장 병사의 어깨를 찔러보았다. 무슨 짓을 당해도 무반응일 줄 알았더니, 건드려졌다고 알아채면 시선을 돌릴 정도의 반응은 있었다.

"용케, 이와 같은 것들을 만지시는군요."

"시체를 만지는 것쯤이야 딱히 드문 일이 아니고. 상처투성이 사람도 많이 봤어. 저기, 잡담할 마음은 별로 없거든."

"————."

무시하는 것도 뭐하기에 맞장구치고 있지만, 대화하고 싶은 기분이 아니다. 이 저택에 들어왔을 때부터, 위장 위쪽 언저리에서 묵직하게 굽이치는 감각이 있다. 이것이 정신적인 부담에서 오는 것임을 페리스는 똑똑히 이해하고 있었다.

역시 자신은, 이 장소가 싫고 싫어서 못 견디는 것이다.

"주인 나리, 모셔왔습니다."

대화를 거부당한 여급은 침묵한 채로, 페리스를 저택 2층의 응접실로 안내했다. 문을 노크하고 여급이 부르자, 안에서 남자의 나직한 목소리로 대답이 있다.

귀에 익지 않은 목소리—— 그런데 등골에 오싹 한기가 퍼졌다.

육체도, 기억도 아닌, 영혼이 그것을 기억하고 있다는 양.

"——잘 돌아왔구나, 펠릭스."

입실한 페리스 앞에 선 것은, 수염을 기른 덩치 큰 남자였다. 신장이 있는 남자의 얼굴을 보고 간신히 언뜻언뜻 기억에 해당하는 이미지가 떠오른다.

일단, 자신과 같은 밤색 머리카락에 황색 눈동자, 부모 자식의 공통점은 그 정도지만, 9년 전에는 훨씬 까마득하게 올려다볼 뿐이던 얼굴과, 확실히 같은 걸로 느껴지기 시작했다.

"아아, 그러고 보니 이런 얼굴이었던 것 같아."

친부 빈 아가일의 얼굴이, 겨우 기억과 조합된 느낌이 들었다.

친부자의 재회치고는 무감동한 페리스의 중얼거림. 그것을 주워들은 여급이 눈썹을 모으지만, 그 반응은 과장스러운 행동 앞에서 날려 흩어진다.

빈은 그 큰 손바닥으로 페리스의 어깨를 거머쥐고 말했다.

"건강하게 있었느냐고 묻고 싶은 바지만…… 뭐냐, 그 꼴은. 초라한 몸에, 왜 여자 옷을 입고 있어. 설마 칼스텐 공작은, 도착적인 성벽을 가지고 있었느냐."

"――――."

"안색은 나쁘지 않지만, 팔이든 다리든 이토록 가늘고…… 어찌, 어찌 끔찍한 짓을."

괴로운 내색으로 얼굴을 일그러뜨린 빈은 성장한 페리스에게 비탄 어린 말을 줄기차게 걸었다.

그것을 페리스는 무표정으로, 오로지 냉랭한 눈으로 바라보고 있었다.

――이 복장은 크루쉬와의 유대고, 몸이 초라한 건, 이 저택에서 10년 가깝게 학대를 받아왔기 때문이다. 그 끔찍함의 책임이, 어디에 있다고 생각하는 것인가.

"하나 됐다! 아무튼 됐어! 잘 돌아왔다. 아비는 그것만으로도 기쁘다."

페리스의 냉랭한 눈을 알아채지 못하고, 빈은 얼굴을 활짝 펴며 껴안으려 들었다. 그 팔을 스륵 피하고, 앞으로 주춤한 빈의 옆을 빠져나갔다.

그 뒤에 실내를 둘러보고, 크루쉬의 모습이 없는 것을 확인하고 한숨을 내쉰다.

"장광설은 아무래도 좋으니, 크루쉬 님을 돌려줘. 그리고 얌전히, 크루쉬 님의 분부를 받고 저택째 사라져주는 게 제일 좋아."

"입을 열자마자 그게 부친에게 할 말이냐? 착각하지 마라, 펠릭스. 난 네 무사를 기뻐하고 있지만, 무례를 용서할 만큼 관대하지는 않다. 과거 일을 방패 삼아 나와 대등하다 생각하고 있다면 그건 큰 착각이야."

"——윽! 그런 맘이 있을 리 없잖아?!"

가는 말에 오는 말. 짜증 서린 빈의 발언에 페리스 쪽도 격발한다.

이 저택에서 페리스가 받은 처사는 마음을 굳게 먹고 이용할 수 있을 만큼 가볍지는 않다.

——아인의 귀를 가지고 태어난 페리스는 생후 즉시 저택의 지하실에 감금되었다.

페리스의 부모는 양쪽 다 순수한 인간족. 그 부모에게서 짐승의 귀가 돋은 페리스가 태어날 리가 없고, 어머니의 밀통으로 태어난 부정한 자식으로 여겨졌기 때문이다.

어둑한 지하실에 갇힌 페리스는 최저한의 교육만 받고 방치되었다. 유아기를 지나니 대접은 점점 더 지독해져서, 5세가 지났을 즈음부터는 지하실의 더욱 좁은 방 안에 밀려 들어가, 그곳에서 자고 깰 뿐인 5년간을 보냈다.

살아있을 의미도, 살아있을 이유도, 모든 걸 다 알지 못하는 암흑의 인생.

그런 곳에서 페리스를 데리고 나와준 사람이 유년기부터 변함없이 늠름하던 크루쉬다. 그녀의 손으로 태양 아래에 이끌려 나와, 페리스는 인간이 되었다.

페리스는 크루쉬 덕분에 처음으로 인간이 될 수 있었던 것이다.

"크루쉬 님이 없었으면 지금의 나는 아무 데도 없어! 그러니 지금 당장, 크루쉬 님을 내게 되돌려 놔! 뭐가 착각! 뭐가 부친?! 농담이 아냐!"

페리스는 사랑스러운 얼굴을 분노의 표정으로 물들이고, 이를 드러내면서 발을 구른다. 자신의 가는 팔을 잡고 빈에게 손목을 들이댔다.

"이 가는 팔을 봐! 검도 쥘 수 없고! 방패도 들지 못하는! 그분의 기사로서, 무엇 하나 무기가 되지 못하는 처량한 팔을! 발도 그래! 빨리 달릴 수 없지, 높이 뛸 수 없지…… 아무것도 못해! 그분을 지키기 위한 것 전부, 내게는 하나도 닿지 않아!"

크루쉬가 저택에서 데리고 나와주어 시종으로서의 직분을 받은 페리스는 그녀의 힘이 되기 위해서 노력했다. 검을 잡고, 기사의 직분을 짊어지자고 노력했다.

하지만 그 노력이 결실을 맺기 위한 몸은, 페리스에게는 주어지지 않았다.

"너희가 빼앗은 거야! 빼앗고, 텅 비워서…… 그런 내게, 크루쉬 님이 주신 게 이 삶의 방식이고, 이 걸음걸이야!"

아무것도 없던 자신에게, 크루쉬가 요구해준 것이 지금의 페리스가 사는 자세다.

끔찍하다고 야유 받고, 도착적인 취미라고 업신여겨져도, 크루쉬가 청해준 것. 단지 그것만이 페리스의 가치 그 자체였다.

그것을 다름 아닌, 이곳에서 부정 따위 당할쏘냐.

"그토록 이기심을 떠밀고, 그런데 아직 내게서 빼앗겠다는 거냐! 또 내게서, 내 생명보다 소중한 것을 빼앗을 거냐! 웃기지 마……. 웃기지 마아!!"

가능하다면 이 자리에서, 아비를 자칭하는 악마를 갈가리 찢어주고 싶다. 할 수 있다면 마법으로 불사르고, 재를 대폭포에 내던져 주고 싶다.

페리스의 두 손에는 그중 하나라도 실행할 힘조차 없는 것이다.

"————."

격앙해서 감정을 날것 그대로 부르짖는 페리스를 빈은 그저 묵묵히 보고 있다.

감정이 결여된 가면 같은 그 표정이 페리스의 격정에 찬물을 끼얹었다. 어디를 보고 있는지도 알 수 없는, 비인간적인 눈매가.

"……하고 싶은 말은 끝났나?"

"뭐, 어?"

"하고 싶은 말이 있다면, 마음대로 하도록 해라. 난 네 부친이다. 어린애의 발작쯤이야 너그럽게 봐주겠다. 몇 년씩 따로 떨어져서…… 쌓인 이야기도 있을 테니 말이다."

"————."

말문을, 잃었다.

페리스의 진심에서 터져 나온 지금의 호소를, 단순한 어린애의 발작이라고 잘라내는 빈의 자세에.

그리고 동시에 이해한다. 이해, 하고 말았다.

이 남자와 대화를 바라봤자 얻을 수 있는 건 아무것도 없다. 그런 건 애당초 뻔히 다 알고 있을 터였다.

——이 집에, 페리스가 남기고 온 것 따위 아무것도 없다는 것쯤.

후. 숨이 새어 나온다. 이런 법인가 하는 실망도, 낙담도 아닌 감상이 가슴을 지배했다.

"그, 부친이라고 되풀이하는 거 그만두지 않겠어? 구역질이 나니까."

"반항적인 태도도 용서하마. 부자의 재회에 흥을 깨는 짓은 필요 없으니."

남의 이야기를 들을 생각도 없다. 대화한 기억도 없었지만, 지신의 부친은 이런 인물이었느냐고, 페리스는 웃어버릴 것만 같았다.

페리스와 가장 가까이 있는 부녀와는, 상상을 초월할 만큼 격차가 있다.

"아니면 반항적인 건 한 사람 몫 취급해주길 바라기 때문이냐? 그렇다면 이야기를 못 받아줄 것도 없다. 피차 대등한 어른이라면, 또 다른 대화 방법이 있어."

"……예를 들면?"

"요구를 관철하기 위한, 쌍방의 의견 조율이지."

거드름 피우는 표현으로 빈은 자신의 수염을 만지면서 응접 소파 반대쪽으로 돌아갔다. 그 소파의 등받이에 손을 얹고, 앞으로 숙이며 페리스를 보았다.

"나는 네게 용건이 있어서, 이렇게 불러낸 거다."

"평범하게 편지를 보내면 좋았을 텐데 말이야. 찢어서 버렸겠지만."

"에두른 수단이었던 건 인정하겠다. 하지만 필요한 일이었던 것이야. 내게는 이 『불사왕의 비적』을 시험한 경험과, 네 힘이!"

"그렇게 된 건가……."

침을 튀기는 빈의 서슬에, 페리스는 간신히 자신이 불린 이유를 깨달았다.

요컨대, 빈의 목적은 페리스의 신병 그 자체가 아니라.

"내, 마법의 재능이 필요했던 거군."

"그렇고말고. 하나, 낙심할 필요는 없다. 네게 잠들어 있던 수마법(水魔法)의 적성……. 그것이 바로 나와 네가 혈연이라는 가장 큰 증거다. 아가일 집안은 대대로 수마법에 뛰어난 피를 이어왔다……. 부정한 자식에게, 그 재능이 발로할 리가 없으니 말이다!"

"그래, 잘되셨어. 축하~드리죠."

마음 없이 박수 치고 페리스는 흥분하고 있는 빈에게 건성으로 대꾸했다. 이제 와서 혈연의 증명 같은 걸 받아봤자 마음이 이만큼 멀어진 다음에는 아무 의미도 없다.

그러나 빈은 그것이 무엇보다 중요하다는 듯이 페리스에게 바싹 다가서서 말했다.

"지금부터가, 나와 네가 어른끼리 나누는 대등한 대화다. 상대에게 무언가를 요구한다면, 걸맞은 대가를 준비해야 마땅하다. 그렇겠지?"

"————."

"그러나 넌 아무것도 아는 게 없지. 대가를 준비할 수 있을 턱이 없어. 그러니 너를 대신해 내 쪽에서 대가를 준비했다. 네가 내 바람을 이루어준다면, 너를 데리고 나간 그 공작을 되돌려주마. 그게 조건이다."

"지리멸렬하다고, 스스로도 생각하지 않아?"

"조리는 맞고 있어. 이상한 점은 아무것도 없군그래."

폭군의 조리를 맞추기 위해 빈은 이런 바보 같은 짓을 했다는 뜻인가. 페리스에게 하는 말을 듣게 하기 위해서가 아니라, 페리스와 거래를 하기 위해서 크루쉬의 신병을.

"너무 어처구니가 없어서 열이 뻗치면, 한 바퀴 빙 돌아 도리어 냉정해지는구나……. 그래서, 나한테 뭘 시키고 싶은데? 아버지라고 부르는 것이라도 바란다든가?"

"간단한 이야기다. 네 재능이 있으면, 터무니없이 쉬운 일이지. ——어이!"

비아냥거림도 깨닫지 못하고 득의만면하게 빈이 언성을 높였다. 불린 건 방 귀퉁이에서 잠자코 시립해 있던 여급이다. 그녀는 빈이 부르는 소리에 끄덕이고 물었다.

"모실까요? 아니면 안내하시겠습니까?"

"그렇지……. 좋아, 안내하지. 펠릭스도, 오랜만에 나와 함께 저택을 걸어 다니고 싶겠지. 안 그러냐?"

"하하하, 재미있네."

최고의 조크다. 부친과 저택을 걸은 적이라곤, 페리스에게는 한 번도 없다.

상황이 여기에 이르러서야 페리스는 빈의 정신이 이상을 일으켰음을 이해했다.

대화가 정상적으로 성립하지 않는 것도 그럴 법하다. 거슬러 봤자 필시 부조리하게 묵살된다. 거스르지 않고 이야기를 듣고 때를 보는 게 최선이리라.

다만 이렇게 되면 크루쉬의 안부만이 정말로 걱정이다. 지금의 빈의 기준으로 신병을 보증 받아도 솔직한 심정으로 신빙성이 없다.

"……모신 분께는, 적어도 위해는 가하지 않았습니다."

"뭐?"

별안간 페리스가 귀띔 받은 말은 지금 막 품은 염려에 대한 대답이었다. 그렇게 말한 여급은 페리스의 목소리에 상관하지 않고, 앞장서기 위해서 방을 나가버렸다. 그 등을 따르듯이 빈에게 재촉 받아, 응접실을 나온 페리스는 기이함에 눈썹을 모았다.

앞에서 가는 여급은 빈의 협력자일 터다. 페리스 편을 들 이유는 없다. 그러나 정신에 이상을 일으킨 기색도 없다. 그리고 이것이 가장 기묘한 감각이지만.

――기묘하게도, 방금 여급이 한 말에 안도감을 느끼고 있는 자신이 있는 것이다.

"……이상해."

소태를 씹은 듯한 기분으로 페리스는 그 위화감을 제쳐두었다. 옆에는 어딘가 홍이 오른 빈이 무슨 얘기를 하고 있지만, 대충 맞장구나 치고 전부 흘려들었다.

이윽고 그 기묘한 세 사람은, 저택의 3층 가장 안쪽 방에 도착한다.

"이곳이 어디인지 알겠느냐?"

문 앞에 서서, 빈이 그렇게 물어온다. 당연히 기억에 그 방은 없지만, 귀족의 저택 최상층에다 가장 안쪽 방이다. 어렴풋이 용도는 상상이 간다.

"부부의 침실?"

"발랑 까진 애로군. 하나, 정답이다."

기쁘지도 않은 칭찬을 퍼붓고 빈이 침실의 문을 밀어젖혔다. 그 즉시, 화악 넘쳐 나오는 건 농밀한 죽음의 냄새. 저택 안에는 비슷한 썩은 냄새가 차 있었지만, 농도가 지금까지와 현격히 다르다. 갓 생긴 시체와는 죽은 냄새의 심도가 다르다.

그리고 그 죽은 냄새의 원인이, 침실에 안치된 침대 위에 드러누워 있었다.

"――내 처다. 알겠느냐, 펠릭스."

침대 위에 눕혀져 있는 건 젊음을 유지한 여성의 유해였다. 황갈색 머리카락에, 단정하게 죽은 얼굴을 곱게 화장했다. 잠옷치고는 과하게 화려한 드레스를 두르고, 여성은 깨지 않는 영원한 잠에 들어 있었다.

빈이 처라고 소개했다. 그 말은 즉, 페리스에게――,

"어머니……야?"

유해를 어머니라고 부르는 페리스의 가슴에, 채 얼버무릴 수 없는 욱신거림이 퍼져 나갔다.

11

"내 마법의 자질로는 『불사왕의 비적』은 불완전하게밖에 발동하지 않는다. 그래서는 움직이는 송장을 만들어내는 게 한계야. 그러나 펠릭스, 넌 다르다!"

어미의 유해를 앞에 두고 우두커니 선 페리스에게 빈은 매달리는 듯한 목소리로 외쳤다. 그는 침대에 달려가더니, 잠자는 아내의 뺨을 살그머니 건드렸다.

"네게는 걸출한 재능이 있다. 빈사에 빠진 소녀를, 영창조차 필요로 하지 않고 치유할 정도의 힘이 있다! 그만한 재능이 있으면 『불사왕의 비적』을 완전히 재현할 수 있어! 네 어미를, 되살릴 수 있을 거다!"

핏발 선 눈으로 격하게 말하는 빈을 본 페리스는 이 남자의 진짜 소원을 절절히 깨달았다.

빈은 『불사왕의 비적』으로, 아내의 부활을 바라고 있었던 것이다. 그러기 위해서 시체를 모아 사법을 실용하고자 실험을 반복했다. 시체 모으기에 이용한 것은 아마도 노예상이다. 그 실험의 결과가 밖을 가득 메우는 송장 병사의 무리――. 죽은 자의 육체를 얼마나 모독한 것인가.

그만큼 하고서도 바라던 결과를 얻지 못한 빈은 자신의 힘이 모자람을 인정했다. 그리고 기억해낸 것이다. 같은 혈통에 이어지는, 자신 이상의 재능을 가진 술사의 존재를.

"네 재능은 진품이다! 네게는 그만한 능력이 있어. 죽은 처를 되살릴 수 있는 힘이 네게는 있어. 나는…… 나만은 알 수 있다! 내가 네 친아비이자 누구보다 네 재능이 훌륭하다고 이해하고 있기 때문이다!"

자신의 뺨에 손톱을 박고 빈은 눈물처럼 피를 흘렸다. 즉각 흐릿한 빛이 상처 자국을 덮고 빈의 상처는 아물었다. 자해하고, 고친다. 세계 제일로 무의미한 치유 마법의 사용법이다.

"이 정도로는 닿지 못해. 하지만 너는 다르다. 넌 천재야! 자식의 재능을 기뻐하지 않는 부모는 없어. 넌, 최고의 아들이다!"

자기 자식의 재능에 기대를 보내고, 환희하고, 쌍수를 들어 칭찬하는 빈. 그 모습에 페리스는 현기증을 느끼고 어쩔 도리 없는 구역질마저 느꼈다.

이 정도인가. 이 정도인 것인가. 이 정도로 자신의 가족은, 추악으로 범벅되어 있는가.

"이걸 봐라! 우리 집안에 전해지던 『불사왕의 비적』의 술서다. 불완전한 기술이긴 하나 나라도 실용은 가능했어. 너라면, 결락된 식(式)을 메워서 재현에 이를 수 있을 터야!"

품속을 뒤져서 빈은 너덜너덜해진 술서를 내보였다.

몇 번이고 거듭거듭, 손때는커녕 피로 물들 만큼 탐독한 것이리라. 책은 약간의 충격으로도 해체될 것처럼 혹사당한 몰골이었다.

"자, 처를…… 네 어미를 되살려라! 그럴 수 있으면 네게 네 주인을 되돌려주마. 그것이 너를 한 사람 몫이라고 인정한, 대등한 거래의 조건이다!"

술서를 가슴에 떠밀린 페리스는 비틀거리면서 그것을 받아 들었다. 표지를 마른 피로 더럽힌 술서는 마치 죽은 자의 영혼을 빨아들인 것처럼 묵직하게 느껴졌다.

사자 소생을 가능케 하는 『불사왕의 비적』. 그 힘에 명색이 치유술사 축에 드는 페리스도 흥미가 없다고 하면 거짓말이 된다. 하지만 지금은 치유술사로서의 의식보다도, 페리스의 제정신과 인간성이 이 제안을 받아들이기 어렵다.

그러나 술서를 훑어보고 비술을 실행하지 않으면 크루쉬의 생명이 위험하다. 그리고 눈앞에 가로누운 어머니── 빈과 마찬가지로 가족의 정 따위 없지만, 그래도 어머니의 주검과 대면한 상황은 페리스에게도 벅찼다. 소생할 방도가 있으면, 되살려도 된다고 생각할 정도로.

"────."

제안을 받아들인다. 그 결단은 뒤로 미루고, 페리스는 받아 든 술서의 페이지를 넘겼다. 적힌 구절의 곳곳이 수상쩍고, 몇 군데 페이지가 손때로 달라붙었다. 신중하게 그것들에 대처하면서 페리스는 자신의 혈통이 계승해온 비술의 술식을 머리에 박아 넣었다.

그리고,

"……지금 당장, 이 여성에게 『불사왕의 비적』을 사용하면 되는 거야?"

일부러 어머니라고 부르지 않고 다른 사람처럼 취급함으로써 평정을 유지한다. 페리스의 말에 빈은 얼굴색을 밝게 하며 "그래, 그래!" 하고 몇 번씩 끄덕였다.

"그래, 지금 당장이다. 처를 되살려라. 그래서 가족 세 사람, 재회를 축복하자꾸나!"

빈의 그 망언에는 상관하지 않고, 페리스는 침대의 주검으로 걸어갔다. 잠자듯이 죽은 얼굴의 여성에게 손을 뻗어, 생명 활동이 끝난 지 오랜 몸에 마나의 진단을 퍼트렸다.

"숨을 거둔 건 언제야? 꽤 오래, 이곳에 재워둔 모양인데."

"2년 이상 전이다. 몸의 부패를 막기 위해서, 정기적으로 마처치(魔處置)하고 있지만…… 시체 냄새만은 방법이 없어. 하지만 되살아나 주면 아무 문제도 없다. 이곳저곳 썩어 문드러진 다른 시체와는 이야기가 달라. 육체는 죽은 당시, 그대로다."

2년 전이라면, 페리스에게 추억 깊은 크루쉬의 생일 모임이 있던 해다. 페리스에게 인생의 전환점이기도 한 해는, 부모에게도 전환점이었던 모양이다.

주검 구석구석까지 마나를 퍼트리고 페리스는 빈의 말이 진실임을 확인했다. 어머니의 육체는 생명 활동의 정지를 제외하면 죽은 자라고는 생각할 수 없을 만큼 상태를 유지하고 있다.

그야말로, 죽은 순간 그대로――.

"펠릭스. 이야기하고 싶은 마음은 굴뚝같겠지만 지금은 참아라. 지금은 눈앞의 일에 집중해야 해. 너도 주군이 중요하겠지? 그렇게 다른 데 정신 팔린 마음으로는 못쓴다. 그렇지 않으면……."

"한 가지만 더, 물어도 돼?"

페리스는 죽은 어머니의 앞머리를 만지고, 빈의 말에 끼어들었다. 그대로 입을 우물거리는 빈을 돌아본 페리스는 투명한 눈매로 말했다.

"——어머니, 누구한테 찔려 죽은 거야?"

12

지하에 울리는 마른 발소리를 듣고 크루쉬는 천천히 기척이 나는 쪽을 돌아보았다. 그 시선에 낮게 목을 그르렁거린 건 천박한 이목구비의 노예상이었다.

"슬슬 독도 빠졌을 즈음이겠지? 이야기하자고, 공주님."

지하에 얼굴을 드러낸 마일즈가 벽에 기댄 크루쉬에게 웃어 보였다. 남자의 핥는 듯한 음충한 시선에 사로잡힌 크루쉬는 작게 탄식했다.

"그다지 품위 있는 눈매가 아니군."

"꼿꼿한 면이 죽이는데. 그런 자존심 높은 여자가, 서서히 순종적으로 변하는 게 취향인 남자가 많다지. 나도 그중 한 명이야."

"그것도 품위 있는 취미는 아니군."

약한 내색을 보이지 않는 크루쉬의 말에 마일즈는 일일이 기쁜 기색이다.

빈이 지하실에 얼굴을 보인 뒤 그대로 방치되고 몇 시간——. 크루쉬의 예상으로는 진즉에 무관장 버덕이 저택을 포위하고 있을 무렵이다.

그러나 좀처럼 그러기 위한 움직임이 느껴지지 않아 무슨 일인가 의아해하고 보니.

"설마 『불사왕의 비적』이라니. 왕국법을 무시해도 이럴 수는 없군."

"헤에, 과연 공작님. 알고 계시다니 지혜로우셔."

"일반에 알려지지 않은 비술이지만, 아인전쟁 때 사용된 기록이 있지. ……비술의 사용자는 네놈일 리 없다. 빈 아가일이로군."

"무섭네, 무서워. 이 냄새 나는 지하실에서, 어떡하면 거기까지 추측할 수 있는 거야?"

맴도는 썩은 냄새에 얼굴을 찌푸리며 마일즈가 크루쉬의 추측을 긍정했다. 물론 제아무리 크루쉬라도 지하실에 자욱한 악취만 가지고 비술의 사용을 확인할 수 있었던 건 아니다. 분명하게 그렇다고 알 수 있는 것도 마일즈가 과시하듯이 거느린 송장 병사가 있어서다.

"일부러 위협을 하기 위해서라면 기대에 부응할 수 없다고 해야겠군."

"보통은 시체가 걸어 다니는 걸 보면, 여자애는 귀여운 비명을 지르기 마련이라고? 이해했다는 얼굴로 끄덕이는 바람에 과연 나라도 간이 철렁했어."

"공교롭지만…… 내 여자다움은, 내 수중에는 남아 있지 않은 참이라서."

옅게 입술에 미소를 머금은 크루쉬를 보고, 몇 명의 송장 병사를 거느린 마일즈는 기가 막힌 얼굴이었다. 하지만 금세 그는 표정을 바꾸더니 구속되어 있는 크루쉬 앞에서 손가락으로 천장을 가리켰다.

"자, 그럼 그런 밖의 상황을 알지 못하는 공주님에게 낭보다. 사로잡힌 공주님을 구출하러 기사님이 위에 도착했어. 뭐, 기사님 같은 외모는 아니었지만."

"────."

기사란 페리스를 말하는 것이리라. 왕도에 있어야 할 그가, 이 단기간에 크루쉬를 위해서 영내로 돌아왔다. ──십중팔구, 푸리에의 사주임이 틀림없다.

바람의 추이가 나빠지면 자기 판단으로 움직이겠다고 크루쉬에게 양해를 구한 푸리에의 모습이 떠올랐다.

"전하께는 못 당하겠군……."

자신의 실수가 부른 사태다. 순수하게 자신의 부덕함에 대한 회한과, 두 사람이 자신의 신변을 염려해 행동해주고 있는 것에 대한 안도감과 기쁨이 있다. 크루쉬는 깊은 한숨을 내쉬었다.

그런 크루쉬의 태도를 아랑곳하지 않고, 마일즈는 기쁨에 젖은 얼굴로 말을 이었다.

"빈은 그 기사에게 요구가 있지. 그것만 이루면, 뒷일은 어떻게 되든 알 바 아닐 정도의 배짱이지만…… 그래선 난 승복 못하지."

"호오."

"왜냐면, 안 그래? 죽은 자를 되살릴 수 있는 비술……. 이것을 쓸 수 있는 건 한정된 핏줄뿐. 어디 눈 뜨고 내놓고서 배기겠냐고.

인간이 죽는 한 바닥이 나지 않는 노동력이 된단 거니까."

"과연. 네놈은 사상적으로 빈에게 협력하고 있는 게 아니라, 어디까지나 인신매매꾼으로서 협력하고 있는 것이군. 아니…… 인신매매꾼이라고는 부를 수 없나. 시체 목적의 무덤털이꾼이지."

크루쉬의 모멸적인 발언에, 마일즈는 아무 영향도 받지 못한 얼굴로 비웃었다.

아가일 가문에 걸린 노예 매매의 의혹——. 이것은 잘못되어 있었다. 마일즈가 몇 개월에 한 번 아가일 가문에 납품하던 건 노예가 아니라 대량의 시체다.

『불사왕의 비적』의 실증, 그러기 위한 시체를 준비하는 게 마일즈의 역할이었던 것이다.

"참고로 왕국법에 시체를 거래하면 안 된다는 조문은 없어. 그야 윤리적으로 칭찬받을 이야기가 아니지만, 죄를 물을 만한 일이 아니야. 알잖아?"

약 올리는 듯한 마일즈의 말은, 언뜻 보면 숫제 잘 다듬은 변명으로도 들린다. 단, 치명적인 부분에 눈을 감지 않으면 성립하지 않는다.

"확실히 노예 거래로 네놈들에게 죄를 물을 수는 없다. 하지만 나에 대한 소행은 어떻게 둘러댈 거냐. 공작을 납치해 감금……. 나아가서는 금술(禁術)의 사용도 죄를 물을 수 있다. 죄상은 단순한 노예 매매보다 훨씬 무겁게 얹힐 거다."

"그게 문제지. 결국 잡히면 대죄인 취급은 못 벗어나. 거기서 공주님에게 부탁하고 싶은 거야. 내 온건한 귀국에, 꼭 좀 기사와 함께 동행을 부탁드릴 수 없을까요, 하고."

입맛을 다시는 표정으로 마일즈는 크루쉬에게 제안을 들이밀었다. 그의 말에서는 자신감과, 허세가 아닌 강경한 바람이 느껴졌다. 즉, 마일즈는 이 포위망을 빠져나갈 수단을 가지고 있는 것이다.

"별안간 믿기는 어렵군. 정병이 모인 전장을, 나와 페리스를 데리고 빠져나갈 수 있다고?"

"비협력적이면 성가시지만. 뭘, 섭섭하게는 안 해. 무사히 볼라키아로 돌아가기만 하면, 댁과 시종은 따로따로 떨어지지 않고 지낼 수 있어. 그 부분은 내가 똑바로 흥정해줄 테니 안심하셔. 공주님한테 한눈에 반했거든, 나는."

"취미가 나쁘기도 하군."

구애가 본심이라고는 생각하지 않지만, 마일즈가 크루쉬에게 정욕의 눈길을 보내고 있는 건 사실이다. 그 막무가내인 활동 뒷면에, 아무래도 뒤에서 조종하는 누군가의 그림자가 얼핏 엿보였다.

가능하다면 그 흑막까지 마일즈의 입에서 끌어내고 싶지만――.

"요구에 따르지 않겠다면, 좀 아픈 맛을 봐줘야겠어. 말은 그래도 공주님을 상처 입히는 건 성미에 안 맞으니. 댁의 소중한 시종, 그쪽으로 대신해줄까?"

"――――."

"댁들 같은 것들에게는, 자신이 아픈 것보다 그쪽이 더 잘 듣지. 양껏 좋은 소리로 울어주면 댁도 고분고분하게…….”
“불한당놈.”
“아앙?”
최종 수단이라는 양, 페리스를 끌고 나온 마일즈의 말에 크루쉬의 목소리가 겹쳤다.
일어서는 크루쉬의 모습에 마일즈가 미심쩍게 눈썹을 모았다. 그의 시선은 크루쉬의 발밑, 이어져 있었을 터인 족쇄에 돌아가 있었다.
“잠깐, 어떻게 설 수 있지? 손도 발도, 단단히 매어놨을 터……!”
“주의력이 산만하군. 수상하게 여길 거면, 우선 내 시야가 트여 있는 점을 의심했어야지.”
“쯧! 제길, 좀 아픈 맛을 보지 않으면 이해 못하겠단 거냐, 공주니이임!”
크루쉬가 느릿느릿 고개를 젓자 혀를 찬 마일즈가 송장 병사로 덮쳤다.
밀어닥치는 송장 병사의 두 팔을 크루쉬는 민첩하게 헤쳐 나간다. 희미하게 남은 독의 잔재가 몸을 휘청거리게 했지만, 치밀어 오르는 분노가 그 몸의 이상을 잊게 했다.
“아직 듣고 싶은 게 몇 가지 있었지만, 내 마음에도 한도가 있다. 나에 대한 무례는 용서하겠다. 비례도 못 본 척하겠어. 하지만 페리스에 대한…… 내 기사에 대한 모욕은 용서 못한다.”
“그렇담 뭔데? 묶인 여자의 가는 팔로 뭘 할 수 있어!”
벽 쪽으로 물러선 크루쉬를 노려보고 마일즈가 재차 얻은 우위에 흉험한 표정을 떠올리며 외쳤다. 그 마일즈의 외침에 크루쉬는 두 손을 앞으로 내밀었다. 차꼬가, 소리와 함께 풀렸다.

"뭣?!"

"묶여 있어도 불편할 건 없었다만. ——뭘 할 수 있는지, 똑똑히 봐라."

손발의 자유를 되찾은 크루쉬는 아무것도 들지 않은 채로 자세를 잡았다.

어둡고 탁한, 악취가 맴도는 지하실의 공기. 크루쉬의 눈에는 그 탁할 대로 탁한 공기가 선명하게 비추어진다. 희미하게 부는 바람조차도, 그 예외가 아니다.

그 흐르는 바람에 자신의 검기(劍氣)—— 바람의 마나를 실어 시야를 번뜩 긋는다.

"————."

주륵. 눈앞에 육박하던 송장 병사의 몸통이 비스듬히 미끄러진다.

그 모습은 한 개체에 그치지 않고, 같은 지하실 안에 있던 모든 송장 병사가 똑같다. 마치 장대한 칼날에 그어진 것처럼, 완전히 같은 상처 자국을 드러내고 가짜 목숨은 도로 주검으로 돌아갔다.

이것이 마수 『대토(大兎)』를 초장부터 몰아내고 크루쉬 칼스텐 공작을 『전쟁 여신』의 이름으로 널리 알린 검술 『백인일태도(白人一太刀)』다.

그 초월적인 일격을 지르고, 바람의 칼날을 손바닥 안에서 쥐어 터트린 크루쉬는 지하를 내다보았다.

"마일즈는…… 틀렸군."

죽은 자를 시체로 되돌린 크루쉬는 포개진 주검 속에서 마일즈의 모습을 찾아냈다. 쓰러지는 주검 밑에 깔린 남자는, 피로 범벅된 상태로 꿈쩍도 하지 않았다.

무방비하게 크루쉬의 참격을 뒤집어썼다면, 그 말로는 송장 병사들과 똑같다. 살려서 잡지 못해 크루쉬는 자신의 미숙함에 눈을 감았다.

"페리스를 거론하는 바람에, 머리에 피가 오르다니……."

울컥한 원인을 되짚어보고, 크루쉬는 별수 없다고 고개를 내저었다. 마음을 다시 먹고 곧장 위층에 있을 페리스가 있는 곳으로 달려가야만. 그때.

"——칼스텐 공작님, 이쪽에 계십니까?!"

계단을 달려 내려오는 발소리가 들리고 지하실에 장신의 그림자가 뛰어들었다. 근위기사의 복장을 입은 그 인물은 크루쉬의 모습을 보자 안도와 놀람으로 눈을 깜빡였다.

그 기사의 반응에, 크루쉬는 그가 누구의 명으로 보내졌는지 즉각 짐작했다.

"난 무사하다. 경은 푸리에 전하의 사자로군? 용케 이 지하실을 다 알았어."

"무사하셔서 천만다행입니다. 근위기사, 율리우스 유클리우스라고 합니다. 이 지하실에 대해서는 전하께서…… 아마도 이쪽에 감금되어 있을 터라고."

"그런가. 전하께서……. 걱정을 끼치고 말았군."

이름을 밝힌 율리우스의 말에 크루쉬는 놀람보다 안도감이 앞서고 말았다. 옅게 입술을 누그러뜨린 크루쉬의 반응에 율리우스는 공감의 빛깔을 눈에 드리웠지만, 바로 고개를 저었다.

"지친 와중에 황공하지만, 저택에서 피난하는 것이 우선입니다. 서두르시지요."

"성급하군. 무언가 좋지 못한 일이 위에서 일어나고 있나?"

희미하게 맴도는 초조감에, 크루쉬는 예삿일이 아닌 것을 감지했다. 그런 크루쉬의 의문에 율리우스는 머리 위를 쳐다보고서 말했다.

"——저택에 불이 났습니다. 불타 무너지기 전에 탈출해야만 합니다."

13

"——어머니, 누구한테 찔려서 죽은 거야?"

페리스의 그 물음에, 빈은 명백한 동요를 얼굴에 띠었다.

광기의 세계에 잠겨 자아를 지탱하고 있던 빈이다. 지금까지 페리스의 어떤 말에도 귀를 기울이지 않았음에도 불구하고, 이 물음에는 노골적인 반응을 보이고 있었다.

"찌, 찔려서 죽었다니, 무슨……."

"얼버무려도 소용없어. 시체를 보존하는 기술은…… 응, 제법이지 않아? 죽었을 때 고스란히, 똑바로 보존되었어. 그러니까 당연히 사인도 고스란히 남았고."

치유 마법의 원리는 복원이 아니다. 대상의 재생력을 활성화시켜서 자연스러운 치유 능력을 끌어올리는 게 기본 원리다. 당연하지만 시체의 몸에 자연 치유 능력 같은 건 없다. 그렇기에 유해에 남은 상처를, 치유 마법으로 고치는 건 원리적으로 불가능하다. ──예외는 있지만.

"어머니, 몸을 몇 군데나 찔렸네. 몇 번이고 거듭, 인정사정없이 찔렸어. 이건 좀…… 나도 동정해."

어머니에게 육친의 정은 없지만, 타인이어도 이 시신의 잔혹함에는 가슴이 아팠다. 그와 동시에 이렇게도 생각한다. 이만한 살의는, 스치는 타인이 좀처럼 품을 수 있는 게 아니다.

어머니가 누구에게 미움받아 살해당했다면, 이 몇 년 동안에 가능성은──.

"뭐냐, 그 눈은. ……아비를, 무슨 눈으로 보는 거냐. 내가, 내가 뭘 했다고?!"

"딱히 아무 소리도 안 했는데."

"아니야, 네 눈이 말하고 있어! 뭐냐, 내가 나쁜 거냐? 너도 내가 잘못했다고 하는 거냐?! 매일매일, 책망하는 눈으로 나를……! 사랑하는 자에게 배신당했다고 생각하면, 누가 나를 탓할 수 있어! 결코, 내 탓이 아니야!"

페리스가 폭로할 필요도 없을 만큼, 빈의 입에서 자기변호라는 이름의 고백이 나온다.

자신이 칼스텐 가문에 거두어져, 조락한 아가일 가문 안에서 무슨 일이 일어났는지는 알 수 없다. 알 수 없지만, 아버지와 어머니 사이에 불화가 일어난 경위는 가까스로 전해져왔다.

그리고 그 도랑이 돌이킬 수 없을 만큼 깊어진 결과가, 어머니의 유해인 것이다.

"되살려내고 싶은 건 죄책감이야? 사과하고 싶으니까?"

"사랑하는 자가 오래 살아주길 바라는 건 사람의 본능이다! 바보 취급하는 거냐?!"

입 끝에 거품을 물고 빈이 페리스의 말에 트집을 잡았다. 빈은 자신의 머리를 쥐어뜯으며, 정돈되어 있던 머리 모양을 난폭하게 허물어뜨리면서 떠들었다.

"너도, 소중한 자를 잃으면 알아! 아니, 어머니가 죽어 있단 말이다. 아무 생각도 없는 거냐?! 되살아나길 바랄 거 아니냐……. 생각하지 않는 거냐? 그런, 부모를 부모로도 생각하지 않는 일이 있을까 보냐……. 어서, 어서 부활시켜라! 너의…… 너의 소중한, 소중한 주군이 어떻게 되어도 상관없느냐? 고것이 죽으면 너도 알 수 있나? 내 심정을!"

"————."

귀기가 감도는 빈의 호소에 페리스는 대화하는 행위의 무익함을 깨달았다. 그대로 페리스의 손을 흐릿한 청색 광채가 덮고, 조용히 어머니의 유해로 빛이 이양되었다.

일종의, 신성한 것으로도 비치는 광경—— 그 끝에, 주검의 눈꺼풀이 천천히 뜨였다.

"오오…… 오오, 오오, 한나……! 한나여……!"

유해가 몸을 뒤척이고 상반신을 일으키는 동작에 빈이 환희했다. 그는 감격에 겨운 듯이 목소리를 떨고 페리스를 떠밀어 침대 옆을 빼앗았다. 밀려나가서 물러선 페리스 앞에서, 죽음으로 갈라진 부모가 마침내 재회를 이룩한다.

"한나, 이때를 기다리고 있었다. 너와 다시, 이렇게……."

"————."

빈이 눈물지으며, 일어서는 아내의 몸을 부축했다. 그 남편의 얼굴을 마주 쳐다본 한나의 손이 천천히 올라가고 두 손이 빈의 뺨에 닿았다.

닿은 감촉에 빈이 미소 짓고, 한나도 흐릿하게 입술에 미소를 머금었다.

송장 병사 같은, 그저 시체가 움직일 뿐인 가짜는 할 수 없는 반응이다.

그리고.

"——한, 나?"

빈의 당혹어린 목소리는, 한나의 거동 때문에 끌려 나온 것이다.

괴롭게 신음하는 빈의 목에, 한나의 두 팔이 얹혀 있다. 끄득끄득 소리와 함께 죽은 자의 두 팔은 여자의 가는 팔에 있을 수 없는 완력으로 빈의 굵은 목을 조르고 있었다.

"무슨, 짓을…… 페에릭, 스……!"

"사랑하는 사람이 있는 곳에 가지그래. 나도, 그렇게 할 테니까."

도움을 청하는 듯한 빈의 눈에, 페리스는 조용한 목소리로 응수했다.

빈이 꼼짝 않고 뺨을 굳히지만, 친아비의 반응에 페리스는 표정을 눈곱만큼도 움직이지 않는다.

"누구에게도 그분만은 빼앗아 가게 두지 않아. 뭐든지 다 빼앗은 당신들에게도, 그분에게서 받은 것만은 절대로. 내가 사람이 되어서 얻은 것 전부, 당신 따위가 건드리게 두지 않아."

"크, 극……."

"크루쉬 님에게 손을 댄 게, 가장 큰 실수야. ——그렇지 않으면, 나도."

가슴에 손을 대고서, 그 뒷말은 입에 올리지 못한 채 꾹 닫는다.

가령 말로 했다고 하더라도, 그것은 빈에게는 닿지 않았을 터다. 이미 빈의 손발은 힘이 빠지고, 그 눈에서는 빛이, 육체에서는 영혼이 사라져 있다.

그것은 페리스에게도, 어떻게 할 수도 없는 『죽음』이라는 절대적인 이별이다.

"……편지, 보내면 됐는데."

한없이 퍼지는 공허감 속에서, 그것만이 페리스의 본심이었다.

찢었을지도 모른다. 받지 않았을지도 모른다. 하지만 어쩌면, 찢지도 버리지도 않고, 말을 주고받을 기회는 있었을지도 모르는데.

한숨을 내쉰 페리스는, 힘이 다한 빈을 껴안은 한나를 보았다.

한나는 목 졸라 죽인 남편을 안은 채로 페리스 쪽을 보고 또다시 미소 지었다.

그 직후, 한나의 웃는 얼굴은 글자 그대로 붕괴해 낱낱이 재가 되어 허물어져 사라지고 말았다.

뒤에 남은 건 내려 쌓인 잿더미가 된 어머니와, 그 안에 묻힌 아버지의 유해뿐이다.

"——지금 건 둘 다, 펠릭스 님께서 바라신 결과인가요?"

아비의 죽음과, 어미의 소실. 쌍방을 지켜본 페리스에게, 감정이 죽은 목소리가 날아왔다. 동행하고 있으면서, 정말로 마지막까지 침묵을 지켜오던 여급이다.

그녀의 물음에 페리스는 고개를 가로저었다.

"……비술은, 이 술서만이 불완전했어. 술사로서의 힘의 차이 따위 관계없어. 그런 결함 비술로, 억지로 매어두던 시체를 움직이면 바로 허물어지는 게 당연하지."

빈도 그 정도는 알고 있을 터다.

비술의 불완전성을 알고 있었기에 빈은 스스로 아내의 소생을 실시하지 않았다. 그 대행을 페리스에게 요구한 건 기대인가, 책임 전가인가. 지금 와서는 알 수 없다.

"주인 나리의 목을, 마님께서 조른 건?"

"그거야말로 난 모르겠어. 난 그냥, 불완전한 비술로 되살렸을 뿐. ……죽은 사람이 목을 조른 건, 생전의 한이란 걸지도 모르겠네."

인정사정없이 찔려서 죽은 것이다. 영혼이 깃든 건 아닌 주검에도, 살해당한 증오의 잔재가 남아있었을지도 모른다. 그 또한 페리스는 알 수 없는 일이다.

"……살아서 수모를 받고 있는 주인 나리를, 두고 볼 수 없었던 걸지도 모르겠네요. 마님은 주인 나리를, 정말로 사랑하고 계셨으니까요."

다만 페리스가 내놓은 야박한 결론에, 여급은 그런 감상을 입에 담았다. 그건 너무나도, 이 결말을 너무 아름답게 장식한 것이리라.

"그러고 보니, 당신은? 결국 뭐 하는 사람이야?"

알 수 없는 게 여급의 입장이다. 빈에게 협력하고 있는 줄 알았더니, 그의 죽음을 말리지도 않고 지켜보았다. 지금도 페리스에게 적의를 보낼 낌새조차 없다.

눈썹을 모으는 페리스에게 여급은 처음으로 웃음을 보였다. 심하게, 외로운 웃음을.

"단순한 사용인입니다. 주인 나리와 마님께, 많고 많은 은혜를 입은. ……펠릭스 님을 이 팔에 안은 적도, 몇 번이나 있답니다."

"……흐응."

페리스에게는 느낌이 오지 않는 이야기다. 그런 당연한 가족 같은 광경이, 이 저택에 한 번이라도 있었다는 생각은 도저히 들지 않았다.

"그런 것보다, 크루쉬 님을 구해야지. 정말로 무사하신 거겠지?"

"그건 안심하세요. 차꼬는 풀어두었습니다. 충분히 직접 벗어나실 수 있겠죠."

그렇게 말하고 여급은 손으로 계단 아래를 가리켰다. 그 몸짓만으로도 크루쉬가 어디에 감금되었는지 금방 알 수 있었다. 그녀는 그 저주스러운 지하실에 갇혀 있다.

"넌더리도 내지 않고 또 그런 곳에……!"

"네, 정말로. 주인 나리는 어쩔 수 없는 사람이었어요."

분노를 느끼는 페리스와 대조적으로 여급은 미소를 머금고 있다. 쓸쓸한 내색의 그것을 품은 채로 여급은 천천히 침대 쪽의 두 유해로 걸어갔다.

"지하실에 갈 건데, 말리지 않겠지?"

"얼마든지. 마음 가시는 대로 하세요. 저는 주인 나리와 마님을 배웅해드리겠습니다."

결국 페리스는 그 여급의 마음을 무엇 하나 알 수 없었다.

그저 부모에게 아무 정도 없는 자신보다, 그녀 쪽이 조상하는 역할에 어울릴 거라는 생각은 들었다.

"그럼 그 사람들은 맡기지. 크루쉬 님에게, 당신 이야기는 해둘게."

무죄 방면으로 끝날 리는 없지만, 조금은 참작되어도 된다.

페리스는 그렇게 생각해 급한 걸음으로 침실을 나섰다. 그리고 복도를 달리기 시작하다가…….

"——안녕. 나의 귀여운 펠릭스."

"어?"

등 뒤에서 닫히는 문이, 쇳소리와 함께 자물쇠가 잠겼다.

발길을 멈춘 페리스는 그 소리에 무언가 꺼림칙한 예감을 느낀다. 결정적인 이유는 없다. 하지만 그것이 돌이킬 수 없는 소리라고, 직감이 그렇게 이야기해왔던 것이다.

"잠깐! 왜 잠근 거야! 뭘 할 작정인데?!"

필사적으로 문을 두드리지만 대답이 돌아오지는 않는다.

그러나 문 저편에 말을 계속 거는 사이에, 말보다 웅변적인 대답이 있었다.

"——뜨거!"

지져지는 아픔을 느끼고 문고리를 만지던 손을 창졸간에 떼었다. 동시에 페리스는 저택 내에 감도는 썩은 냄새 틈새로, 불에 그슬린 냄새를 맡았다. 불이다. 불을 질렀다.

그것도 바로 지척—— 나온 직후의 침실에서, 그 여급의 손으로.

"어쩔 속셈이야?!"

변함없이 대답은 없다. 그저 심상치 않은 불의 기세에서 여급의 계획성이 느껴졌다.

불이 퍼지는 빠르기는, 분명히 자연스러이 연소하는 기세를 능가하는 속도였다. 처음부터 저택째로 죽을 작정이었다고, 그 사실을 이해한 페리스는 문을 감정 그대로 걷어찼다.

"이 장소도! 이곳에 있는 패거리도! 전부, 전부! 끝장나게 싫어——!!"

돌아오지 말았어야 했다. 부모와도, 그 여급과도, 만나지 말았어야 했다.

복도를 내달려 뻣뻣하게 선 송장 병사를 떠밀고 계단 아래를 향한다. 화마가 저택 전체로 퍼지면 안에 남아 있는 송장 병사도 한꺼번에 화장된다. 물론 그건 지하의 크루쉬도 매한가지다.

계단을 뛰어 내려가면서 페리스는 저주스러운 지하실을 목적한다. 장소는 1층의, 어디부터 갈 수 있던가. 자신의 생가인데도 알 수 없다. 아무것도 모른다. 분하다, 분해.

"어째서, 이곳은 날 이렇게나 괴롭히는 거야……!"

빠르게 달리지 못하는 다리가 밉다. 지하실의 위치도 모르는 기억이 밉다. 자신을 돌아봐 주지 않았던 양친이 밉다. 그 양친과 함께해 자살을 택한 그 여급도 밉다.

전부, 모조리, 모든 게 다, 이 장소는 페리스를 괴롭히기 위해서 존재하는 것 같다.

"——페리스!"

감정 그대로 흐느끼기 직전의 페리스를, 누군가의 목소리가 계단 밑에서 불렀다. 그 날카로운 울림이 누구의 목소리인지, 페리스의 영혼이 맨 먼저 반응했다.

"크루쉬 님——."

피어오르는 불길에 붉게 밝혀진 크루쉬의 모습은, 썩은 냄새로 가득한 공간에서도 아름답다.

홀에서 크루쉬를 발견한 페리스는 주저 없이 그 몸에 뛰어들었다. 크루쉬는 뛰어드는 페리스를 그 팔로 단단히 받아 안았다.

"네가 무사해서 천만다행이었다."
"그……건…… 제, 제가 할 말……이에요……!"
"그렇군. 걱정을 끼쳐서 미안하다. 전하의 조처에 구조 받아 난 무사해."
바라보니 크루쉬의 곁에 푸리에의 명을 받은 모양인 율리우스의 모습이 있다. 그가 크루쉬를 구출해준 것인가. 하지만 지금의 페리스에게는 그런 그에게 감사할 여유가 없다.
크루쉬는 머리 위를 쳐다보고, 출화 지점이 위층에 있음을 확인하자 눈을 가늘게 떴다.
"페리스, 네 부모는……."
"데리고, 나가줘요……. 지금 당장, 여기서……."
"페리스?"
"데리고 나가주세요! 여기서, 절 그때처럼……! 이곳에는 아무것도 없어! 여기에 있으면 난 내가 아니게 돼……! 날, 인간으로 만들어줘요……. 당신 곁에 두어주세요……. 크루쉬 님과, 전하 곁에……!"
매달리며 페리스는 말을 더듬거리면서도 애원한다.
그것은 페리스 자신조차도 의미가 이어지지 않는 감정의 복받침이었다. 실제로 율리우스는 당혹감에 표정을 흐리고, 크루쉬의 판단을 바라듯이 그녀를 보았다.
그리고 그 시선을 받은 크루쉬는.
"——알고 있다. 진짜 의미로, 네 부당한 시간은 끝내기로 하자."
페리스를 마주 껴안고, 달래듯이 등을 두드린다.

그 크루쉬의 행위에, 페리스는 놀랄 만큼 마음의 응어리가 열어지는 걸 느꼈다.

"율리우스, 앞길을 부탁한다. 페리스는 내가 데리고 가지."

지시에 율리우스가 끄덕이고, 앞장선 그가 길을 개척했다. 비틀비틀 길을 막는 송장 병사가, 율리우스의 손으로 밀려나가 우두커니 선 채로 화마에 삼켜진다.

페리스에게는 그 불타는 죽은 이들이, 이 저택에 있던 자신의 모습으로 보였다.

불탄다. 불타 허물어진다.

가증스러운 기억이 불길에 휩싸이고, 봉해져 있던 자신의 원점이, 홍련에 뒤덮여 재가 된다.

"크루쉬 님, 무사하셔서 다행입니다——!"

정신이 드니 어느새 저택 밖으로 탈출해 있었다.

페리스의 어깨를 안고 있는 크루쉬 쪽으로 무관장이 달려오고 있다. 두 사람은 무슨 말을 주고받고 있지만, 그동안에도 크루쉬는 페리스의 손을 꼭 쥐고 있었다.

"봐라, 송장 병사들이……."

누군가가 목소리를 높였다. 그에 이끌려 쳐다보니, 송장 병사들이 일제히 움직이기 시작하고 있었다.

접근하는 자를 덮치기만 할 뿐이던 송장 병사가, 비틀거리는 발걸음으로 저택으로 향한다. 그대로 불길에 휩싸이는 저택 안으로 송장 병사들은 스스로 쳐들어가 차례차례 재가 되어간다.

송장 병사의 행동을 지시할 수 있는 건 비술을 사용한 술사 본인이거나 술사에게 명령권을 부여받은 존재뿐이다. 빈이 죽은 이상, 송장 병사는 그저 말라 비틀어지기를 기다릴 뿐이었을 터.

"주검이더라도, 사후가 더럽혀지고 싶지 않다고 생각하는 걸까."

썩은 즙으로 근위의 제복을 더럽힌 율리우스가 스스로 파멸로 향하는 송장 병사를 보고 그렇게 뇌까렸다.

아무도 그의 그 중얼거림에 대꾸를 돌려주지 못하고 있다.

그저 막을 도리 없는 화마가 저택을 모조리 태우고, 뛰어드는 송장 병사들 전부가 재로 돌아갈 때까지, 그 광경을 계속 지켜보고 있을 수밖에 없었다.

14

"제길, 제길……! 그 여자, 어처구니가 없어. 두고 보시지……!"

줄줄 흘러나오는 피를 막으면서 마일즈는 계속 욕설을 터트리고 있었다.

상처는 오른쪽 어깨부터 등에 걸쳐 뻗어 있어, 혼자서는 제대로 응급처치도 할 수 없다. 난폭하게 몸에 의류를 감아 억지로 지혈해 어떻게 의식을 부지하고 있는 꼬락서니다.

――크루쉬가 지하의 송장 병사를 일소한 참격에서, 마일즈는 살아남아 있었다.

옛날부터 생명의 위기에는 제6감이 작동했다. 덕분에 구사일

생했지만 상황은 최악이다. 크루쉬는 달아난 데다가, 『불사왕의 비적』의 술자를 데리고 나간다는 계획도 실패했다.

멀찍이, 아래쪽에는 아가일 저택이 불길에 휩싸여 있으며 남은 송장 병사도 차례차례 소각되고 있다.

송장 병사의 분신자살은 마일즈가 자신이 탈출할 시간을 벌기 위한 눈속임이다.

죽은 자 전체에 대한 지휘권은 빈에게 있었을 터지만, 마일즈가 명령한 송장 병사의 자해에 제동이 듣지 않는 모습을 보면 그도 죽은 모양이다. 죽은 자도 죽은 자를 부리는 작자 모두 다 무용지물이다.

"그토록 고생하게 만들고, 수확은 비술서의 사본뿐……. 제길, 이게 무슨 꼴이야! 이래선 볼라키아로 돌아가도, 장군에게 뭐라고 보고해야……."

"——그 걱정은 하지 않아도 돼. 네가 얌전히 투항해준다면."

밉살스러운 감정에 혀를 찬 직후, 들려온 목소리에 마일즈는 대경실색했다.

당연하다. 이곳이 어디인지 아는가. 지상보다 까마득히 높은 위치, 하늘 위인 것이다.

구름조차 내려다볼 수 있는 상공에서 다른 사람이 부르는 말을 들을 일이라곤 있을 수 없다. 그런데도 목소리의 주인은 태연히, 경직된 마일즈에게 누차 말을 걸었다.

"설마 익룡의 기수가 올 줄은 몰랐어. 하마터면 눈 뜨고 놓칠 뻔했지. 넌 공작원으로서 우수한걸. ……그러니, 얌전히 투항하기를 추천하겠어."

익룡의 등에 유유히 올라탄 빨강머리 청년이 마일즈의 감정을 진지하게 긁었다. 그 햇빛을 등진 청년의 얼굴이 역광으로 보이지 않아, 그 때문에 상상을 돋우는 공포감이 있었다.

마일즈의 익룡은 볼라키아에서 반입해, 도주용으로 숨겨둔 비밀 병기다.

저택 지하실에는 밖으로 통하는 도망용 구멍이 있어, 본래는 비술의 술자와 크루쉬를 데리고 익룡으로 포위망을 돌파할 계획이었던 것이다.

그 꿍꿍이가 실패해 단신으로 본국으로 도망쳐 돌아가는 것만으로도 굴욕이었건만――.

"루그니카에 익룡의 기수가 있다는 말은 못 들었다고?!"

수룡 및 지룡과 달리, 도도한 비룡은 인간을 따르게 길들이기가 매우 까다롭다. 비룡을 길들이는 방법은 볼라키아 제국에서도 문외불출, 타국에 알려졌을 턱이 없다. 하물며 친룡왕국을 칭송하는 루그니카 왕국이 비룡을 길들이다니, 황공한 데에도 정도가 있다.

따라서 하늘은 볼라키아 제국 말고는 손이 닿지 않는 영역이었을 것이다.

"그 불문율을, 어긴 게……."

"네 인식은 옳아. 루그니카에 익룡은 없어. 나는 그저, 뛰어올라탔을 뿐이지."

"――윽! 웃기지, 마아!"

하늘을 침범당한 마일즈의 분노를, 청년의 새치름한 대답이 더욱 과열시켰다.

눈에 핏발을 세운 마일즈의 지시로, 익룡이 하늘을 급속하게 선회했다. 비행하는 고도는 구름의 높이에 있어서 뛰어 올라탔다니 들을 가치도 없는 횡설수설이다.

폭풍과 거센 가중이 엄습하는 세계에서, 마일즈는 익룡과 일체가 된다. 익룡의 기수로서의 긍지와, 어릴 적부터 함께 큰 단짝 비룡에 대한 신뢰가 그 비행을 가능케 한다.

당연히 무방비하게 비룡에 매달려 있을 뿐인 청년은 진동에 떨어지면 끝장이다.

"한 번 더, 경고하지. 순순히 투항하길 바라. 국외로 나가는 건 허가할 수 없어."

"잔말 많다! 네 쪽이 먼저 죽어버리시지!"

"……유감이야."

대량의 출혈로 의식이 흔들리면서도 마일즈는 비룡을 중천에서 단숨에 감속시킨다. 상처가 압박되고 온몸의 뼈가 삐걱거리는 충격에 이를 앙다물어 버텼다. 하지만 청년은 버틸 수 없다. 지탱할 곳 없는 청년의 몸은 비룡에서 내던져져 그대로 까마득한 눈 아래로 추락해간다.

끝장이다. 그대로 지면에 격돌해 산산조각 나서 단순한 고기 조각이 되면 그만이다.

"뭐, 뭐였던 거야, 지금 녀석은……. 아니, 그런 것보다, 어서……."

그야말로 피를 내뱉는 듯한 숨을 내뱉고, 마일즈는 고삐를 세게 고쳐 쥐었다. 재출혈을 일으킨 몸을 빨리 쉬게 하지 않으면, 마일즈 본인도 목숨이 위험하다.

"——우."

그렇게 생각한 직후, 마일즈는 직감이 작동하는 걸 느꼈다. 크루쉬의 참격에도 느낀, 생명에 관련된 찰나를 분간하는 직감이다.

생각하기보다 먼저, 육체의 생존을 우선하는 본능—— 수도 없이 목숨을 구해온 그 감각이지만, 정작 이 순간 마일즈의 손발 움직임을 묶었다. 그도 당연하다.

왜냐면, 도망칠 의미가 없을 만큼 강대한 죽음의 감각이, 수직 아래에서 닥쳐들고 있다.

"——아."

무슨 말을 입에 담을 겨를도 없이, 마일즈의 몸은 빛에 삼켜졌다.

마일즈도, 비룡도, 그 흔적을 남기지 않고 하늘에서 증발했다.

그뿐이었다.

15

"내통자……. 그 여급과 당가가 접촉한 건 노예상의 출입을 감시하고 있던 2개월 동안의 일이다. 그저 가만히 기다리기만 해서는 사태를 다 수습할 수 없다고 판단해서 말이지."

불탄 흔적을 바라보면서 크루쉬는 일의 전말을 페리스에게 설명했다.

"아무리 그래도 중독되었을 때는 협정은 거짓이었나 조바심도 냈지만…… 주범 둘의 눈을 피해 지하실에서 내 차꼬를 풀어준 시점에서 그 의심도 풀려 있었지."

"왜, 일부러 쳐들어가는 짓을…… 위험하잖아요."

"조사를 진행하는 동안, 아가일 가문에 드나드는 노예상의 배경이 의심스러워졌어. 가능하면 살려서 잡고 싶었지만, 그건 내 부덕이다. 볼라키아 제국의 간자라고까지는 점을 찍었지만…… 그 나라는 추궁 받아봤자 딱 잡아떼겠지."

대략적으로 그 관계자의 배경을, 크루쉬는 사전에 파악하고 있었던 모양이다.

완전히 파악하지 못한 건 빈의 『불사왕의 비적』과 페리스를 불러낸 목적 정도일까. 거기까지는 아무래도 빈의 머리를 엿보지 않으면 알 수 없는 사정이었지만.

"저는…… 방해, 해버렸군요. 쓸데없는 짓을, 잔뜩……."

페리스가 돌아오지 않아도 크루쉬는 스스로 지하실을 벗어나 빈의 꿍꿍이를 분쇄했을 것이다. 저택이 불타 허물어져 모든 게 재에 파묻힐 일도 없었을지 모른다.

"……그럴지도 모른다는 얘기를 하자면, 인생에는 후회만이 끼겠지. 네가 없었다면 나는 지금쯤 그 지하실에서 숨이 끊어졌을지도 모른다. 전하와 네가 와주었기에 이렇게 무사하다고도 생각할 수 있겠군."

"하지만, 그건 한때의 위안이에요."

"그래. 한때의 위안거리에 불과해. 하지만 만약을 가정한 이야기로 자신의 행위를 후회하겠다면, 그건 한때의 위안은커녕 쓸모없는 마음고생밖에 되지 않는다."

잿더미를 바라보고 후회하는 페리스의 말에 옆에서 팔짱을 낀 크루쉬는 의연하게 대답했다.

"너는 나를 염려해, 자신의 위험을 돌아보지 않고 인연 얽힌 장소로 발을 디뎠다. 난 지하에서 그 소식을 들었을 때, 자신의 부족함을 후회함과 동시에…… 기쁘더구나."

"크루쉬 님?"

"이 장소에 돌아오는 건 네게 고통이었을 터다. 어린 네가 받은 처사는 필설로 다 형용하기 어려워. 마음이 거부하고, 다리가 움츠러들었다고 해도 당연하다. 그런데도 너는, 나를 구하기 위해서 찾아왔다. ――용서해라. 나는 그게, 떨릴 만큼 기쁘더구나."

쭈그려 앉은 페리스 앞에서 허리를 굽힌 크루쉬는 똑바로 그를 쳐다보았다. 그 호박색 눈에 꿰뚫려, 페리스의 마음에 자욱하게 낀 먹구름이 갈라진다.

왜, 어째서 이 사람은 늘, 이다지도 자신의 가슴을 뜨겁게 만드는 걸까.

"저는…… 크루쉬 님의, 힘이 될 수 있었나요? 이런 저라도, 당신의 곁에, 이 목숨을 태우는 것을…… 허락해주시겠나요?"

"전에도 대답한 바와 같다."

"……그때와, 같은 말을 원하는 거예요."

정리가 되지 않는 감정과, 방법이 없는 후회와, 요구받은 환희가 동시에 있다.

그것들 전부를 무작정 밀어 뭉개서, 일어설 힘을 받을 수 있다면.

"——고개를 들어 곧게 앞을 보고, 눈을 어둡게 하지 않으며 산다. 당장은 어려울지도 모르지만 나도 그것을 거들겠다. 그러니 지금은 그렇게 믿어다오."

그 암흑에서 데리고 나와, 세계를 보여준 말로 구원받고 싶다.

"————."

눈앞에 비친 크루쉬의 얼굴을 보고, 그다음으로 페리스는 불타 허물어진 저택을 다시 바라보았다. 왠지 뺨에 눈물이 흘렀다. 그리고 그것은 끊임없이 흘러나왔다.

강하고 가는 팔에 안겨서, 페리스는 어린애처럼 한없이 엉엉 울었다.

16

——흐느끼는 페리스를 안으면서 크루쉬의 뇌리에 지하의 사건이 스친다.

빈과 마일즈의 눈을 피해, 여급이 지하실에 내려왔을 때의 일이다. 크루쉬는 손발의 차꼬와 눈가리개를 벗겨준 여급을 불러 세워 그 진의를 캐물었다.

"경은 어느 쪽의 아군이지? 내게 독을 탔나 했더니, 이렇게 내통의 약정에 따라 차꼬를 풀러 내려왔어. 행동이 일관되지 못해."

"곤혹스럽게 해드린 데에는 사과를. 하오나 저는 제 목적을 위해서 행동하고 있습니다."

"목적이라. 그건 지금도 아가일 가문을 떠나지 않고, 계속 따르고 있는 이유에 합치하는가?"

이 여급과 빈의 관계가, 어릴 적부터의 오랜 지우임은 보고를 받았다. 그야말로 크루쉬와 페리스 같은 관계로, 오래도록 친하게 지내왔다고.

확실히 페리스라면, 크루쉬가 실성해도 내버리지 않고 시종할지도 모른다.

"크루쉬 님은…… 사랑을 하신 적이 있으신지요?"

따라서 그것은 기습 같은 질문이었다. 눈이 동그래진 크루쉬는, 여급이 던진 질문의 의도를 읽지 못한다. 그리고 여급은 그 침묵이야말로 답이라고, 눈을 감고서 고개를 가로저었다.

"그럼, 아마 이야기 드려도 이해 못하셔요. 제 목적은, 그러한 거랍니다."

"……흐름을 따르면, 경의 마음이 누구를 향하고 있는지는 알겠다. 알겠지만, 그래서 설명이 되지 못하는 일이 너무나 많아. 경은 펠릭스의 유모이기도 했다고."

"————."

그 말을 입에 담은 순간, 감정이 사라졌던 여급의 뺨이 굳고, 바람이 휘몰아쳤다.

아니다. 격정의 여파를 크루쉬의 눈이 그렇게 본 것이다. 그리고 그것은 망집과 닮은 무언가다.

빈에게서도 느낀 격정이, 이 여급에도 깃들어 있다. 하지만 그 창끝은――.

"……잠깐. 경의, 그 머리카락과 눈동자 색은."

문득 여급의 굳은 얼굴을 보다가, 크루쉬의 뇌리에 전격적으로 무언가가 이어졌다.

황갈색의, 특징적인 머리카락. 맑은 노란색 눈과 부드러운 생김새. 살짝 자상하게 미소 지으면, 그 웃는 얼굴은 크루쉬가 잘 아는 미소와 겹치는 부분이 있는 듯한 예감이 들어서.

――부정한 자식이라고, 페리스가 의심받은 경위가 크루쉬의 머릿속을 맴돈다.

"만약 경이, 펠릭스에게 위해를 가할 작정이라고 하면……."

"펠릭스에게는 아무것도 하지 않아요. 당신이 멀리 떼어놓았지요? 제 목적은 펠릭스가…… 그 아이가, 아니니까요."

그 말만 남기고, 여급이 크루쉬에게 등을 돌렸다.

차꼬가 풀린 지금이라면, 만류하는 건 가능하다. 하지만 소동이 나면 사태의 전모를 밝힐 수 없어진다. 크루쉬는 한순간, 자신의 공사 어느 쪽을 우선해야 할지 판단을 망설였다.

그리고 결단하지 못한 채로 멀어지는 여급의 이름을 불렀다.

"한나 리그렛!"

"큰 소리를 지르면, 마일즈가 눈치채요. 부디 자신의 소임에 충실하시길."

부르는 소리에 여급은 상대하지 않고, 그대로 지하를 나가는 등을 배웅할 수밖에 없다.

패배감을 맛보면서 크루쉬는 다시금 그녀와 말을 나눌 기회를 기대했다. 그 기회가 있으면, 여급과 자신의 기사와의 관계—— 그 진상을.

그러나 그런 크루쉬의 바람은 이루어지지 않았다. 아가일 저택은 페리스 부모의 유해와, 진상을 품은 여급마저도 집어삼키고 불타 무너졌다.

따라서 크루쉬가 품은 의문의 대답은, 밝혀지지 못하고 비밀인 채다.

그리고 그 비밀은 필시 페리스에게 얘기할 수 없는 유일한 비밀이 되리라.

17

머리 위, 푸른 하늘을 걸터앉고 있던 구름이 갈라지는 것을 쳐다보고, 푸리에는 조용히 한숨을 내쉬었다.

황성을 나서기 전, 마코스에게 명령했던 보험이 작동한 증거다. 본래는 국경 부근에 전개하는 게 금지된 전력, 나중에 문제가 될지도 모르지만.

"이번에는 볼라키아도 강경하게 나올 수는 없을 테지. 우리에게 찔리고 싶지 않은 건, 저쪽 또한 같을 테니 말이다."

——이번 아가일 가문의 사변은 명백하게 외부의 간섭을 받은 것이었다.

푸리에는 빈 아가일과 면식은 없지만, 가문의 격과 경력을 보아 그가 이번 사태를 단독으로 일으키기에는 능력 부족이리라고 결론 내리고 있다.

그러기 위한 협력자로서 고려된 건 크루쉬의 실각을 바라는 국내의 적. 혹은 더욱 큰 목적을 가진 국외의 간섭——. 그중에서 최악의 가능성에 대처했다.

볼라키아 제국이 이번 음모로 아가일 가문에서 가지고 가려 했던 건 필시 송장 병사를 조종하는 비술일 것이다. 당대의 볼라키아 황제는 매서운 인품이라고 들었다. 나라 간 관계가 마찰을 일으키는 현 상황에서 금기의 비술이 유출되는 사태는 피해야만 했다.

"설마 완벽하게 목적을 포착할 줄이야, 과연 본인이로다."

무심코 자화자찬해 버릴 만큼 이번 선견은 완벽하게 맞아떨어졌다.

때때로 범상치 않게 맑아지는 푸리에의 직감이지만 이번 번뜩임은 특히 두드러졌다. 누가 뭐래도 크루쉬에게 상담을 받았을 때부터 집중력이 지속되고 있었을 정도니까.

대신에 가슴이 무거워지고, 머리가 아픈 것도 있었지만——.

"크루쉬와 페리스가 구조되었으면, 그 정도는 사소한 일이니라."

불타 무너진 아가일 저택 앞에서 크루쉬와 페리스는 둘이서만 말을 나누고 있다. 사실은 저곳에 끼고 싶지만, 지금 그곳에 뛰어드는 건 멋없는 짓에 불과하다.

저 두 사람에게는, 저 두 사람에게만 허용된 유대가 있다. 물론 푸리에에게도 두 사람과의 확고한 유대는 있지만, 이것만은 말로 표현할 수 없고 마땅히 있어야 할 격차인 것이다.

"본인 또한 크루쉬의 몸은 강하게 염려하고 있었으니, 너무 페리스만 독점하게 놔두는 건 괴롭다마는."

"전하의 마음씨, 친구를 대신해 감사합니다. 황공하나이다."

그렇게 말한 건 용차에 동승하고 있는 율리우스였다.

그도 그대로, 아무래도 이번 사태로 여러모로 생각할 게 있던 모양이다. 그 표정은 왕성을 나서기 전과, 어딘가 다른 것이 깃든 것처럼 보인다.

"율리우스, 그대에게도 수고를 끼쳤군. 마지막의 마지막, 두 사람을 잘 데리고 나와주었어."

"과분하신 말씀입니다. 하오나 이번은 자신의 부족한 역량을 통감했습니다. 근위기사로 뽑힌 것만으로, 기사의 본분을 잊고 있던 게 아닌가 경계하고 있습니다."

"그대도 성실하구나! 좀 더 뭐랄까, 기사는 멋있게 있으면 족하다고 맺고 끊어라! 멋있는 일을 하면, 자연히 기사다워지는 것이지. 음, 틀림없노라."

푸리에의 그 말에, 율리우스가 어안이 벙벙한 표정을 지었다. 그 뒤에 바로, 그는 단정한 생김새에 웃음을 머금으며 몇 번이고 끄덕였다.

"오늘은 전하께 놀라기만 할 뿐입니다. 이 율리우스, 재차 전하께 충성을 맹세합니다."

"근지럽지만, 받아두기로 하겠다. 왕국에 대한 충의, 참으로 노고가 많다. 본인뿐만이 아니라 그 마음이 왕국의 영화에 이어지기를. ——자, 그럼 슬슬 되었을까?"

몸을 내밀고, 푸리에는 크루쉬와 페리스 쪽을 쳐다보았다. 눈길을 주니 방금은 크루쉬에게 안겨서 흐느끼고 있던 페리스가 지금은 얼굴을 떼고 코를 훌쩍이고 있다.

아무래도 진정이 된 무렵인 것 같다. 슬슬, 말을 걸어도 되리라.

"좋아, 하면 본인도 두 사람 쪽으로 가기로 할까."

기세를 돋우어 푸리에는 느릿느릿 용차의 스텝에 발을 디뎠다. 그대로 풀 위로 내려서서, 크루쉬와 페리스 사이에 끼어들려고 하다가—— 별안간, 시야가 휘청거렸다.

"——전하?"

율리우스의 목소리가, 유달리 멀리서 들렸다. 직후에 충격과 함께 시야가 쓰러진다.

무슨 일이 있었는지 푸리에 자신도 알 수 없었다. 방금까지 그토록, 온 세상을 내다볼 수 있는 듯한 지각으로 채워져 있었는데, 어디서도 그것을 찾을 수 없었다.

"페리스! 페리스, 와다오! 푸리에 전하께서!"

초조해하는 율리우스의 목소리가 들리고, 그 소리를 끝으로 푸리에의 의식은 멀어졌다.

시야가 흐려지고 현실이 멀어진다. 그저 끊기기 직전에, 사랑스러운 둘의 목소리가 들렸다.

그것만은 단단히 움켜쥐고, 푸리에의 의식은 뚝 끊겨 사라졌다.

《끝》

『사자왕이 꾼 꿈』

1

푸리에 루그니카가 쓰러진 일은 루그니카 왕국에 그렇게까지 중대사라고는 받아들여지지 않았다.

왕족 중 한 명이 병으로 누운 사실이 가볍게 취급된다. 평상시라면 있을 수 없는 일이었지만, 그것도 하는 수 없는 사정이 왕국에는 있었다.

——병마에 쓰러진 왕족이, 푸리에 한 명뿐만이 아니었기 때문이다.

병에 침습된 건 푸리에를 포함하는, 루그니카 왕가에 적을 둔 혈족 전원이다. 그중에는 당연히 푸리에의 아버지이자 현 국왕인 란드할 루그니카도 포함되어 있었다.

병증에는 개인차가 있었지만 감염 원인과 병명을 알 수 없는 병에 예단은 용납되지 않는다.

과거에 예가 없는 사태를 맞아 왕국은 소리 없이 다가오는 파란에 불온하게 흔들리고 있었다.

"그래서 겨—우 시범 기간두 끝나서 본 채용인데요. 단장님은 참 아아주 엉큼하다구요. 지금까지의 태도와 전혀 다르더라. 엄청 심술 맞아요."

"음, 그러하겠지. 마코스는 외견과 같은 벽창호일까 싶더니, 뜻밖에 장난기 있는 면이 있는 사내다. 페리스와는 아주 궁합이 맞겠거니 생각했었지."

"전하, 이야기 제대로 듣고 계세요? 페리는 근위기사단에서 힘들고 괴로운 상사의 괴롭힘을 당하고 있다구요? 위로해줬으면 좋겠는데에."

눈을 촉촉이 적시며 목소리를 떠는 페리스에게 푸리에가 얼굴을 활짝 폈다.

그 웃음에 어쩔 수 없다고 고개를 저으면서 페리스는 병상에 있는 푸리에의 입가에 물을 날랐다. 푸리에가 힘겹게 몸을 일으켜 물주전자에서 떨어지는 물로 목울대를 울렸다.

"늘 미안하구나. 완전히 본인의 전속이 아니더냐."

"됐어요, 됐어. 페리가 귀엽다구, 요새는 훈련에서도 다쳐서 치료받자—라는 흑심 있는 사람뿐이니까요. 그런 사람들에 비하면 전하랑 같이 있는 편이 훨—씬 중요해요. 크루쉬 님에게두 따끔한 말을 들었는데요 뭐."

"그러하구나. 크루쉬는 바쁜 와중이겠지. 며칠, 얼굴을 보지 못한 것만으로도 쓸쓸한 기분이 들기 시작했어. 이것도 움직이지 못하는 울분 때문이겠지. 가증스러운 병마로다."

"————."

젖은 입술을 소매로 닦은 푸리에가 베개에 기대면서 허약하게 웃었다. 덧니가 엿보이는 입가에는 기운이 없고, 페리스는 가슴에 날카로운 통증이 퍼지는 걸 억지웃음으로 숨겼다.

푸리에는 여위었다. 밝게 빛나는 것 같던 금색 머리카락에는 윤기가 없고, 태양 같은 홍색 눈은 어딘가 덧없다. 목소리에도 활달한 기운이 빠지고 기침하는 일이 많아졌다.

무엇보다 걸어 다닐 만한 체력이 거의 남아있지 않다. 푸리에는 요 1개월, 줄곧 침대 위에 누워있기만 하는 상태였다.

——푸리에가 쓰러진 것은 아가일 가문의 소동이 있던 그날이다.

불타 허물어진 아가일 저택의 뒤처리 한중간, 용차에 있던 푸리에가 돌연 쓰러졌다. 그 너무나 허약한 모습에, 페리스는 모든 걱정을 치워두고 전력으로 치료에 임했다.

괴로워하는 푸리에에게 생명력을 보내고, 그를 실은 용차는 전력으로 왕성에 되돌아간다. 그리고 그곳에서 비로소 왕족이 한꺼번에 병으로 누운 심각한 사실을 알게 된 것이다.

그 뒤, 푸리에를 포함한 발병자는 전원, 왕성의 거실에서 정양하고 있다. 병증은 소강상태가 이어지고 있어, 병리의 정도는 불명인 채——페리스도 원인을 알 수 없다. 이것이 단순한 병이라면 마나를 이용한 치료에서 능가할 자 없는 페리스에게도, 말이다.

징후는 있었다. 푸리에가 기침하고, 몸 상태가 나쁜 기색은 페리스도 보았다. 칼스텐 저택에서 괴롭게 신음하면서도 페리스의 진찰을 거부한 적도 있었던 것이다.

그런데 페리스는 그때, 자신과 크루쉬 생각으로 한계라 그것을 깨닫지 못했다. 그리고 이제 와서 제 사정만 따져 친근감을 보이며 수습하려는 중이다.

사라져버리고 싶을 만큼 페리스는 자기 자신이 밉살스럽다.

"페리스는, 그게 아니더냐? 본래는 아바마마 곁에 있어야 하는 것이지? 왕국 최고의 치유술사, 그 후계인 것이야. 소임은 다해야 하지 않느냐."

"괜찮습니다. 똑~바로 소임은 끝내고 나서, 덩달아서 전하 쪽에 온 거예요. 안 된다구요오. 자신이 임금님보다 우선되었다고 착각하시면."

"그러냐. 본인의 착각이었느냐. 이게 뭐냐, 창피하구나. 크루쉬가 웃겠어."

크루쉬의 이름이 나와서, 웃는 푸리에의 표정은 외로운 기색이다. 병으로 몸이 약해지면 사람은 외로움에 민감해진다. 그 기운 덩어리였던 푸리에마저 그런 것이다.

"크루쉬 님……."

푸리에의 손을 잡고 페리스는 그 손을 문지르면서 기도하듯이 중얼거렸다.

크루쉬라 한들 다망하기 짝이 없는 건 알고 있다. 왕족이 쓰러지는 혼란 속에서 상급 귀족 중 한 명인 그녀에게 손발을 멈추고 있을 여유라곤 없는 거나 똑같다.

하지만 그래도. 그래도 생각이 나는 것이다.

——부디, 이 상냥하고 외로움 잘 타는 소중한 사람의 마음을 메워줬으면 한다.

자신으로는 무리다. 자신으로는 크루쉬의 대신이 되지 못한다.

자신은 또다시 이렇게 소중하게 여기고 있는 상대의 힘이 될 수가 없는 것이다.

무력함은 언제나, 페리스의 마음을 쥐어뜯고 꺾어 분지르려고 한다.

"……수심에 찬 얼굴은, 그대에게는 어울리지 않는구나."

자학에 찌부러지려던 페리스를, 푸리에의 헛소리 같은 목소리가 만류했다.

벼락같은 자책에 얻어맞아 페리스는 어금니를 깨물고 푸리에에게 웃어 보였다.

"그런 일, 없는데요. 페리는 건강, 건강해요!"

눈물 따위, 지금 이 사람 앞에서 보일쏘냐.

무력해도 오기는 있다. 병은 낫게 하지 못해도 웃어주는 일은 할 수 있다.

그것밖에 할 수 없으니까, 그것만은 반드시 달성하는 것이다.

"전하~, 먹고 마시고 바로 자면, 살찐다구요—?"

"그건…… 크루쉬에게, 미움 사겠는데……."

이렇게 일상을 떠올리게 하고, 그 나날로 되돌아가는 일을 꿈꾸게 하는 일밖에 할 수 없는 것이다.

2

왕성의 의사당에서 크루쉬 칼스텐은 생각에 길고 긴 공백을 느끼고 있었다.

의사당에서는 연일 왕국의 유력자와 상급 귀족, 왕국의 의사결정 기관이라느니 불리는 현인회의 인간이 모여서 이번 왕국 혼란에 대한 대화가 이어지고 있다.

공작으로서 상급 귀족의 소집에 참가하는 의무가 지워진 크루쉬도, 이미 눈에 익었다는 말로는 부족할 만큼 얼굴을 맞닥뜨린 면면과 회의에 임하고 있었다.

국왕의 출석이 요구되는 제사(祭事)의 보류나, 3대국에 대한 현재의 상황 누설 방지. 각 왕족이 담당하고 있던 곳곳의 업무 인계에, 원인 불명인 병마의 대책과 치료법의 모색. 그에 더해 자신들 영지의 일도 해치우느라, 누구나 미증유의 대혼란에 심신이 피폐해지고 있었다.

그런데도 사태의 발생에서 1개월이 경과해 간신히 왕성의 혼란도 소강상태에 진정된 건 아닌가. ──그런 이야기가 나오려는 마침 그때였다.

"자비넬 제1왕자께서, 돌아가셨다……?"

치료원의 술사가 눈물지으면서 올린 보고는, 의사당을 다시 격진시키기에 충분했다.

자비넬 루그니카 제1왕자는, 왕성에서 최초로 발병이 확인된 인물이다. 따라서 병의 진행이 가장 빠른 건 수긍이 가지만──.

"너무 갑작스러워! 왜냐. 전하는 그토록 옥체를 해치고 계셨던가?!"

"그럴 리는 없소! 나는 어제도, 전하를 만나 뵌 직후요. 그때는…… 이렇게 갑자기, 떠나실 기색으로는……."

급서의 보고에, 자비넬과 친밀한 이들의 얼굴이 비탄으로 물들였다. 하지만 이 보고에 멍해진 건 그들뿐만이 아니다. 이 자리에 있는 전원이 똑같다.

왕족 전원이 발병한 병으로 마침내 죽은 사람이 나온 것이다. 원인도, 치료법도 불명인 상태에서.

"전하……."

천하의 크루쉬도 그 사실에는 가슴이 도려 나가는 듯한 통증을 느끼고 있었다.

평소에는 의식해서 꼿꼿하게 세우는 등줄기도, 내장을 휘젓는 듯한 불안에 꺾일 것만 같다. 침대에 누워 크루쉬의 병문안에 허약한 웃음을 띠는 푸리에의 모습이 스쳤다.

"……이건 이미, 폐하께서 붕어하실 일도 고려해야만 하겠지요."

입술을 깨문 크루쉬의 귀에 그 낮고 쉰 목소리는 유난히 뚜렷하게 들렸다. 고개를 드니 크루쉬와 같은 소리를 주워들은 이들이 한 노인을 보고 있다.

의사당 중앙에서 시선을 받고 있는 건 현인회의 대표인 마이크로토프다.

"마이크로토프 경, 말이 과하오. 폐하께서 붕어하시다니……."

"흐음. 현실에서 눈을 돌리고 있어도, 결정적인 사태는 피할 수 없습니다. 우리는 낙관적으로 대비하기보다 비관적이어야만 합니다. 그리하여야 비로소 왕국의 존귀한 자리에 있을 책무를 다했다는 것입니다. 아닙니까?"

"끄음……."

"용태의 급변이 고려되는 이상, 내일이라도 최악의 사태는 발생할지 모릅니다. 그렇게 됐을 때, 흔들리는 왕국을 어찌합니까. 받쳐야만 하는 건 우리입니다. 그것을 백성에게 짊어지게 하는 일은 있어서는 아니 될 일이니까요."

유창한 마이크로토프의 발언에, 불경하다고 꾸짖으려던 인물 쪽이 찍소리도 못한다. 그건 왕국의 중진으로서는 비정한 의견이지만, 그렇기 때문에 필요한 의견이기도 했다.

"마이크로토프 경의 말이 맞소. 가령 폐하의 신변에 불행이 찾아오더라도, 왕국이 사라지는 것은 아니오. 우리끼리, 그리해야만 하오."

따라서 크루쉬는 마이크로토프의 말에 사심을 억누르고 최초로 찬동했다.

크루쉬는 작위야 손에 꼽히는 위치지만, 실적이 박하고 경험도 일천하다. 그런데도 젊은 나이의 그녀가 최초로 목소리를 높임으로써 다른 귀족들에게도 비슷한 감정이 퍼지기 시작한다.

"찬동해주셔서 감사합니다만, 당연히 폐하와 다른 분들께서 무사히 차도를 보이시는 게 최선입니다. 부디 달리 생각하시지 않도록, 잘 부탁드립니다."

국왕 부재일 때의 왕국의 앞날, 그러기 위한 대화가 시작되려고 한다. 마이크로토프는 전원에게 그렇게 호소하고, 마지막으로 크루쉬에게만 의미심장한 시선을 보냈다.

아마도 최초에 의견에 찬동한 데에 대한 감사일 것이다. 하지만 그건 받을 수 없다.

발길을 멈출 뻔하고, 무릎을 꿇을 뻔한 것은 크루쉬 쪽이다.

——그런 꼬락서니로는 푸리에에게 들 낯이 없어져버린다.

그를 문안할 시간을 덜어내서까지, 이렇게 귀족의 역할에 자신을 얽매고 있는 것이다.

귀중한, 한정된 시간을 허투루 보낼 수 있을 리가 없다.

그렇게 자신에게 타이르면서, 크루쉬는 사명감인 채로 회의에 임하는 것이었다.

3

"……크루쉬더냐."

입실하는 기척을 알아채고 눈을 뜬 푸리에의 반응에 크루쉬는 살짝 놀랐다.

잠을 방해하지 않게끔, 발소리를 죽이고 들어올 셈이었던 것이다. 그런데도 푸리에는 기척을 깨달을 뿐만 아니라 그 상대가 크루쉬인 것까지 알아챘다.

"놀랐습니다. 전하께는 아무것도 감추지 못할 것 같은 기분이

드는군요."
"암, 그……렇지, 암. 후후, 본인과 그대의 관계니라. 눈을 감고, 잠의 구렁에 있어도 그대라는 걸 알 수 있다. ……오랜만이구나. 무탈했느냐?"
"바쁘기는 했으나, 몸 상태에 이상은 없습니다. 전하께서도 오늘은 안색이 좋으신가 보군요. 조금, 안심했습니다."
침대 옆 의자에 앉아, 크루쉬는 푸리에의 모습을 살핀다.
전에 병문하러 발길을 옮긴 게 며칠 전, 하지만 또 조금 여위었다. 애당초 푸리에는 쓸데없는 살이 붙지 않은 사람이다. 지금은 필요한 살점조차 떨어져 광대뼈가 희미하게 도드라져 있었다.
병마는 틀림없이, 푸리에의 몸을 갉아먹고 있는 것이다.
"크루쉬……. 그대의, 손을 만지고 싶다."
"예, 전하. 실례하겠나이다."
시트 아래, 떨리는 푸리에의 손을 크루쉬는 다정하게 감싸 안았다. 가늘고 낭창하던 손가락이, 지금은 허약하기 짝이 없다. 손등을 어루만지고, 손가락과 손가락을 얽는다.
"그대의 손가락은, 음, 만지는 감촉이 좋구나. 여인의 손이야."
"전하의 손가락은 남성치고는 가늘게 느껴집니다. 그만한 검을 휘두르는 손 같지가 않아요."
"검, 검이라……. 그렇지. 그대에게 이길 만한 검, 본인이 아니어서는 다루지 못하리라. 벌써 며칠이나 농땡이 피우고 말았지만……."
"전하의 실력이라면 며칠의 휴식은 금세 되찾을 수 있습니다.

하루 되찾는 데에 사흘은 걸립니다만."

"그거, 쉰 날짜의 세 배는 노력하라는 뜻이더냐……? 그대, 용서가 없구나!"

이전과 같이 그렇게 말하고, 그 즉시 푸리에는 기침했다. 당황해서 옆으로 눕히고, 그 등을 천천히 진정할 때까지 쓰다듬는다. 괴로운 내색의 숨결과, 웅크린 등.

"그러고 보니, 아가일의…… 페리스 일은, 잘되었느냐?"

말이 나오지 않는 크루쉬에게 푸리에가 갑자기 떠오른 듯이 물었다. 그 화제의 변화에 구원받은 심정으로, 크루쉬는 "예." 하고 끄덕였다.

"전하의 배려 덕분입니다. 다행히 아가일 가문 건은 내밀하게 이야기를 덮을 수 있었습니다. 페리스 부모의 죽음은, 사고라는 얘기가 됩니다. 그러니 아가일 가문은."

"무사히, 페리스가 가주 자리를 계승하겠군. 좋다. 그걸로 된 것이야. 페리스는 필요 없다고 말할지도 모르나, 출생의 모든 것을 내버릴 수는 없는 법. 해서는 아니 돼."

"페리스는 받아들일 수 있을까요?"

"당연하지 않느냐. ――본인의 벗이자, 그대의 기사이니 말이다!"

고개만으로 이쪽을 돌아보고, 푸리에가 덧니를 보이며 그렇게 웃었다. 다시 기침할 뻔하지만, 이번에는 그것을 목구멍 안으로 참는다.

그대로 울상으로 웃는 얼굴을 유지하는 모습에, 크루쉬는 말을 지어내지 못했다. 그저 가능한 한 힘을 그러모아 미소를 꾸몄다.

웃는 건 특기가 아니었지만, 푸리에는 크루쉬의 웃음을 자주 보고 싶어 했다.

"음……. 그대의 웃음은, 역시 좋다."

페리스에게만 떠맡기지 말고, 웃는 방법 하나쯤 배워둘 걸 그랬다.

후회하지 않는 삶의 방식을 취해왔을 터인 크루쉬는, 그러나 그것만은 분명하게 후회했다.

4

이 수개월의 페리스는, 자신이 근위기사단 소속인 사실을 믿을 수 없어졌다. 치료원에 발길을 옮겨 왕족 분들의 병증을 확인하고, 푸리에의 간병에 쫓기는 나날.

이 일의 어디가 기사의 모습인가. 아무리 생각해도 치료원 술사의 모습이다.

"어젯밤, 제3왕자께서 돌아가셨다. 이로써, 일곱 명째야……."

투병의 보람 없이, 작고한 왕족의 이름이 페리스의 귀에 날아든다. 듣고 싶지 않다고 거부해도, 치료원으로 발길을 옮기면 소식은 꼼짝없이 들려오는 것이다.

병마의 원인을 알 수 없는 채로 일곱 명이나 되는 희생자가 나왔다. 그러고도 알아낸 사실이, 고열과 혼수가 겹치면 환자는 살릴 수 없다는, 그런 무책임한 사실밖에 없다.

"────."

오늘 또한 성과가 나오지 않는 치유 마법을 시도하고 페리스는 국왕의 병실을 나섰다.

황공스럽다고 여기던 장소도 이만큼 드나들면 긴장감 따위 가질 겨를이 없다. 처음 시기의 외경과도 비슷한 감정은 진즉에 무력감에 내쫓겨 머리 한구석으로 사라졌다.

왕성의 복도를 걷는 페리스의 손에 검게 장정된 책이 있다. 피와 손때로 물든 그것은, 어떤 의미로는 아버지의 선물이라고 할 수 있을지도 모른다.

"『불사왕의 비적』……."

죽은 자를 되살리고, 송장에게 다시 걷기 시작하는 힘을 주는 마녀의 비술──. 아버지의 손으로는 불완전하게 끝난 이 비술의 재현, 그것이 이루어지면 죽은 자라도 구할 수가 있다.

"만약, 전하께서…… 전하한테, 무슨 일이 있어도……."

날이면 날마다 여위어 활력을 잃어 가는 푸리에를 생각한 페리스는 비술의 재현에 생각을 돌렸다. 푸리에의 죽음은 이미 눈을 피할 수 있는 단계가 아니다.

기적을 일으키지 않으면 살릴 수 없다. 그리고 기적은, 바라는 장소에는 내려오질 않는다. 그러므로 페리스는 비적에 의지하는 것 외의 길이 떠오르지 않았다.

"페리스, 화장이 잘되었더구나. 크루쉬는, 안색이 좋다고……

하하, 고스란히 속아 넘어갔어. 정말로, 순진한 여자로다."

병문안하러 방문한 페리스에게 거의 자기만 하는 푸리에가 허약하게 웃었다.

화장이란 페리스가 푸리에에게 베푼, 혈색을 더 좋아 보이기 위한 것이다.

병문안하러 온 크루쉬에게 꼴사나운 얼굴을 보여주고 싶지 않다고 부탁 받아서. 그 말이 허세가 아니라 푸리에의 배려심이라는 것은 페리스도 쓰라릴 만큼 이해하고 있었다.

"기사단은…… 어떠냐, 페리스. 힘든 일은 없느냐? 벗을…… 음, 율리우스 등을 의지하는 걸 잊지 말아라. 그대는 이따금 지나치게 혼자만 생각해."

입을 다문 페리스에게, 푸리에가 마음을 읽은 것처럼 그런 말을 던져온다. 요즈음의 페리스는 과연 어느 쪽이 병문안 받고 있는지 알 수 없어질 때가 있었다.

"제, 제 친구는…… 전하뿐이에요. 그렇죠? 그러니 전하가 기운이 없어지기라도 하면, 저는 혼자, 되고 만다구요."

"그리는, 안 된다……. 안심해라, 페리스. 그대는 다정하고, 심지가 굳어. 모두가 그대를 사랑한다. 본인과 똑같이, 그대를 벗으로 삼는다. 본인은 최초의 벗이지만, 본인을 최후의 벗으로 둘 필요는 없다. 깨닫도록 해라. 그대는, 혼자가 되어서는 아니 돼."

"전하아……."

왜 그렇게, 종말 같은 말을 꺼내는가. 아직 끝나지 않았는데.

왜 그렇게 다 안다는 투로 말하는가. 최근 푸리에의 말에는 힘이 있다. 힘이 없는데도 진실을 내다보는 힘이 있다. 그래서 무서워진다.

"전하……! 전하한테, 전하한테 만약의 일이 있으면…… 저는, 전하를……."

"되살리겠다는 말은 해주지 말거라."

"——윽."

마음이, 읽혔다. 눈을 감고 있는 푸리에에게 페리스의 손안에 있는 술서는 보이지 않는다. 그런데도 푸리에는 분명하게 페리스의 생각을 읽고, 그런 다음 거절했다.

"나는 말이다, 나다. 내 목숨은, 내가 시작해서 내가 끝났을 때 끝나야 하는 거다. 본인이 끝을 계속 이어가다니, 잘못된 게지."

"왜…… 그런 말을. 살아줬으면 바란다고, 그렇게 생각하는 건 이상해요? 소중한 사람이 살아주길 바란다고…… 흡."

입에 담다가 깨달았다. 지금 말은, 완전히 똑같다.

어머니의 유해를 앞에 두고, 아버지가 떠든 말과 완전히 똑같다. 완전하게 동일했다.

"후회하지 마라, 페리스. 그대의, 마음은 존귀하다. 그대의 자질을 자랑하여라. ……그것은, 이 세상에서 가장 다정한 힘이다. 구하지 못하는 자의 수를 세지 마라. 구한 자의 수를 세어라. 뒤를 보고 걷는 일은…… 본인이, 용서치 않으리."

"전하……!"

푸리에가 천천히, 침대 위로 몸을 일으켰다. 자력으로 일어서기란 불가능할 만큼 쇠약하던 그가 생명의 잔불을 태우듯이 페리스를 응시했다.

붉은 눈이 예전의 힘을 되찾고 있다.

"그리고, 아직 진다고는 단정할 수 없지 않느냐. 본인은…… 흥, 그대의 벗이자, 루그니카 왕국의 왕자다. 크루쉬에게도 검으로 이겼어. 하면 병 따위, 한 방 감이니라."

들어 올린 주먹이 굳어버린 페리스의 이마를 가볍게 찔렀다. 정말로 가볍고, 그러나 뜨거워서.

"근위기사의 임무, 내던지지 말라. ……크루쉬의 기사로 그대를 임명한 건 본인이다. 본인에 대한 맹세, 어기지 마라. 본인과 그대와의…… 벗과 벗 사이의, 약속이니라."

긴 숨결을 내뱉고, 푸리에는 힘없이 웃으면서 도로 침대에 누웠다.

"길게 얘기해서, 오늘은 지쳤다. 하나 오랜만에 그대와 웃었어. 그러면 족하니라."

웃고 있지 않다. 페리스는 푸리에 앞에서 줄곧 눈물을 흘리며 울고 있었다.

그렇지만 푸리에가 틀린 말을 할 리가 없다. 푸리에는 언제나, 틀린 것 같으면서도 옳은 말을, 해주는 사람이니까.

"즐거웠구나, 페리스."

그러니 있는 힘껏, 페리스는 굳은 뺨을 움직여서, 웃었다.

"——네. 즐거웠네요, 전하."

5

——그날은 맑았지만, 바람이 조금 쌀쌀한 하루였다.

"크루쉬…… 잠시, 밖에 나가고 싶다. 손을, 빌려줘도 상관없겠느냐?"

"알겠습니다. 전하, 무례를 용서해주십시오."

"허어, 본인을 안아 올리느냐. 하하, 그대는 정말로 씩씩한 여자로고. 늘 놀란다."

루그니카 왕성의 정원에는 계절의 꽃들이 흐드러지게 피는 화원이 있다.

그러나 요 수개월의 번잡함 때문에 정원을 채색하는 꽃은 약간 쓸쓸하다.

"뭘, 무리 짓지 않으면 않은 대로, 보듬는 방법이 있지. 하나하나의 꽃 얼굴이 보이는 편이, 좋은 경우도 있겠지. 안 그러더냐?"

"그렇군요. 과연, 전하는 무슨 일에도 좋은 점을 찾아내는 데에 능숙하십니다."

"암, 그러하지. 그대나, 페리스의 좋은 점도 얼마든지 알고 있다. 흐흥, 이것만은 메카트에게도 지지 않을 게야."

정원의 한구석에 주저앉아, 크루쉬는 푸리에에게 무릎을 빌려주고 바람을 쐰다.

무릎 위의 푸리에는 졸린 듯이 눈을 가늘게 뜨면서, 흐릿한 시야에 화원을 비추고 있었다.

"기억하고 있느냐, 크루쉬. 나이 어리던 시절, 본인과 그대가 자주 이곳의 꽃을 보러 오던 것을."

"기억하고 있습니다. 아버지에게 이끌려 왕성에 오면, 소일거리가 없는 저는 반드시 이곳으로 발길을 옮기고…… 그러면 전하께서 만나러 와주셔서, 어린 마음에 안도했었지요."

"처음으로, 본인이 그대를 발견한 건……."

"잊을 수도 없습니다. 전하께서 하늘에서 떨어지셔서, 그때는 정녕 놀랐습니다."

추억 이야기로 꽃이 핀다.

미소 짓고 추억을 얘기하는 크루쉬에게, 푸리에는 느릿느릿 고개를 가로저었다.

"실은, 다르다. 본인이 그대를 처음 본 것은, 그보다 전…… 이 정원에서, 한 떨기 봉오리를 보듬고 있는 그대를, 멀찍이서."

"……몰랐습니다. 면구스러운 모습을 보여드려서."

"부끄러울 일이 어디 있을까. 본인은, 그 모습에 넋을 잃었어. 가슴이 고동치고, 볼이 뜨거워지고, 가만히 있을 수 없어졌다. 그 뒤로 늘, 그대의 모습을 찾아서…… 그 만남도, 실은 우연이 아니었던 것이다. 후후, 놀랐으렷다."

"——예, 놀랐습니다."

푸리에가 눈을 가늘게 뜨고, 덧니가 보이는 미소를 머금는다.

크루쉬는 무릎 위의 금색 머리카락을 손가락으로 건져 올려, 창백한 뺨을 살그머니 어루만졌다.

"놀람에 더불어, 밝히기로 하겠다. 본인의, 무시무시한 미래 계획을……."

"예, 놀라게 해주십시오. 전하, 더 저를, 전하의 말로."

"좋다. 각오하고 듣도록……. 본인은 말이다, 놀랍게도 그대를 본인의 비로 맞이할 심산이었던 것이야."

"————."

"그대를 비로 맞이해, 페리스를 본인과 그대의 기사로 삼는다. 그러면, 어떠하냐. 우리 셋은 놀랍게도 줄곧, 함께 있을 수 있다. 이건, 무시무시한 행복이니라. 어떠해?"

"그건…… 정말로, 놀랄……."

크루쉬의 목소리가 막히고, 고개를 들지 못하게 된다.

푸리에는 옅게 미소 지은 채로, 그녀의 목소리를 복음처럼 느끼고 귀를 기울이고 있었다.

"많은 일이, 있었더랬지. 본인은, 그대의 마음을 끌고 싶은 까닭에…… 후후, 억지도 많이 썼다. 그대도, 페리스도 꽤 휘두르고."

"……전하께, 손이 끌리는 걸 고통으로 여긴 적이라곤."

"이봐라, 크루쉬……. 본인은, 어떠했더냐?"
"전하?"
"본인은, 그대의 충(忠)에 적합한, 사자왕이었을까……."
"──흑."

일찍이 주고받은 약속이 있었다. 함께 웃는 나날의 파편에, 맹세가 있었다.
푸리에의 물음에 크루쉬의 숨이 들떠 올랐다.
"그대의 충은, 존귀하고, 사랑스러워……. 부디, 잊지 말라."

자랑스럽게 웃고, 푸리에의 손이 올라왔다.
그 손이 크루쉬의 뺨을 만지고, 뺨에 흐르는 뜨거운 물방울을 어루만지고, 손가락이 입술을 따라 훑었다.
"크루쉬."
"예, 전하."
"나는, 그대를……."
"────."

바람이 분다. 차가운 바람이, 푸리에의, 크루쉬의 머리카락을 살랑인다.
"전하?"
"────."
"전하, 피곤해지셨는지요?"

"————."

"전하, 수고하셨습니다. 모쪼록, 편안히 쉬어주십시오."
"————."
"마지막으로, 한 가지만."

바람이 불고 있다. 하지만 가호를 가지고 있어도, 번진 시야에는 아무것도 보이지 않는다.
정원에 두 사람, 크루쉬는 무릎 위의 푸리에를 안고, 말했다.

"전하가 그린 미래, 저도 보고 싶었어요……."

6

푸리에 루그니카의 죽음은 국왕 란드할 루그니카 붕어의 소식 앞에, 몹시 사소한 사실인 것처럼 취급되었다.
두려워하던 사태의 방문에, 남은 의회는 침울한 분위기로 가득 차 있다.
크루쉬 또한, 권태와 상실감 속에 있었다. 푸리에의 존재는 그토록 커서, 마치 반신을 빼앗긴 듯한 충격이 끝없이 그녀를 들쑤시고 있다.
지금도 눈꺼풀 뒤에는 그의 마지막 미소와, 꺼지는 듯한 날숨이 새겨져 있었다.

마지막의 마지막, 전해지지 못한 고백은, 허공에 떠서 사라져 버린 채.

"——언제까지고, 멍하니 있을 수는 없습니다."

그 정체의 분위기에, 처음으로 테이프를 끊은 건 역시 마이크로토프였다. 노현인은 고개 숙인 귀족들의 얼굴을 차례대로 바라보고 전원의 분기를 촉구하려 했다.

"……그래. 이러고 있을 때가 아니야. 돌아가신 폐하의 한에 보답해야만 해."

누군가가 그렇게 말하고, 그에 찬동하는 목소리가 오른다. 차츰 그 기세가 퍼져, 크루쉬 또한 객기일지언정 고개를 들어야만 한다고 어금니를 깨물었다.

아래만 보고 있다니, 그거야말로 푸리에의 바람에 대한 최대의 배신이다.

언제나 긍정적이려 하던 푸리에의, 그 웃음이 뇌리에 떠오르고——.

"왕가의 혈맥이 끊긴 겁니다. 다시 말해, 용의 맹약을 잃었다는 뜻. 친룡왕국 루그니카에, 이 이상 없는 비극입니다."

——생각에 그린 푸리에의 웃는 얼굴이, 그 발언에 갈라진다.

귀를 의심해 고개를 든 크루쉬 앞에서 다른 인물이 머리를 부둥켜안고 있었다.

"설마 혈족 전원이 세상을 뜨실 줄이야……. 용은 무어라 할까요. 맹약을 잃어버리면, 왕국의 궁지는 어떻게 됩니까. 제국

및 성왕국과 관계가 악화 중인 현 상황에!"

——무슨 말을, 하고 있어.

"보관하고 있는 『용의 피』도 문제야. 설마 반환을 요구받지 않는다고도 단정 못해. 그렇게 됐을 때를 위해서 미리 사용하는 것도 시야에 넣고……."

——너희는 도대체, 무슨 말을 하고 있는 거냐.

심각한 얼굴로 대화를 시작하는 참석자들을, 크루쉬는 멍한 채로 바라보고 있었다.

그들이 저마다 얘기하는 건 하나같이 『왕가의 단절에 용이 어떻게 나올까』였다. 용의 비호에 몇 번이고 궁지를 구원받아온 왕국이다. 그들의 염려는 지당하며, 용에게 의지하는 마음은 크루쉬에게도 있었다. 하지만 맨 먼저 한탄하는 문제가 그것인가.

왕국의 앞날에 대한 의논을 주고받는 건 좋다. 국왕 부재에 임해, 타국에 대한 절충에 마음을 쪼개는 거라면 용서할 수 있었다. 그러나 용에게 아첨하기 위한 상담이, 가장 우선되는 것이냐.

혐오감이 치밀어 오르고, 그와 동시에 크루쉬는 깨달았다. 깨닫고 말았다.

아무도 왕가의 단절을 진정으로 슬퍼하고 있지 않다. 그들이 불안해하고 있는 건 왕가가 단절된 결과, 용에게 버림받는 일이다. 용의 요람에서 내던져지는 걸 두려워하고 있는 것이다.

국왕의 죽음도, 왕가의 단절도, 이차 문제다.

——푸리에의 죽음은, 그들에게 그다음의 비극에 불과하다.

끔찍한 건 크루쉬조차 푸리에와 친밀하지 않았더라면 분명히 그들과 같은 불안에 어깨를 부둥켜안고 있었으리라는 점이다. 영혼에 눌어 붙은, 안일한 현상만족의 응석이다.

그것은 크루쉬가 가장 혐오하고, 견디기 어려운, 영혼을 흐리는 삶의 방식 그 자체다.

"여러분께 말씀드리고 싶은 의제가 있습니다."

소란스러워진 의사당에, 그렇게 발언한 인물에 주목이 모였다.

라이프 바리에르 남작—— 작위는 높지 않지만, 란드할 폐하의 마음에 들어 중용되고 있던 남자다. 그는 충분히 주목을 모으자, 그 갈라진 목소리로 선언했다.

"용력석(竜歴石)에 새로운 기술이 있습니다. 왕국의 미래, 용은 이미 가리키고 있었습니다."

그 발언에, 다시 술렁임이 장내에 퍼졌다.

용력석은 용으로부터 하사 받은 국보 중 하나이자, 왕국의 미래를 기록하는 예언판이다. 여태까지도 몇 번이고 왕국은 그 위난을 용력석으로 알고 미연에 막아왔다.

용에 대한 응석을 자각한 직후에, 다시 용의 힘에 휘둘리는 것에 대한 분한 감정. 크루쉬의 감개 따위 아랑곳하지 않고 재촉받는 라이프는 그 예언의 기술을 낭독했다.

"용력석의 기술은 이러합니다. 『왕가 단절의 때, 왕국은 용주에 선택받은 다섯 명의 후보자를 찾아내어 새로운 무녀로서 다시 맹약을 나누어라.』라고."

"용력석이, 새로운 왕을 뽑으라고……? 그 후보자 다섯 명이라니, 어떻게!"

"휘장(徽章)이 있습니다. 루그니카 왕가에 전해지는, 용과의 맹약을 구전하는 보주. 그 용주를 박은 휘장은, 자격에 어울리는 자의 손안에서 빛을 발하는 겁니다!"

거친 목소리로 라이프가 반론하고, 그의 지시로 원탁의 회의장에 손수레가 운반된다. 그 위에 실린 보주의 광채야말로 루그니카 왕가에 전해지는 용주의 휘장이다.

"진정 왕국을 우려하는 충신이라고 인정받으면 저절로 휘장에 뽑히겠지요. 이것이 용력석의 흰소리인지 아닌지, 한 분씩 시험해보면 될 것이오."

라이프의 시종 손으로, 의사당에 의석을 가진 각각의 앞에 휘장이 배치된다. 그 휘장을 내려다보고, 어떤 자는 식은땀을 흘리고, 어떤 자는 숨을 집어삼켰다.

가령 자신의 손안에서 빛나는 일이 있으면, 그것은 왕위로 가는 길이 열린 것을 의미한다.

크루쉬의 앞에도 휘장이 놓였다. 용은 왕국에 대한 충의를 시험한다고 한다. 그것이 진정이라면, 지금의 자신이 뽑힐 일은 있을 리 없다. 하지만, 만약——.

"그럼 시험해보도록 하지요."

마이크로토프의 호령에 따라 우선은 현인회의 면면들이 휘장을 손에 든다. 그러나 빛을 잃은 휘장에 변화는 없다. 희미한 숨결과 자그마한 탄식. 그대로 흐르듯이, 현인회를 중심으로 휘장에 대한 도전이 펴진다. 낙담, 그것이 이어져 크루쉬의 차례가 왔다.

삼각형으로 깎인 흑요석에, 금으로 용의 의장이 새겨진 휘장이다. 중앙에 붉은 용주라고 불리는 휘석이 박혀, 분수에 맞지 않은 인간의 야심을 비웃고 있다.

"뭐가, 용이냐……."

입안으로만 속삭이고, 크루쉬는 휘장을 손안에 움켜쥐었다.

손바닥을 펼쳐 전원에게 보이게끔 앞으로 내민다. 그리고――,

"――허어."

그 목소리를 지른 건, 온화한 얼굴에 희한하게 놀람의 빛깔을 아로새긴 마이크로토프다. 하지만 그것은 이 자리에 모인 전원의, 그 마음의 대변이었음이 틀림없다.

휘장은 크루쉬의 손안에서, 눈부시게 빛을 내고 있었다.

"――아무래도 모자람 많은 이 몸에도, 왕국을 위해서 할 수 있는 일이 있나 보군."

놀람은, 없었다.

그 사실에 놀랄 만큼, 마음은 고요한 기분에 있다.

그것을 자각하면서, 크루쉬는 고개를 들고 눈을 감았다.

――감은 눈 저편에, 푸리에의 최후의 웃음이 보인 느낌이 들었다.

7

왕선(王選)의 개요와, 크루쉬가 후보자의 한 명으로 뽑힌 것을 안 페리스는 그녀의 모습을 찾아서 왕성 안을 헤매다가 정원에 도착하고 있었다.

"——크루쉬 님."

부름에 주저할 만큼, 화원 앞에 머무르는 크루쉬의 모습은 덧없게 일렁이듯 비쳤다.

당연하다. 이곳은 크루쉬가 푸리에와 마지막 시간을 보낸 장소. 크루쉬의 마음속에서 페리스마저 들어가는 것이 허용되지 않은 유일한 성역.

가슴에 예리한 칼날이 박힌 듯이, 페리스는 자신의 무력함에 통증을 느낀다. 지금 당장 크루쉬의 등을 안고, 그 마음을 달랠 마법을 쓸 수 있으면 좋을 텐데.

"페리스냐. 용케 이곳을 알았구나."

무력감에 입술을 깨문 페리스에게, 돌아보지 않은 채 크루쉬가 그렇게 말했다.

때때로, 세게 부는 바람이 크루쉬의 긴 머리카락을 흔든다. 그것을 쳐다보면서,

"용력석 이야기, 들었습니다. 크루쉬 님이, 다음 왕위의 후보자로 간택되었다고……."

"아아, 그런가 보더군. 아무래도 난 용의 눈에 든 모양이야."

"저기, 그…… 축하드립니다……라면, 이상할까요?"

노도처럼 찾아든 운명의 격류에, 페리스의 마음도 결코 온화하게는 있을 수 없다.

근위기사가 되고, 친부모를 여의고, 소중한 유대였던 푸리에를 떠나보내고, 유일한 마음의 지주인 크루쉬는 왕선에 말려들어, 페리스의 안식은 어디에도 없다.

"저, 크루쉬 님에게 무언가 해드릴 수 있나요? 무얼 하면 되는지, 알 수 없어서……."

곤란하게 만들고 싶지 않은데, 우는소리가 흘러나오는 걸 막을 수 없다. 소용돌이치는 감정은 방대해, 조그마한 페리스의 그릇으로는 담아둘 수 없다.

솟아오르는 눈물에 시야가 뿌예져, 페리스는 도망치고 싶어졌다. 하지만.

"페리스, 나를 봐라."

크루쉬의 목소리에 페리스는 어깨를 퍼뜩 떨었다.

발소리가 들리고, 발끝이 고개 숙인 시야 위로 비쳐든다. 고개를 드니 정면에, 크루쉬가 페리스를 똑바로 보고 있었다. 호박색 눈의 마력에, 페리스는 홀렸다.

"페리스, 맨 먼저 네게 맹세하겠다. ——나는, 왕이 되기를 바란다고."

"크루쉬, 님……."

망설임 없는 그녀의 단언에, 페리스는 숨이 막혔다.

왕선을 이겨나가 국왕의 자리에 앉기를 바란다고, 크루쉬는 그렇게 선언한 것이다.

"전하와 처음 만나 뵌 것은 이 정원이다. 자주 이곳에서 전하와 이야기를 하면서 꽃을 바라보았지."

말이 나오지 않는 페리스 앞에서, 크루쉬는 별안간 정원을 바라보며 이야기하기 시작한다. 온화한 말투와, 이튿날의 모습을 기억으로 좇는 시선.

그것이 누구와의 추억인지, 캐물을 필요도 없다.

"그러다가 전하는 저택에도 얼굴을 비쳐주시게 되었고…… 이 이야기를 한 적은 없었군. 전하와 만나기 전까지, 난 머리카락을 묶고 있었다. 지금은 리본으로 정리할 뿐이지만."

"그랬던……가요. 왜, 머리카락을 풀게 되었죠?"

"전하께, 자신답게 하라는 말을 들어서. 이후로 그렇게 했다. 네게 넘긴 리본은 내가 고른 것이지만…… 계기는 전하였어."

크루쉬에게 선물 받아 지금도 머리를 장식하는 하얀 리본에 페리스는 무심코 손가락을 뻗었다.

몰랐던 추억들, 그것이 잇달아 언급되고, 차츰 페리스도 공유하는 추억으로 바뀐다. 눈물이 맺히고, 웃음이 그치지 않을 만큼 사랑스럽고 소란스러운 유대.

"페리스. 나는 전하께서…… 전하와 너하고 지내는 시간이, 사랑스러웠다."

크루쉬가 페리스를 저택에서 데리고 나와, 처음 인간이 된 날. 그날부터 페리스는 크루쉬와 함께 있고, 그 고리에는 금세 푸리에가 참가해 세 사람이 되었다.

페리스의 인생은 크루쉬와 푸리에가 대부분을 점하고, 그걸로 이루어졌다.

"하지만 용의 존재는 그 시간을 부정한다. 전하의 존재는 많은 이들에게, 용과 맺은 맹약의 보증서 대용……. 그 죽음을 진짜 의미로 애석해하는 일은 없어."

경직된 페리스 앞에서, 크루쉬의 눈에 불길이 일렁인다.

크루쉬는 무엇을 보았는가. 페리스가 곁에 있지 못한 그 순간, 무엇을 보고 말았는가.

"하지만 그분은 있었다. 나와 네 마음에, 이만큼 굳건하게 새겨질 만큼. 그분은 확실하게 있었던 것이야. 다름 아닌, 푸리에 루그니카는 있었다."

크루쉬가 오른손으로 자신의 가슴을, 왼손으로 페리스의 가슴을 만진다. 그저 만질 뿐인 그 손끝에서 전해지는 열기가, 페리스의 온몸을 불태운다.

쓸데없는 사고가 깡그리 크루쉬의 불길 같은 결의에 집어삼켜져 불타 없어진다.

"내 사자왕이겠다고, 그렇게 말해주신 분은 확실히 있었다. 그것이 없었던 일로 되다니, 나는 결단코 용납 못한다."

용의 맹약은 왕국을 감싸고, 오랜 세월에 걸친 그 비호는 사람들을 지켰으나 마음을 약하게 했다.

그 마음 착하고 누구에게나 사랑받은 청년의 죽음을, 소홀히 여겨버릴 만큼.

푸리에의 죽음을, 용과 주고받은 맹약에 덤처럼 여길 만큼.

"그분의 죽음은 그분의 것이다. 내 사자왕은, 지금도 내 안에 있어. 내 사자왕이 꾼 꿈을, 나 또한 계속 꾸고 있다. ——나밖에 그것을 이루지 못해."

누구도 왕국의 일그러진 존재 방식을 깨닫지 못하고 있다.

용에게 아첨하고, 용에게 소원하고, 용을 의지한 나머지, 모두 다 스스로 걷는 행동을 잊고 있다.

"나 말고 다른 이가 왕이 되어도 그것은 바로잡히지 않아. 진정으로 바르게 왕이고자 하는 사람을, 아무도 기억하고 있지 않기 때문이다. 그러니 우리야말로 그러도록 하자."

"크루쉬 님……."

중얼거린 페리스에게, 크루쉬는 허리춤에서 푼 단검을 내밀었다. 받아 든 그것은 사자의 문장이 새겨진, 칼스텐 가문에 연고가 얽힌 일품——.

"전하께서 꾼 꿈이 있다. 나와, 전하와, 그리고 너 셋이서, 미래를 만들자."

"전하와, 크루쉬 님과…… 셋이서."

묵직하게 얹히는 단검의 무게에 페리스는 간신히 이해했다.

푸리에와 크루쉬의 결의에, 자신이 이 곁에서 해야만 하는 일을.

페리스에게는 이미 크루쉬밖에 없으니까. 그녀야말로 전부이니까.

"전하가 사랑한 장소에서, 전하의 최후의 장소에서, 전하에게 맹세하겠다. ——너를 기사로 삼는다."

크루쉬의 엄숙한 선언에, 페리스는 그 자리에 잠자코 무릎 꿇고 단검을 내밀었다.

받아 들고, 크루쉬는 뽑은 단검의 칼날의 배로, 페리스의 좌우 어깨를 건드린다. 그리고 다시 단검이 페리스에게 되돌려져 맹세의 의식이 끝난다.

아무도 모르는 기사 서훈── 아니, 단 한 명, 두 사람의 사자왕만이 봐주고 있었을 터.

그리고 그것은 시작이자, 두 사람의 사자왕이 꾼 꿈의 뒷편이었다.

“가자꾸나, 페리스. ──용에게서 왕국을 되찾아, 전하의 꿈을 진짜로 만들겠다.”

“네, 크루쉬 님. 데려가주세요. 전하가 꾼, 꿈의 저편으로.”

돌아서는 크루쉬의 등을 페리스는 이미 망설임 없이 뒤따른다.

왕선 참가자 첫 번째이자, 가장 강한 유대로 맺어진 주종은 당당히 걷기 시작했다.

그 두 사람의 걸음을, 시작의 정원에 자리 잡은 꽃들만이 바라보고 있다.

──바람에 흔들리는 한 송이 꽃, 그 봉오리는 아직도 개화의 순간을 고요히 기다리고 있었다.

《끝》

후기

안녕하세요. 매번 신세를 지고 있습니다. 나가츠키 탓페이입니다. 혹은 네즈미이로네코라고, 그렇게 이름을 밝히는 편이 알기 쉬운 분이 계실지도 모릅니다.

아, 모르겠다면 무시해주세요. 죄송합니다.

자, 이번의 『Re : 제로부터 시작하는 이세계 생활』은 번외편이 되었습니다.

전에도 단편집이라는 형태로 본편 외의 이야기를 내놓았습니다만, 이번에는 그 넘버링에서 제외되어 일부러 『단편집』이 아니라 『Ex』라고 이름을 박은 타이틀입니다.

사실은 이번에도 저번의 단편집 분위기를 물려받을 예정이었지만, 협의 단계에서 크루쉬 진영의 이야기가 많아서 "이러면 차라리 전부 크루쉬 진영의 이야기로 할까요—."라고 제안했더니 그게 통과되어서, 갈팡질팡하던 사이에 이 번외편이 완성되었습니다.

본편 주인공의 출연 제로에다 주인공들과는 다른 진영에 집중하다니, 제법 도전적인 내용이 되었습니다만, 여기까지 읽어주신 여러분이 이 번외편에서 여러 일 겪고 크게 고민하고 괴로워하다가, 그 때문에 결의한 그녀들을 조금이나마 좋아하게 되어 본편에서의 활약을 기대해주시면 다행입니다.

그런 책 내용은 실제로 읽어주신다고 하고, 작가의 근황 따위를 이야기하자면, 저는 최근에 뒤늦게나마 TRPG에 빠져있는 참입니다.

TRPG의 존재 자체는 알고 있었지만, 초심자가 연줄도 없이 들어가기에는 문턱이 높다── 그런 이미지가 있어서, 좀처럼 발을 디디지 못하고 있었습니다. 그런데 여러모로 주위의 도움도 있어서 겨우 손을 대어보았는데…… 큰일입니다. 무지무지 재미있어요.

창작자라면 TRPG에는 푹 빠진다는 말을 듣기는 했었는데, 말마따나 이건 좀처럼 다른 놀이에서 맛볼 수 있는 감각이 아니에요. 다른 사람의 세계에서 자신의 상상력을 날뛰게 하는 놀이에, 푹 빠지지 않을 작가는 없지 않을까 싶을 정도입니다.

자신만의 발상으로 난관을 극복하거나, GM에 따라서 수수께끼를 풀어내거나, 사소한 실수로 캐릭터를 발광시키거나, 좌우지간 여러모로 즐겨 보고 있습니다.

이렇게 책을 내놓는 과정에서 새로운 교우 관계가 늘어 모르던 세계를 엿보는 걸로, 지금까지와 다른 착상과 발상을 얻을 수 있지요. 그러한 일이 인생에는 중요합니다. 무슨 일이든 도전, 여러분도 부디 TRPG에 한정하지 않고, 여러모로 해보도록 합시다.

그 시작으로 이 작품을 모르는 사람에게 추천해서, 그 친구의 세계를 넓혀주면 나가츠키가 기뻐합니다. 간편하게 사람 한 명을 행복하게 만드는 방법입니다. 시험해보소서.

슬슬 페이지도 페이지이므로, 여느 때와 같은 감사의 말로 들어가겠습니다.

담당자 I 님, 늘 신세 집니다. 본편에서 아직 활약하지 않은 캐릭터의 집중조명 같은 엉뚱한 제안, 받아주셔서 감사합니다. 매번 생떼 같은 요구만 해서 황송!

일러스트의 오츠카 선생님, 늘 그렇지만 재빠른 업무 처리와 훌륭한 일러스트, 감사합니다. 매번 많은 캐릭터를 디자인해주시는데 후다닥 올라와서 놀랍니다. 이번 업무도 푸리에의 바보 같은 면이 실로 좋은 느낌입니다. 훌륭했어요.

그리고 디자이너 쿠사노 선생님, 정말로 늘 감사합니다. 이번에는 여느 때보다 타이틀 로고가 긴 까닭도 있어서, 『아무리 쿠사노 선생님이라도 무리겠지!』라고 왠지 도전자 같은 분위기로 덤벼봤지만, 완패했습니다. 앞으로도 이 패배감을 때려 박아주세요.

그 밖에도 편집부 여러분이나 영업 담당자님, 교정 담당자님이나 각 서점의 여러분 등, 많은 분들의 협력이 있어서야 이 책도 구체화할 수 있었습니다. 감사합니다.

그리고 무엇보다, 이 책을 손에 들고 이야기에 어울려주시는 독자 여러분, 이번에도 감사했습니다. 부디 또 다음 이야기에도 어울려주세요.

그럼 자자, 다음은 본편 7권에서 만나뵐 수 있으면 좋겠습니다. 이만 총총.

2015년 5월 나가츠키 탓페이
《5월의 너무 더운 날씨에, 올해 여름을 무서워하면서》

모두가 정말 좋아하는 틸리에나 땅

옆얼굴도
귀여움.

170 cm
○△X kg

B : 150 cm
W : 150 cm
H : 150 cm

서비스 컷.
상박 말랑말랑

나가츠키 선생님.
그녀의 출연 또
부탁합니다!

오츠카 신이치로

"네네네에—! 그런 이유로오, 이번에는 크루쉬 님과 페리가 소식 코너 받았어요—! 이걸로 듬뿍, 크루
쉬 님의 매력을 얘기할 수 있네요!"

"너무 야단 피우지 마라, 페리스. 네 마음 씀씀이는 기쁘지만, 우선은 주어진 역할을 다하는 게 우리의
책무다. 입장에 맞은 책무를 다해야 비로소 가슴을 펼 수 있다. 알겠지?"

"어쩜, 초장부터 크루쉬 님이 너무 근사해서 페리 허릿심이 나가겠어……!"

"왜 그러지? 얼굴이 붉은데, 감기라도 걸렸나? 만약 힘들면 나만으로도……."

"당치 않아요! 아유아유아유! 크루쉬 님은 참 죄짓고 사셔! 그럼, 그런 걱정을 날려버릴 기세로 소식 전
달합니다—! 우선은 그 기획이 돌아왔다! 대호평이던 미니스톱과의 리제로 콜라보레이션 또다시! 이번에
는 엄청 러블리한 느낌으로 완성되었어요!"

"여름을 목전에 둔 이 계절, 유카타 차림의 에밀리아 일행이 그려진 태피스트리와, 미니스톱에서
숙한 디저트와 제휴한 키홀더 등이 나온다더군. 제법 귀여운 완성도로, 이것들은 미니스톱 가게 내의
『Loppi』에서 예약할 수 있는 것 같다. 편리하기도 하군."

"네, 그러네요. 그리구 또또, MF문고J 여름의 학원제 소식도 있어요! 매년 이벤트 즐비한 학원제지만
올해는 리제로의 작가인 나가츠키 탓페이 선생님의 사인회, 이것도 실행된대요. 꺄—, 굉장해라—. 괜찮
은 건가요?"

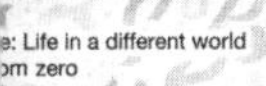

"기획이 통과된 이상, 당연히 숙고한 다음이겠지. 사인회에서 작가의 활동이 기대되는군. 또, 학원제
서는 상품의 판매 및, 그 밖에 뭔가 발표 등이 있다더군. 앞선 콜라보레이션 상품과 합쳐서 리제로 공식
P를 확인하길 바란다. 혹은 MF문고J의 공식 HP겠군."

"과연 대단하신 배려, 크루쉬 님은 참 정말루 근사해……. 그 · 런 · 데! 잊으면 안 되는 게 본편 제7권의
매! 이쪽은 9월 발표를 예정 중입니다! 짜잔—!"

"한 번은 마음이 꺾였으나 재기한 나츠키 스바루. 지탱해준 렘의 힘을 빌려서 나츠키 스바루는 우리와
교섭에 임하는데——. 그리고 시작되는, 이세계 최대의 공방전."

"크루쉬 님이 임금님으로 가는 길을 달려 올라가는 걸 위해서 힘을 빌려주다니 스바루 큥 참 기특한 면
다 있잖아요오. 나 참 내 진짜."

"정말로 그렇다고는 단정할 수 없다마는. 얕잡아 보면 발목을 잡힐 수 있다. 모쪼록 주의해야 한다."

"그런 못난이 남자에게까지 정면 승부…… 으응, 페리는 점점 더 홀딱 빠지겠어요오."

※ 연재 및 부록 등의 정보는 일본어판 기준입니다.

Re : 제로부터 시작하는 이세계 생활 Ex

2019년 11월 25일 제1판 인쇄
2021년 04월 20일 제11쇄 발행

지음 나가츠키 탓페이 | **일러스트** 오츠카 신이치로

옮김 정홍식

발행 영상출판미디어(주) | **등록번호** 제 2002-000003호
주소 21311 인천광역시 부평구 평천로 132 (청천동)
전화 032-505-2973(代) | **FAX** 032-505-2982

ISBN 979-11-319-3642-9
ISBN 979-11-319-0097-0 (세트)

구매 시 파손된 도서는 구매처에서 교환하실 수 있습니다.
기타 불편사항, 문의사항이 있으신 독자님께서는 노블엔진 홈페이지 [http://novelengine.com] 에서 Q&A 게시판을 이용해 주시기 바랍니다.

노블엔진(NOVEL ENGINE)은 영상출판미디어(주)의 라이트노벨 및 관련서적 브랜드입니다.

NOVEL ENGINE

나가츠키 탓페이 작품리스트

Re : 제로부터 시작하는 이세계 생활 1
Re : 제로부터 시작하는 이세계 생활 2
Re : 제로부터 시작하는 이세계 생활 3
Re : 제로부터 시작하는 이세계 생활 4
Re : 제로부터 시작하는 이세계 생활 5
Re : 제로부터 시작하는 이세계 생활 6
Re : 제로부터 시작하는 이세계 생활 단편집 1
Re : 제로부터 시작하는 이세계 생활 Ex

청춘의 상상, 시동을 걸어라!

최강의 방랑개체 「레드 코드」
인간을 사랑하고, 증오하는 그녀를 구할 수 있을까?

S.I.R.E.N.

—차세대신생물통합연구특구—

3

초판한정 특별부록

고급 일러스트 책갈피

©Kei Sazane, Ritsu Aozaki 2014
KADOKAWA CORPORATION, Tokyo.

사이렌 제3위성도시에 특별경보가 발령됐다. 수많
시뮬레이터를 쓰러뜨린 최강의 Ω(오메가) 지정종
이오테스터—— 코드네임 『레드 코드』의 침입에 공
에 휩싸이는 도시. 센트럴조차 포기한 사상 최악의
랑개체. 그 정체는 인간의 접촉을 불허하는 『전설의
인(龍人)』이었다.

**"인간…… 너희는 몇 번이나, 내 역린을 건드려야
족할 것이냐!"**

바이오테스터와 인간 사이의 사소한 오해 때문에 폭
하는 『키리셰』. 그 압도적인 폭력 앞에서, 미소라의
중한 이들이 차례차례 다치고—— 친구들을 위해,
리고 고독한 『그녀』 자신을 위해, 미소라는 승산이
는 싸움에 임한다!

사자네 케이 지음 | 아오자키 리츠 일러스트 | 이승원 옮김

청춘의 상상, 시동을 걸어라!

진짜 그린다 도일, 드디어 강림!
혼란 속에서 샤르가 헤매든 곳은 2천 년 전의 과거?!

드레스 차림의 내가 높으신 분들의 가정교사가 된 사건 7

초판한정 특별부록
고급 일러스트 책갈피

Illustration : karory

"나는 그린다 도일이 아냐." / "데리러 왔어, 샤르"
류쥬 왕자와 기르마에게 고백한 순간, 드디어 진짜 그린다가 그 모습을 드러내었다. 심하게 동요하는 시이라에게 '반드시 돌아와서 생일을 축하해줄게'라고 약속한 샤르는 그린다를 쫓아서 빛 속으로!
하지만 멜레디스 숲에 홀로 남겨지게 된 샤르가 헤매든 곳은 전승으로 전해지는 2천 년 전의 결전 한가운데! 더군다나 샤르가 '신탁에 나온 황금의 천사'라니——!!

대인기 판타지 가정교사 코미디, 클라이맥스에 돌입하는 제7권!

노무라 미즈키 지음 | karory 일러스트 | 한신남 옮김

청춘의 상상, 시동을 걸어라!